U0006007

第二部　老闆待我如初戀

你也有今天 下

My Boss

葉斐然 著

高寶書版集團

目錄
CONTENTS

第十章　日本員工旅遊

而直到火鍋店裡，成瑤眉飛色舞地把庭審後自己如何取證盧建DNA的過程一五一十告訴錢恆，錢恆才反應過來，成瑤不僅沒輸，竟然另闢蹊徑絕地求生了。

講完後成瑤挺得意：「所以，根本不需要你安慰我好嗎？這頓飯，應該是慶功宴。」

錢恆點了點頭：「親子鑑定沒問題的話，二審翻盤很穩了。」

成瑤笑嘻嘻的：「那我是不是可以要一個獎勵？」

「嗯？」錢恆抬頭看了成瑤一眼，「妳想要什麼？」

成瑤其實只是隨口一說的玩笑，並沒有真的想好要什麼，然而錢恆這麼一問，她倒是晃著頭想起來，而正思考間，她見到旁邊一桌情侶濃情蜜意互相餵食吃的場景……

成瑤悄悄指了指那一桌：「要不然，我們也試試？」她有些不好意思，「我看電視劇裡也這麼演，就想體驗一下是不是男朋友餵的東西更好吃？」

「……」

錢恆看了成瑤一眼：「妳認真的嗎？」

成瑤點了點頭：「嗯！」

「太幼稚了。都是成年人了，還互相餵東西來餵東西去，肉麻，噁心。我覺得只要不是病到快不行了，拿不了勺子，就應該自己吃。」錢恆果斷道：「換一個。」

「……」

成瑤又想了想，想起自己前幾天偷偷買的情侶項鍊，她試探道：「我看人家情侶都會戴情侶戒指什麼的，但我們平時在所裡不能公開，戴戒指又太高調了，要不然我買個情侶項鍊，我們戴情侶項鍊吧？平時收在衣服裡也看不到？」

可惜錢恆又皺了皺眉：「項鍊？男人戴什麼項鍊？不覺得像是被拴了名牌的狗嗎？何況市面上這些情侶項鍊，都不知道是什麼材質的金屬做的，貼身佩戴誰知道會不會皮膚過敏重金屬中毒？」他看了成瑤一眼，「再換一個吧。」

「……」

成瑤再接再厲想了想：「要不然你給我做一次飯吧？煮個粥什麼都可以，之前都是我做飯嘛。」

錢恆沒說話，他只是靜靜地看了成瑤一眼，然後慢慢伸出自己的手……

「好了好了，我知道了！」成瑤一個頭兩個大，「你尊貴的手，不是用來做飯的，我get到了！」

「妳再換一個。」

「那要不然，你唱個情歌？」成瑤躍躍欲試道：「我覺得還挺浪漫的耶。」

「唱情歌？二十歲以下的小男孩這麼做還情有可原，二十八歲的成熟男人不會做這種事，太傻了。我死也不會做的。」錢恆皺了皺眉，「要不然我背個法條吧？妳想聽什麼法？」

「……」

面對成瑤的無語，錢恆大度道：「那妳再換一個。」

成瑤連連擺手：「不不！我突然覺得，為當事人代言，打贏這個官司，是我分內應該做的事，要什麼獎勵？」

開玩笑？和錢恆這種宇宙鋼鐵直男要獎勵？自己怕不是瘋了吧？還是醒醒吧。

之後成瑤也不說話了，後半場，她化悲憤為食欲，拼命在火鍋裡撈丸子往嘴裡塞，吃了十二成飽。

飯後，因為錢恆今晚有一份法律意見書需要加班出具，因此他先把成瑤送回家。

在回家的路上，成瑤就覺得胃脹得有些難受了，她本著多休息就能恢復的原則，早早洗洗睡了，結果直到半夜被痛醒，成瑤才意識到，胃痛不僅沒緩解，還變本加厲。

她忍了一下，最終疼到坐立不安起來吐了兩次，才終於打電話給錢恆。

錢恆很快就接起電話，聲音仍很清明，想來還在加班並沒有睡：『成瑤，怎麼了？』

不知道是不是夜晚和生病讓人容易特別脆弱，光是聽到錢恆的聲音，成瑤就委屈了起來：「我肚子痛，好難受……」

『妳等我十五分鐘。』錢恆言簡意賅，『電話不要掛。』

「為什麼？」

『妳疼到都在抽氣了，我陪妳說話轉移一下注意力。』

「嗯……」

於是錢恆換上藍牙耳機後，成瑤便一路在電話裡聽著他風風火火收拾了東西，去車庫開車。

『成瑤，妳要聽聽我最近在辦的幾個案子嗎？』一邊開車，錢恆一邊詢問著，『一個涉外婚姻離婚財產糾紛、一個撫養權糾紛，還有一個繼承權糾紛，妳想聽哪個？』

錢恆並不是話多的人，正相反，因為每個字都值錢，他十分惜字如金，然而今天晚上，他卻反常的話多，幾乎沒有間歇地講著，結果才講了十分鐘，他已經把三個案子的案情、爭議焦點和法律適用都講完了。

雖然簡直像個普法課堂，然而不得不說，這確實成功轉移了成瑤的注意力，雖然還是胃痛的很，但一聽這些疑難案例，成瑤強撐著精神了起來。

只是案例講完了，成瑤的胃痛也發作得更厲害了，她一時忍不住，哼哼起來。

錢恆的聲音頓了頓：『很疼嗎？』

成瑤咬緊牙關：「嗯。」

這時候恐怕再講案例，成瑤也疼得聽不進去了。

短暫的沉默後，錢恆的聲音再次響了起來。

他唱起一首英文情歌。

這是一首抒情的，節奏柔緩的老歌，歌詞溫柔，充滿愛意，懷舊的旋律裡是經典的韻味。

雖然開頭時錢恆的聲音略微有些不自然的彆扭，然而慢慢的，他的情緒鎮定下來，像是怕驚擾了成瑤，再次激發她的胃痛一般，錢恆的聲音略微壓低，雖然低沉，反而帶了種奇異的溫柔，在靜謐的夜裡，成瑤只覺得安心。

說著死也不會像二十歲的男孩子一樣唱歌給女朋友聽的錢恆，在電話裡一首接著一首地清唱著，直到他停好車，趕到成瑤房門口，才停了下來。

雖然竭力忍著，但錢恆到的時候，成瑤已經痛得有些神志不清了。她蜷縮在床頭，在冷汗連連裡，被錢恆打橫抱了起來。接著感受到的，是他穩健卻有些忙亂的步伐，繼而便是室外的空氣，然而並不覺得冷，因為錢恆在抱成瑤出來前幫她裹上一條毯子，她的頸間還圍著他剛摘下的圍巾。

錢恆有一種鎮定人心的力量，只要有他在，彷彿沒有任何事搞不定。成瑤以前害怕過分依賴他，也時常告誡自己，即便是女性，也不應該老是享受女性的優待，要更獨立一點，堅強一點。

而她現在才知道，在自己喜歡的人面前，這種獨立和堅強，有時候簡直不堪一擊。因為你知道，在這個人面前，你不用逞強，不用故作堅強，不用武裝自己。

深夜的天氣很冷，錢恆一路抱著成瑤，帶她進了一家服務很好，然而以貴著稱的美國私立診所。

醫生不知道是哪國人，成瑤迷迷糊糊聽到錢恆用流利標準的美音和對方交流了成瑤的病情，看得出來，兩人相熟已久，十分熟稔。

金髮碧眼的男醫生瞭解完大致情況，溫和地對成瑤笑笑：「Rate your pain from 1 to 10。」

成瑤下意識看向錢恆。

錢恆握住成瑤的手，輕聲道：「如果疼痛指數按照1到10從低到高排列，妳現在大概有多疼？」

最終，靠著錢恆這個人形翻譯，成瑤完成和外籍醫生的溝通，也從錢恆口中得知自己的病情。

急性腸胃炎。

「不太嚴重，不用吊點滴，稍微吃點藥慢慢調理恢復就行。儘量臥床休息，多喝點電解質飲料防止脫水，最近至少半個月都要飲食清淡，最好吃流質或者半流質的東西。」

成瑤看著錢恆刷卡付費，她只瞟了帳單一眼，連疼也顧不上，震驚了：「看個輕微的急性腸胃炎，又不是疑難雜症，配的藥也很少，但算上掛號費竟然要八百塊？」她十分懊悔，「怎麼不帶我去公立醫院呀，公立醫院用醫療保險收費是私立醫院的零頭……」

「現在這個時間公立醫院裡只有急診，急診的醫生不一定能那麼好的針對胃痛有什麼應對方式，而 Raymond 對胃病很專業，讓他看我才放心。」

「我只是肚子疼，又不是什麼大問題，八成是之前火鍋吃太多了。而且八百塊買個放心，也太貴了！」

這時成瑤的疼痛已經緩解了不少，她如今趴在錢恆的背上，由他背著走向停車場。然而成瑤隨口一句話，錢恆卻頓了頓，他的聲音低沉卻認真：「成瑤，妳的問題對我而言沒有小問題。」

成瑤突然很不好意思，她下意識把臉埋進錢恆的圍巾裡，趴在錢恆的背上，只覺得臉發燙。

「八千塊錢買個放心我也會買。」錢恆一本正經道：「反正我最不缺的就是錢。」

這種話……這種話聽起來真是讓人怪害羞的……成瑤又把臉往圍巾裡埋了埋，然而一邊害羞，聽著還是怪讓人甜滋滋的……

錢恆的自我感覺良好，有時候還真是挺動人的。

剝開他口是心非的外殼，成瑤知道，自己是被在乎的，是被非常非常在乎的。

只是坐在回程的車上，成瑤心裡有些過意不去：「其實真的是小問題，你看，有時候胃痛就是這樣，疼過一陣子就好了，我現在就不那麼疼。」她有些後悔，「要是我不打電話給你就好了，我也不知道原來現在就已經好多了。」

錢恆的別墅到自己住的地方，也不知道錢恆是開多快才能十五分鐘就到的。接電話的時候他還沒睡，想必工作還沒做完吧。

「我其實挺開心的。」

「啊？」

錢恆握著方向盤，狀若自然道：「因為妳第一個想到的人是我。」

成瑤愣了愣才反應過來，她突然覺得錢恆的車內空調溫度開得有點高了，讓人覺得臉頰發燙：「可這樣，害你工作沒做完，回去還得加班……」

「妳更重要。」

「嗯？」

「工作和妳比，妳更重要。」

成瑤這下不只是臉頰發燙了，她覺得手心也開始熱起來，錢恆卻還不放過她。

他輕輕掃了副駕駛座上的成瑤一眼，聲音冷靜鎮定，就像在講解著什麼法律條款，然而說的話讓成瑤簡直想捂住臉——

「我想做妳遇到困難時被妳第一個想到的人。」

剎那間，成瑤只覺得自己心間炸開一片絢麗的煙花，錢恆這種男人，總能繃著臉，如此一本正經地說著情話，那樣子看起來鎮定到冷感，然而這冷感裡卻蘊藏著別人感知不到的巨大火熱。

也在此時，成瑤感覺自己垂在身側的手指，被什麼東西輕輕地觸碰了一下。

那是一根微涼的手指，指尖帶著試探，然後便是一整個手掌。錢恆的手伸過來握住成瑤的，他纖長的手指分開成瑤的手指和她五指交握。

而錢恆的聲音一如既往的一本正經：「我的手有點冷，幫我暖一下。」

要不是他微紅的耳朵，還以為他真的是字面上心無旁騖的那個意思呢。

雖然成瑤的胃痛緩解了許多，但錢恆還是堅持送她上樓。他監督完成瑤吃藥，並沒有走，而是拿出筆電，準備工作。

「欸？」

「我今晚住這裡。」錢恆不容置喙地安排道：「妳現在胃不疼了，但萬一半夜又難受怎麼辦？」他垂下視線，睫毛顫動，「正好我需要熬夜加班，反正帶著電腦，在哪裡加班都一樣。」說到這裡，錢恆終於抬頭看了成瑤一眼，「何況我本來就是付租金的合法租客，住在這裡很合理。」

就這樣，錢恆在客廳裡回著郵件，成瑤去浴室洗了澡。而等她洗完澡出來，卻發現剛才還在客廳裡寫材料的錢恆已經不在了。

成瑤踩著拖鞋輕輕走過去，才發現，錢恆的電腦螢幕沒有關，上面並不是法律材料，也不是郵件頁面，而是完全不相干的東西——

如何煮粥才好喝。

熬白粥的祕訣。

「……」

成瑤下意識往廚房看去，透過廚房的玻璃拉門，果不其然，錢恆在那裡。他正長身玉立地站在瓦斯爐前，遇到最棘手的案子時也只是微微皺起的眉，幾乎擰成了麻花，他的臉上是顯而易見的挫敗和手足無措。

他正如臨大敵般地盯著瓦斯爐上的一鍋粥，那專注投入的樣子，簡直像是在研究原子彈，稍有不慎就會造成巨大傷亡事故似的。

錢恆根本沒注意到門外的成瑤，他正全神貫注地看著鍋子，一下子彎腰調一下火候，一下子又看一眼時間。這位平時做事俐落從不拖泥帶水的知名合夥人，竟然一臉生無可戀毛手毛腳地在熬粥……

成瑤簡直哭笑不得，她推開移門，走了進去：「我來吧，熬粥不能放這麼少的水，你這樣煮下去，會變成米飯的。」

她看了錢恆一眼：「你要是餓了和我說就好了呀，我做吃給你的，想吃什麼？」

「我不餓。」錢恆的聲音有些悶悶的，不知道為什麼，成瑤竟然聽出點委屈，他黑亮的眼睛看向成瑤，「我想煮粥給妳。」

「我？可我不想喝粥呀。」

錢恆看著粥，語氣很認真：「Raymond 說妳吐了幾次，就算胃不再痛，胃裡也應該空了，最好睡前喝點稀粥比較好。」

原來放下工作，一門心思用鑽研的態度去煮粥，只是想給自己吃。

成瑤心裡只覺得暖暖的：「不用這麼誇張，真的只是小問題而已……」

「我當初就是和妳一樣這麼想的。每次都覺得小問題不疼了就行了。」錢恆垂下眼神，「結果後來我和胃病專家的 Raymond 成了熟人。成瑤，小問題會變成大問題的，我的胃不好，我知道那多難受，我經歷過，所以我更加不想妳經歷。」

成瑤動容的同時，只覺得心疼，她想，要是早一點認識錢恆就好了，早一點陪在他身邊，早一點督促他必須按時喝粥，早一點逼他工作的間歇好好對待自己的身體。

「我盛碗粥給妳，妳喝完了我再去工作。」

只是剛才才吐了幾次，成瑤只覺得嘴裡一點味道也沒有，根本不想吃同樣沒味道的白粥，只想吃點甜的，如果沒記錯，房間裡放著一盒糖，倒是可以吃一點。成瑤看著錢恆，難得地撒了個謊。

「我有點沒力氣，想回去睡覺了，吃不動粥了。」成瑤揉了揉眼睛，「粥留著明早喝吧。」

她說完，生怕被錢恆拽著喝粥，飛一般地跑回房間。

只是剛倚靠床頭躺下，錢恆敲了敲門，竟然端著碗粥進來了。

「喝一點再睡。」

成瑤也知道喝一點熱粥比較好，然而很多時候，明知道怎麼對自己好，但人總有各種理由就是做不到。比如成瑤不喜歡吃白粥。

於是她隨口找理由推脫：「我不要喝，除非你餵我。」

按照錢恆的邏輯，餵東西吃除非病到動不了了，否則就是噁心、肉麻，成瑤喜滋滋地等著錢恆放棄糾纏，而錢恆也如她所料般，拿起碗往外走。

只是沒過多久，他又冷著張臉重新走了回來，這一次，手裡除了那碗粥，還多了一把勺子。

在成瑤的目瞪口呆裡，錢恆鎮定地走到成瑤床前，用勺子舀了一勺粥，動作不太熟練地送到成瑤嘴邊：「我餵妳，吃吧。」

「……」

一開始錢恆的餵食動作還不太熟練，然而兩個人在一起，好像做最無聊的事，也覺得並不浪費時間。

最終，在錢恆的監視和餵食下，成瑤不得不喝了小半碗粥。雖然不喜歡白粥，這一次成瑤卻覺得，白粥意外的挺好喝。

喝完粥，錢恆離開去收拾碗筷，成瑤便一個人躺在床上，她忍不住，摸出枕頭底下藏著的情侶項鍊。確實不是很貴的牌子，但款式很特別，成瑤幾乎是一眼看中的，只可惜錢恆不喜歡戴情侶項鍊，更不會戴這種廉價的品牌。

「成瑤，妳……」

只是剛這麼想著，錢恆竟然在這時推門進來了，他自然也一眼看到成瑤手裡正擺弄的項鍊：「這是什麼？」

成瑤趕緊一把把項鍊藏回枕頭下：「沒什麼。」

可惜錢恆的視力實在是太好了：「妳買的項鍊？」

成瑤生怕錢恆恥笑，趕緊否認：「沒有，你看錯了。」

可惜她根本不是錢恆的對手，錢恆伸出一隻手把成瑤攬在懷裡制住了她的掙扎，另一隻手輕輕往枕頭下一掏：「這是什麼？」錢恆把玩著手裡的兩條項鍊，「還是情侶項鍊？妳買的？」

「……」成瑤想起錢恆對情侶項鍊的吐槽，有點羞憤，「你還給我！」

然後錢恆不僅沒還給她，還仔仔細細看了起來：「挺別致的。」

出乎成瑤的預料，錢恆抿著嘴唇，沒有再說什麼，只是把男款的那條項鍊戴上脖子。

「欸？你不是說不戴情侶項鍊嗎？」

錢恆瞥了成瑤一眼：「妳買都買了，我敢不戴嗎？」他垂下眼睛，樣子竟然有些收到禮物的靦腆，「不過，妳挑項鍊的審美和妳挑男朋友一樣，都很不錯。這條項鍊挺好看的。謝謝。」

錢恆戴好項鍊後，就拿起女款那條，輕輕地幫成瑤戴上，動作間，手輕輕觸碰到成瑤的脖頸，那微微的癢意讓成瑤忍不住縮了縮脖子，更讓成瑤難耐的是此刻心癢的悸動。她就著低頭的姿勢，輕輕撞進錢恆的懷裡。

而讓成瑤內心更難以平靜的是，就著她這個姿勢，錢恆低頭細細親吻她的脖頸。

那是一連串輕輕的如對待珍寶般小心翼翼的吻，然而脖頸間敏感的肌膚和觸覺，加深了這一連串吻帶來的感官刺激，成瑤只覺得自己頸間的皮膚，隨著錢恆蜿蜒的吻，猶如被火星點燃般一路滾燙了起來。

而如此近距離，彼此的聲息被放大，成瑤的耳邊縈繞著錢恆輕輕的喘息。他放棄了進攻成瑤的脖頸，托起她的後腦，親吻她的唇。

這是個甜美到成瑤有些沉醉的吻，只是就在成瑤主動勾起錢恆脖子，迎上去之際，錢恆卻突兀地抽開了身，結束了這個吻。

錢恆看向成瑤的眼裡是晦暗不明的克制，他的胸膛還有著喘息的輪廓，聲音也比平時更低沉喑啞。

「成瑤，妳不要再挑戰我的底線了。」

成瑤一時沒反應過來：「欸？」

錢恆站起身，他撇開了頭，彷彿在努力平靜情緒，只是聲音裡還是帶著殘存的悸動：「我要去工作了。」

「啊？」

錢恆有些狼狽地看向成瑤：「所以我要保持冷靜。」

「還有頭腦清醒。」

「嗯？」

「妳不要再用那種眼神看我了。」錢恆根本無法再直視成瑤，他直接不顧禮貌，整個人站離了成瑤。

「我的眼神怎麼了？」

「如果妳不想我這麼冷的天沖一晚冷水澡，那我建議妳不要再看我了。」

「……」

直到此時，成瑤才反應過來，她紅著臉看了錢恆一眼，對方仍舊一臉鎮定自若，然而站立的姿勢，已經微微有些不自然，他的聲音帶了點急促，而他的行動則比聲音更急促。

像是被什麼追趕著似的，錢恆丟下一句晚安，就以一種落荒而逃的方式走出成瑤的房間。

成瑤望著被錢恆帶上的房門，突然用被子把自己整個人蒙了起來，忍不住躲進被窩裡。她的臉上此刻是火燒一般的燙，而心臟，則跳動得快要蹦出胸口了。

成瑤有些恨恨地想，錢恆這個人，真的有毒。

不知道是不是因為錢恆的陪伴，成瑤聽著客廳裡他打字敲擊鍵盤的聲音，不知不覺就是一夜好眠。

只是錢恆就沒那麼幸運了，他昨晚顯然因為成瑤的打斷，不得不加班到很晚，早晨起來，眼睛下面還有淡淡的陰影。

兩人並不是第一次共處一室吃早餐了，只是這一次，成瑤看著對面動作優雅切著煎蛋的男人，卻覺得尤為害羞和忐忑。

明明昨晚什麼也沒做，但就是覺得好緊張。

而錢恆顯然也沒有他看起來那麼淡定自若，一向用餐禮儀堪稱完美的他，竟然用刀叉切煎蛋時滑脫了兩次手。

最終，他只能清了清嗓子，又一次撇開了頭，不自然道：「成瑤，妳盯我盯得太緊了。」

「……」

成瑤從沒想過，一頓簡單的早飯，還可以吃得這麼綺麗。

好在早飯過後，兩人一同去了君恆，各自開始工作後，終於冷靜了下來。

可惜這份冷靜也沒持續太久，因為很快下個週末，君恆的第二次日本員旅就要開始了。

包銳提前處理好工作，此刻正看著老婆給他的代購清單長吁短嘆了，而譚穎顯然同樣心繫日本，正在做著日本藥妝攻略。

唯一有工作狀態的恐怕只有成瑤了。她剛被錢恆叫進辦公室，委以一個標的額二十三億的家族信託糾紛的重任。

「這個案子，妳主做，我負責把關。除去給所裡的分紅外，剩下的收益妳占六，我占四。」錢恆態度平常，帶著一貫的高冷，在辦公室裡，他並沒有任何昨晚的柔情，稱職的做著一個老闆該做的事，唯有那截隨著他動作在他頸間隱約出現的情侶項鍊，提醒著成瑤，這就是那個男人。

而成瑤對能做這樣一個大案十分激動，做完後按照錢恆給出的分成比例，自己恐怕要變成富婆了！這個認知完全覆蓋住成瑤內心其餘的情緒，她下意識激動地道謝：「謝謝老闆！」

「不用謝我。」錢恆卻頭也沒抬，「別覺得這是因為妳的身分，所以我對妳通融和照顧。林鳳娟這個案子上妳證明了自己的能力，這是妳應得的。換做是包銳、是譚穎，同樣的情況，我也會給這樣的案源和分紅比例。」

「嗯！」

直到出了錢恆辦公室，成瑤的內心還久久沒平靜，她翻著那個家族信託案的材料，手還在激動的發抖。

在工作和能力上得到錢恆的肯定和認同，好像一點也不比被錢恆喜歡帶來的衝擊和喜悅差。

而彷彿為了印證錢恆的話一般，隔天下午，成瑤就收到了鑑定所傳來的鑑定報告。

涵涵和盧建，親子關係成立！

林鳳娟看著親子鑑定書，幾乎喜極而泣：「謝謝妳成律師！真的謝謝妳！謝謝妳幫涵涵討回公道！」

「這樣之後二審，證明了親子關係存在，就可以進入到撫養費糾紛的部分了，我會儘量為涵涵多爭取撫養費的，交給我好了。」

這一次，林鳳娟的臉上露出的是全然的信任。

而成瑤給林鳳娟帶去的，除了這個好消息外，還有別的：「對了，這是我們事務所為涵涵募捐的錢，妳收著吧，涵涵的心臟手術，我聽說還有一筆缺口，我們這些錢，加上妳之前網路上眾籌的那些，涵涵的手術費應該就差不多了。」

林鳳娟忍不住，眼淚當場流了下來：「成律師，我真是不知道說什麼好，真的謝謝妳，妳是我見過的最好最負責也最有人情味的律師，妳還這麼年輕，總有一天，妳一定會成為全國知名的大律師的。」

「另外網路上那幾個抹黑妳公開妳地址資訊的帳號和線民，我已經做好了取證，透過起訴社群平臺，我會先拿到這幾個帳號和線民的個人資訊，之後我會再起訴這些人。」成瑤的思緒清晰條理分明，「這種侵權官司，贏了也不一定有很多金錢上的賠償，但至少還妳一個公道。至於上門到妳家打砸把妳打傷的這些人，我看到妳家那條必經的路路口有一家二十四小時超市，超市門口有個攝影機，我會試一試調取那裡的錄影，看能不能定位到嫌疑人。」

「而幫盧建出具造假的無精症診斷病例的醫院，我也調查過了，這家民營醫院剛開業的時候受過盧建爸爸的投資，至今盧建爸爸仍持有股份，這些證據我也一起提交給法院，後續法院會追究盧建和醫院偽證的罪責。」

一項又一項，成瑤安排得清清楚楚，林鳳娟也紅著眼圈連連點頭。

而從林鳳娟那裡離開，成瑤內心還激蕩著靠自己搞定一件事的滿足感和職業驕傲感。做律師，大概最自豪最帥氣的，就是這一刻吧！

如今拿到了親子鑑定書，二審翻盤已成定局，成瑤終於打電話給成惜。

「姐，我贏了。」

成瑤在電話裡細細講了整個庭審，把鄧明陰溝裡翻船形容得惟妙惟肖，最後連成惜也忍不住笑了：『瑤瑤，我真替妳驕傲，妳真的長大了。』成惜的語氣溫柔而感慨，『妳比我堅強，比我厲害，比我更堅持。』

成瑤並無意和成惜比高下，只是一直以來在父母眼裡不如成惜優秀的自己，內心也渴望著認同。

成惜這幾句簡單的話，已經足夠讓她滿足。

「姐，只可惜我從法官那裡得知，鄧明這個小人把證據造假的罪責撇得一乾二淨，號稱自己也是遭到當事人盧建的蓄意欺騙，因此二審鄧明不再為盧建做代理了，讓盧建另請高明，他還在社群網路上大肆營造自己上當的形象，各種義正辭嚴的表示，如果知道盧建為了迴避親子關係和撫養費會這麼下作，他是死也不會接這種當事人案子的。」

講到這裡，成瑤忍不住內心的氣憤，撇了撇嘴：「沽名釣譽道貌岸然，沒見過比他更雙面更噁心的人了。只可惜這次沒能一舉戳穿他的畫皮，我還想繼續正面剛呢，結果他倒是見勢頭不對立刻就跑了，他所謂的不敗神話，原來就是這麼來的，專挑那些絕對能贏的案子下手，專撿對方律師是軟柿子的案子捏。」成瑤嘲諷道：「妳看啊姐，結果他連我也贏不了，難怪只要錢恆接什麼案子，他就不接什麼，他對上錢恆，怕是都不知道怎麼死的。」

成惜也嘆了口氣：『他就一張嘴說的好聽，很會包裝自己，為了成功可以不擇手段，甚至能壓抑自己的內心偽裝自己，我當時就是自己眼瞎，一點也沒看出來，只覺得他為人溫厚儒雅，對我體貼有加，想著莫欺少年窮，他沒錢沒關係，只要對我好就行了。』成惜講到這裡，語氣充滿自嘲和無奈，『只是誰想到，錢這種東西，一時之間很難說沒就沒，但對妳好這種主觀的東西，可真是一夜之間想收回就收回。』

『所以瑤瑤，要是結婚的話，一定要睜大眼，不要像我一樣一頭栽進這種坑裡了。』

成瑤心虛地「嗯」了一聲。

『對了，上次聽爸說起，妳有男朋友了？好像也是律師？』

「對……」

『等我這次散心回家，記得帶我見見他。』成惜笑起來，『到時候說不定我也可以給妳一個驚喜。』

姐妹倆又聊了些別的，最後成瑤手頭有點工作，只能依依不捨和成惜道了別。只是電話掛斷之前，成惜倒是想起什麼，特地提醒成瑤一句：『妳小心鄧明。』

「嗯？」

『他是個報復心非常強的人，這次妳讓他栽了這麼大的跟頭，他不會就此甘休的，你們都是同個圈子的人，我怕他背後給妳使絆子。』

而對於成惜的擔心，成瑤卻絲毫沒有畏懼：「那就讓他放馬來吧。」她有著初生牛犢不怕虎的一股韌勁，「我才不怕他！」

『他要是能光明正大對妳放馬過去，倒是沒那麼可怕。主要我聽說他最近又接了一檔法律類綜藝節目，叫什麼「律師來辯論」的，每次參加這種活動，他都要對自己大肆宣傳一番，順帶利用媒體和輿論打壓異己。』成惜關照道：『妳多留心總是不錯的。』

成瑤應了幾句，才終於掛了電話。

處理完客戶臨時傳來的法律諮詢，成瑤想起成惜的話，忍不住好奇，她把椅子移到還在看日本攻略的譚穎身邊。

「妳聽過《律師來辯論》嗎？」

譚穎癡迷各種綜藝，果然，這個法律類的綜藝她也沒放過，她的眼睛亮了亮：「最近很紅的啊，妳也開始追了嗎？」

「沒……我剛聽說，想起來問問妳，好看嗎？」

「好看！這個節目就是每期一個法律主題，每期請兩位業界大牛坐鎮，然後會從全社會募集相關領域裡需要法律說明的案例，篩選後，挑出那種爭議最大難度最大的，把案情做成題目，分別由兩位業界大牛代理案例中對立的一方，從情理和法律角度點評，唇槍舌戰，全程都是直播的，不進行事先錄製和剪輯，全天然，最終由觀眾投票，選出勝出的律師。」譚穎眼睛發亮道：「之前已經播出了三期了，第一期的主題是房地產法；第二期的主題是勞動法；第三期的主題是消費者權益保護法。對了，過陣子就要開始第四期了，這期主題是婚姻法……」

成瑤這才恍然大悟，原來如此，下一期是婚姻法，所以邀請的「業界大牛」之一就是鄧明。

「對了，妳知道嗎？」結果譚穎湊近成瑤的耳朵，神祕道：「其實我們錢 Par 收到節目組的邀請函了。」

「欸？」

「就《律師來辯論》第四期的節目組啊，發了幾次邀請給我們錢 Par，電話都打了十幾通，可真的是非常有誠心了。就算我們錢 Par 態度十分惡劣地拒絕了，他們還心心念念想著他，還打了好幾通電話給吳 Par 希望吳 Par 能作為中間人說服錢 Par 參加呢。」

「還有一個參賽律師確定了嗎？」

「確定了啊，就那個德威事務所的合夥人鄧明，聽說妳那個法律援助案不就是對上了他？坊間不都說他是業界良心，而我們錢 Par 就是業界毒瘤。」譚穎說到這裡，忍不住笑了出來，「哈哈哈，我現在有點理解節目組對錢 Par 的執著了，業界良心對上業界毒瘤，還真的蠻有看點和行銷點的啊。」

說者無心，聽者有意，譚穎只是隨口一句八卦，然而成瑤的內心卻有些蠢蠢欲動起來。

這檔節目，鄧明是肯定要參加的，如果錢恆也能參加，以錢恆的專業素養還有他這張隨時送你能上火葬場的嘴，鄧明恐怕在直播中會顏面盡毀，他那層畫皮，自然而然就隨之剝落了。

只是……只是錢恆果然不同意……

晚上約會的時候，成瑤廢了九牛二虎之力試圖說服錢恆參加，結果還是遭到他毫不留情的拒絕。

「我是律師，不是娛樂明星，律師只要做好自己的專業工作，服務好客戶就可以了，不需要去上這種無意義的綜藝節目。」錢恆提起《律師來辯論》，顯然有些不屑，「把專業人士娛樂化，真是太閒了，何況這些綜藝裡律師形象都是包裝出來的，就像電視劇裡的律師一樣，根本不是我們真實的工作狀態，也就是外行看個熱鬧，不過是鄧明這樣的人變相行銷的平臺。」

「那就更應該由我們去破除公眾對律師的不實印象，去告訴他們真正的律師是什麼樣子的啊。」

錢恆橫了成瑤一眼，然後摘下自己的圍巾，胡亂地圍在成瑤頭上：「我的時間很貴的，除了工作外，真的不想浪費在這種事上。尤其我現在的閒暇時間比以前更寶貴了。」

「你的時薪費率又升了！」成瑤忍不住叫起來，「還有沒有天理？你的費率已經那麼高了，還要漲價啊！」

「沒漲價。」

「那為什麼更貴了？」

「白癡。」錢恆側開了頭，聲音略微彆扭，「因為現在的閒置時間都要留給妳。」

雖然錢恆最終沒同意去參加《律師來辯論》這檔節目，然而成瑤卻覺得不僅沒有不開心，相反，自己竟然像是個被順毛摸了的貓似的，整個人都舒暢極了。

很甜。

比喝了一杯糖水還甜。

年底，一切工作都到了收尾階段，到處洋溢著新年的氣息。時間過得飛快，但一切也都有序地進行著，李夢婷的房產糾紛案一審判決已經結束，如成瑤所料，判決支持李夢

婷取得房屋所有權，而張浩得到相應份額現金補償，雖然一審判決送達後還有十五天上訴期，但成瑤可以確定，就算張浩不服一審判決選擇二審，判決結果也不會有多大變化了。

「謝謝妳瑤瑤！等判決生效，湊出錢把張浩那部分現金給他，再還掉那一百萬，我就能澈底和過去說再見了！」李夢婷拿到判決書，幾乎喜極而泣，她近來胎像很穩，在父母的照顧和鼓勵下，已經調整好心態，面色紅潤起來。

一旦振作起來，李夢婷的行動力比成瑤想像的還強，自拿到成瑤的司法考試複習資料後，她每天鑽研，簡直拿出了當初升學考的架勢。

「這孩子，嫌酒店裡沒有讀書的氣氛，如今每天早上八點就去旁邊的圖書館複習。」李夢婷媽媽有些心疼，「幸好圖書館離得近，醫生也說，懷孕中後期可以有點適當的運動，對控制血糖和胎兒大小都好，也容易自然產。」講到這裡，她有些埋怨，「本來我和她爸每天陪著她走去圖書館，晚上的時候接她一起走回來，結果她這幾天死活不讓我們去接了，愣是要自己走回來，可擔心死我了……」

李夢婷媽媽沒多想，然而成瑤卻敏銳地從李夢婷的表情裡嗅出了點蛛絲馬跡。

李媽媽一走，成瑤就擺出拷問的架勢：「來，說說看，最近是誰送妳回家的？」

李夢婷臉色微紅，眼神躲閃道：「沒……沒有啊。」

「妳還能瞞過我？」成瑤笑，「妳從上次差點先兆流產後，都很小心，現在雖然是相對安穩的孕中期，但妳絕對不會晚上這麼冒冒失失堅持一個人走夜路回家，說吧，誰送妳回來的？」成瑤朝李夢婷擠了擠眼睛，壓低聲音道：「放心吧，我替妳保密，不告訴妳爸媽。」

「妳說的啊，替我保密！」李夢婷看了成瑤一眼，最終沒再瞞著，「因為外文館裡人少比較安靜，我去圖書館通常都在外文館複習，有個外國人，也一直在那館裡看書，他中文不太好，有次想借一本外籍書，圖書管理員年紀大不太懂英文，我就順手幫他弄了，之後一來二去就認識了。」

成瑤兩眼泛出八卦的光：「多大了？哪國的？什麼背景？做什麼工作的？」

「是個芬蘭的工程師，年紀比我大六歲，也有過一次婚姻，但因為和前妻聚少離多，最終和平分手了，離婚好幾年了，沒孩子，但他挺喜歡孩子的。」

「帥嗎？」

「不帥，不是妳想的那種歐美帥哥，就是普通人，但人很溫和，意外發現我們還有挺多共同話題的。」李夢婷有些害羞，也有些忐忑和不安，「我從沒想過和他怎麼樣，就當是個外國友人，我的情況也都和他說了，我沒想到他不介意，還覺得我這麼不容易，能選擇生下孩子非常有勇氣，而懷孕了還每天堅持來讀書，他覺得我很有毅力，也很堅強獨立，竟然真的認真追起我來了，我拒絕過了，但他仍是堅持送我回家，希望從朋友做起。」

成瑤能理解李夢婷的不安，她剛從一段失敗的感情中抽身，對男人、對婚姻、對未來恐怕都心有餘悸，只是被傷害過不幸過，也不妨礙再一次獲得幸福。

而經此挫折，李夢婷顯然成長了很多，她如今不再舉棋不定，對未來有了自己的考量和把握：「現在我的新生活剛開始，很多不穩定因素，我沒想著那麼早再開始一段感情，最重要的還是自己先強大起來，不是都說，『你若盛開，清風自來』？我相信，只有自己足夠努力，才能遇到更好的人，才能獲得匹配的愛情。一旦你真的非常努力，生活是不會虧待你的。」李夢婷的聲音裡帶了堅毅，「瑤瑤，這一次，我不會再想著把人生寄託在男人身上，我會靠自己強大起來。先愛自己，再愛別人。生活裡除了愛情和婚姻，還有很多別的東西呢。」

看著如今脫胎換骨般的李夢婷，成瑤忍住內心的動容，用力地點了點頭：「只要努力堅持下去，生活一定會越來越好的！」

誠然，人生充滿了抉擇，抉擇錯誤可能會付出重大代價，但生活並非只是一局定輸贏，選擇錯了，重新站起來，永遠不放棄自己，仍舊能披荊斬棘收穫明天。

李夢婷的案子也算基本告一段落，林鳳娟的案子還在等著二審開庭，但即便保守預估，也是勝券在握了。

在年底能解決這兩個案子，成瑤總算鬆了一口氣，終於允許自己稍微放鬆了下，投入到日本員旅的氣氛中去。

包銳自從重新說服錢恆讓自己去日本後，就非常熱情地為大家準備了松本清折扣券和日本必買清單。譚穎也搭配好了日本街拍的穿著，王璐和李明磊這對地下情侶對去日本旅遊自然也求之不得。

在大家的強烈期待下，日本員旅五天四晚的關西行終於拉開了序幕。

冬天的日本很冷，然而君恆一行律師，一路有說有笑，氣氛十分熱鬧。

「前三天行程我們安排在京都，後兩天返回大阪。因為考慮到今天到京都的時間也不早了，無法安排什麼行程，我們先到酒店放行李修整一下，簡單吃個晚飯，晚上幫大家安排了祇園彌榮會館的表演。」行政部的朱姐熱情地跟大家講解著，「祇園彌榮會館的表演是非常傳統的日本傳統文化，除了藝伎表演外還有茶道、花道、雅樂和狂言之類的……」

朱姐還在隊伍前講著，包銳就哀嘆起來：「唉！」

譚穎很好奇：「你唉什麼唉？」

包銳一臉一言難盡：「我第一次來日本也妄圖接受一下文化的薰陶，陶冶一下情操，但這個表演，真的不好玩啊！首先表演是純日文的，完全沒有翻譯，就那個藝伎什麼京舞的表演還能看看，其餘茶道、花道十分無聊，狂言之類的根本聽不懂……我上次陪我老婆看，一個小時睡了四十分鐘……」他惋惜道：「有這個時間，不如大家去京都的酒吧，我知道幾家 bar 非常不錯，正好我老婆不在，我要大幹一場……」

此時，錢恆正好走過來，包銳忍不住委屈，抱怨道：「錢 Par，這行程是哪家旅行社安排的啊？來日本，我包銳就是為了看這種表演？這安排行程的，怕不是智障吧？而且這唯一能看的藝伎歌舞，演員全是男人啊，一個女的都沒有，還看什麼？安排行程的，要是個男人，肯定也喜歡男人！」

包銳越說越生氣：「下次別被我看到這個安排行程的，我包銳第一個就把他打到喊爸爸。」

錢恆沒說話，他抿著唇，掃了包銳一眼：「包銳，行程是我安排的。」

「錢 Par……」

「我很確定我不喜歡男人。」錢恆冷冷道：「鑑於你對晚上的表演毫無興趣，正好我有個客戶協定要改，你就在酒店裡加班吧。」

包銳快哭了：「錢 Par，不……你聽我解釋……」

「不要和我解釋，你趁著老婆不在想去夜店的危險思想，我想你老婆應該知悉一下。

所以，你去跟她解釋就行了。」錢恆森然一笑，「你放心，我會確保她知道的。」

包銳整顆心涼颼颼的，他看著錢恆淡然離去的背影，差點跪下。

「錢Par他知不知道我老婆是母老虎啊，他這樣，我會死的！」包銳絕望道：「我會被我老婆打死了，怎麼再侍奉在錢Par的左右？他難道不要他的小太陽了嗎？」

「……」

醒醒吧包銳，你入戲真的太深了！

晚飯在熱烈的氣氛裡結束了，所裡幾個新人都是第一次來員旅，有些更是第一次出國，看日本的一切都覺得新鮮有趣。

錢恆自到了日本後，自然而然和吳君等其餘幾個合夥人在一起聊著今年的業務和明年的計畫，而成瑤之類的年輕律師和助理律師、實習生則聚在另一處聊天。雖然不明說，但老闆和下屬之間，仍舊自然的涇渭分明。成瑤忍不住，在閒聊的空隙裡偷偷瞄了錢恆好幾眼，然而每一次都能恰如其分地和也同樣在看她的錢恆撞上視線。

所有人都不知道，但她竟然和錢恆在談戀愛，這種感覺真是隱祕又美好。

而當大家結束晚餐，向祇園彌榮會館出發之時，吳君等一行合夥人自然而然作為老闆越過眾人帶隊走在前面，唯獨錢恆故意放慢了步伐。

他緩緩的，掉隊經過成瑤身邊。

「成瑤，之前那份財產分割協議改好了嗎？」

望著眼前一本正經的錢恆，成瑤沒反應過來：「欸？」

最近什麼時候有讓自己改過財產分割協議了？

錢恆傾過頭，壓低了聲音：「等等進會館之前，找個理由掉隊，跟我一起進去。」

「嗯？」

明明是說著私事，錢恆臉上卻還是公事公辦的一本正經，讓經過的其餘同事根本不會想像他並非在說公事。

「祇園彌榮會館的表演廳裡不分座位，有票直接進，有空位隨便坐，妳跟我一起進去，坐一起。」

「錢恆，都出來旅遊了，你怎麼還不放過成瑤還在跟進工作啊？」走在前面的吳君回頭喊錢恆，「快跟上來，放過你的小助理律師吧。」

錢恆掃了吳君一眼，又看了成瑤兩下，抬高了聲音，一本正經警告道：「今晚看完演出後回去加班給我就可以了。旅遊歸旅遊，該做的工作也不能落下。」

「……」

成瑤目送著錢恆說完，又一副老闆派頭地走到吳君身邊。

錢恆的演技太嫺熟，導致同事們都對成瑤慘遭飛來橫禍表達了深切的同情。

尤其是包銳，很是安慰：「看到錢Par對妳下手也這麼狠，我就安心了，原來我不是一個人。」

「……」

成瑤真怕包銳知道真相的時候表演一個當場去世。

錢恆倒是能臉上一派正經嚴肅，可他那低聲的話語卻像是在成瑤的心上灑下了一片火種，成瑤懷揣著小小的悸動和雀躍，又要小心翼翼不能洩露讓人看出端倪，去祇園彌榮會館的路上，她都只能忍著，心不在焉地聽著同事們聊天。

而一如錢恆所說，祇園彌榮會館的演出票並不是指定坐席，進入表演廳後就是自由落座，成瑤尋了個去廁所的藉口，故意和譚穎他們岔開來，然而卻不幸撞上一個歐美旅遊團，一下子被這群歐美人包圍起來，就在成瑤著急地找著錢恆之際，有一隻手從人群中伸過來，牢牢牽住她的。

「終於把吳君他們甩掉了。」錢恆輕聲笑笑，俯身親了親成瑤的耳朵，「走吧。」

因為這個歐美團的掩護，兩人混在人群裡進入表演廳，錢恆一路領著成瑤，演出此時已經開始了，廳內除了舞臺燈光已經熄了，兩人找了個周邊都還空著的座位坐了下來。

不得不說，包銳說的是實話，除去一開始的歌舞伎表演外，茶道、花道這類需要靜下心來品鑑的藝術，確實並不適合在大舞臺表演。

「其實包銳說的也不算錯……」成瑤想起在酒店加班的包銳，有些同情。

「是沒錯。」錢恆低聲湊近成瑤的耳朵，「本來今晚並沒有行程，準備讓大家好好休息，但我想了想，特地加上了這個。」

錢恆溫熱的氣流就縈繞在成瑤的耳邊，她只覺得耳朵有些發燙：「為什麼啊？」

「可以和妳這樣正大光明地牽手。」昏黃的光線下，看不清錢恆臉上的表情，但他聲音裡那種既想要大大方方表達又想要矜持的彆扭感又出現了，他瞥了成瑤一眼，似乎想要努力克制，只是最終，還是忍不住般自暴自棄道：「我可不想特地為了妳辦的第二次員旅，結果全程我連和妳牽手的機會都沒有。那我請全所來旅遊的錢，不是白費了？還白白找了這麼多大電燈泡？」

「欸？」

「B市那種臨時的海灘嘉年華遊樂場都覺得好。」錢恆垂下視線，「特地帶妳出來見見世面，看看大阪的環球影城。」

錢恆撇開了眼神，盯著舞臺上正表演狂言的演員看了一下，就當成瑤以為他不想繼續這個話題準備投入看表演時，她才又一次聽到錢恆淡淡的聲音——

「都特地避開所裡那些電燈泡，好不容易能和我獨處，難道妳就沒有什麼想對我做的事嗎？」

錢恆的聲音有些不自然的矜持，然而即便想要偽裝和克制，那裡面濃濃的委屈和暗示意味，就差沒在他自己臉上打上字幕了。

兩人自牽手後，五指相扣，手就沒有分開過。成瑤有些害羞，她下意識抓緊錢恆的手。

「白癡。」

結果這一舉動顯然並沒有取悅和滿足錢恆，他看了成瑤一眼，「我錢恆怎麼找了這麼遲鈍的女朋友？」

他的表情有些無可奈何，然而更多的是縱容，成瑤還沒反應過來，錢恆的唇就覆了上來。

臺上似乎正表演到高潮，而成瑤和錢恆卻無心去看了，兩個人湊在一起，在黑暗和音樂的掩護下熱吻。

直到演出結束，成瑤嘴唇和臉上的溫度都沒有退下去。為了避嫌，散場時，她故意又和錢恆分開來，兩個人恢復了冷漠的老闆下屬關係模式。要不是錢恆的臉也有些微紅，這兩個人臉上，簡直是一點剛才綺麗風情的端倪都沒有了。

只是這種別人都不知道，卻彼此愛著的感覺，像是心間開出的隱祕玫瑰，只屬於彼此。

混雜在事務所同事中，回程的路程，錢恆又一次和吳君等幾個合夥人同行，沒有機會再和成瑤說一句話。只是有些愛意和在乎，那些眼神的追隨，那種默契的點到為止，一個動作，一個回首，已然無聲勝有聲。

有些感情，是不需要說的。

雖然沒有和錢恆並肩同行，然而成瑤卻覺得整個人都像被錢恆包圍著一樣安心、溫情。

回酒店後，有些同事便在酒店休息了，也有些意猶未盡，結伴去附近的錦市場吃宵夜，還有些則直接跑去藥妝店大採購。

成瑤婉拒了譚穎一起去吃宵夜的邀請，錢恆剛對接給她的那個家族信託案，成瑤材料看了一半。這個案子標的額很大，又代表著錢恆的信任和肯定，說什麼成瑤都要做好。

過去的她，會覺得只要工作的八小時裡認真工作，下班時間一到就是涇渭分明的休閒時間，晚上看看電視劇也沒什麼；那麼如今的她，明明比過去進步了很多，卻反而意識到時間的寶貴。

想做一名和錢恆一樣成功的律師，時間可是需要一分鐘都恨不得掰開來用的。不用想，這個時候，錢恆一定也在處理工作的事務，優秀如他仍在努力，那麼自己又怎麼能偷懶？

只是腦力思考十分耗費能量，成瑤聚精會神看了一小時材料，就覺得胃裡空空的。最終她忍不住餓，決定下樓去附近的便利商店買點飯團墊墊肚子。

這次入住的酒店有一個環境優雅的日式小花園，從大廳必須繞過這個花園，才能走到酒店正門。日式花園注重的是移步異景，營造禪意十足的寧靜氣氛，因此石景眾多，草木林立，還挺有曲徑通幽的感覺。這個花園不小，岔路眾多，走在其間，非常有隱私感，即便能聽到身邊有旁人隔著石景樹景的輕語聲，也見不到人，避免了尷尬，讓住客能有更多的私人體驗。

晚上酒店的花園安安靜靜的，古樸的日式石燈燈光昏黃曖昧，一切十分靜謐。因此，即便是非常輕的聲響也被放大的十分清晰。成瑤走了沒多久，就在身邊的石景後聽到熟悉的聲音。

「唉，死了死了，我這次又買破產了，你們怎麼不攔著我，我都說了我一見到藥妝就無法冷靜的……」

這聲音，顯然是所裡的同事李萌。

接著開口的是王璐：「算了啦，大家不都一起買了這麼多嗎？一起破產哈哈哈。」

「沒有吧，成瑤不就沒來？沒和我們這些購物狂一起去，機智地守住了錢包。」

成瑤剛想開口喊住君恆的眾人，就聽到李萌又開了口，然而這一次，她的語氣十分微妙：「成瑤？成瑤和我們這些只會拼命購物的女人不一樣，她不是還留在酒店裡看案子材料嗎？」

王璐不明所以，讚嘆道：「她好認真啊！」

李萌輕笑了聲：「你們該不會以為她真的在酒店裡看案子材料吧？」

「啊？」

李萌過來人般語重心長地嘆了口氣：「王璐啊，妳還年輕，要是和我一樣多混幾年職場，妳就懂了。那麼多同事出去吃宵夜和購物，就她說要看案子不去，妳想想，留給所裡大Par的印象是不是特別深刻？覺得這新人特別懂事特別上進？」

「……」

「我以前是國營企業法務跳槽來君恆的，這些事在以前公司看的可多了，妳埋頭一聲不吭兢兢業業做事，上司不一定看得到，但妳像成瑤那樣，關鍵時刻會表現自己，甭管妳是不是真的晚上在酒店裡看案子，讓上司覺得妳在看，妳就成功了一半。最後都是這些人升職快，那些勤懇的老黃牛反而沒機會出頭。」

王璐為成瑤辯解道：「成瑤不是這種人，她是真的挺認真的。這次員旅飛機起飛前，她還在埋頭回客戶的郵件，電話也來來回回跟客戶打了好幾通，生怕自己出國期間不一定能及時聯絡上，先把案子可能會遇到的情況和應對措施和客戶講了一遍⋯⋯」

李萌並不買帳：「學著點吧，你們還是太單純了。你們知道嗎？最近錢 Par 給了她一個二十三億標的額的家族信託案，還讓她主做，錢 Par 坐鎮，你們感受一下。」

這下眾人果然忍不住發出羨慕的驚嘆：「哇！這麼幸福！」

李萌的語氣酸溜溜的：「我比成瑤早來君恆半年，特地辭掉了國營企業法務輕鬆穩定的工作來君恆，平時上班也都勤勤懇懇的，但妳看，我至今連個獨立操作案子的機會都沒有，更別提什麼二十三億元標的額的大案了！」

王璐安慰道：「李萌姐，別急，妳的機會一定馬上就來了。」

「我急也沒有用，畢竟我沒有成瑤長得那麼好看。」李萌嘆了口氣，語氣失落，「年輕女孩，長得又好看，可真是占便宜，漂亮的人果然比我們普通人幸運很多。」

王璐平時和成瑤關係不錯，她仍舊想為成瑤解釋，只是李萌身邊幾個剛進所的實習生不明所以，完全被李萌帶著走附和起來。

「成律師長得是真的漂亮，偷偷說啊，我剛進君恆第一眼看到她還以為是明星，以為是我們所的客戶的，真的好看，不像是律師，而且看起來年紀好小，我要是客戶，我都不放心交給成律師代理案子……」

李萌輕哼了聲：「她年紀是小，而且只有大學畢業，我們所平均學歷都是碩士呢，何況她的大學也不是什麼頂大，也沒有什麼很厲害的工作經歷，更沒留過學，按理說，平時這樣履歷的，我們所根本不會招的，至於為什麼她被招進來了，還那麼好命的分給了錢Par，現在還拿到這麼大的案子，你們自己想吧。」

這幾個新來的實習生並沒有接觸過成瑤本人，平時只知道李萌作為前輩很照顧她們，因此幾乎沒有任何思辨地就信任李萌，接受了她的觀點。

「會不會是關係戶什麼的？就家裡比較有背景那樣？」

「我好羨慕成律師啊，我要是有她一半好看，我實習完肯定能留在君恆了吧。」

「要是我長這麼好看，我還當什麼律師啊，我覺得當律師好辛苦的。」

「你不懂了，我們君恆接的客戶都是非富即貴，社會階層的頂尖，成律師說不定哪天和哪個客戶談個戀愛，直接從同事變成我們的甲方客戶了呢。我學姐在德威事務所，她們所之前有個女律師就長得很好看，最後和一個有錢客戶結婚了，成功嫁入豪門，名下也有家族信託了，搖身一變成了所裡趕著伺候好的重要客戶了。」

「……」

這一行人嘰嘰喳喳聊著天八卦著，沒過多久，話題又從成瑤變成購物和明星，這才漸行漸遠走離了成瑤。

成瑤這個話題可能只是她們眾多話題中非常微不足道的一個插曲，然而作為話題本人的成瑤，卻在李萌她們走後，內心難以平靜。

直到這一刻，成瑤才深切意識到錢恆說的話。

人心太複雜了，就算氣氛再好的事務所，再和睦的同事，仍舊擋不住人的天性。一旦同期甚至是後輩比你有了更快更好的發展，人們總難以控制會生出不平和複雜情緒。

很少有人能平靜地接受現實，或者冷靜下來去看看對方身上是否真的有比自己優秀的特質。李萌的反應是很多人下意識的第一個反應。她們不能接受原來資歷不夠好經驗不夠充足的新人在短時間內趕超自己，無法第一時間從自身找問題和對比，而是下意識去攻擊對方的弱點，質疑對方的能力，以獲得自我安慰和滿足。

成瑤不得不承認，不在事務所公開和錢恆的情侶關係，是萬分正確的決定。她以前沒多想，如今才意識到，辦公室戀情，尤其是上下級戀情，確實是微妙且十分危險的。

如果被李萌她們知道自己和錢恆的關係，她們會怎麼想?幾乎是可以預見。

成瑤心情沉重地買了飯團，吃完後，卻怎麼也沒心情再看案子了。她忍不住打了個語音電話給秦沁。

秦沁作為職場老江湖，對這種發展並不意外：『辦公室戀情就是這樣，除非最終修成正果，一旦分手，就算你們兩個人分手還能做朋友，別的同事和你們相處，也會覺得微妙。』她嘆了口氣，『當然，我希望妳戀愛一次成功和和美美，但妳也要留個心眼，就算你們沒分手，妳這種和老闆談戀愛的，也不可能能一輩子瞞著同事吧，等被發現了，妳的處境會更微妙的。』

成瑤咬了咬嘴唇，沒說話。

『你們沒分手，從感情上來說，是好事；在事業上來說，對妳老闆，沒影響，但對妳來說，就不是這麼回事了。妳在職場上所有取得的成績、妳的努力、妳的能力、妳熬的夜、妳經歷的心酸和困苦，都會被忽視，妳的身分極有可能不再是「優秀年輕律師成瑤」，而會被貼上「知名律師錢恆女友成瑤」的標籤。』秦沁頓了頓，『我是妳的朋友，我當然知道妳走到如今這一步，自己付出了多少，但更多的人不認識妳、不瞭解妳。會有越來越多的人，覺得妳未來那些成績，都是因為妳背後有妳老闆撐腰。妳在職場上，會因為這段感情越來越難以證明自己……』

「秦沁，真的會變成這樣嗎……」

秦沁嘆了口氣，收斂了下情緒：『真的，別問我為什麼知道的這麼深刻。因為這就是我經歷過的。』

成瑤心裡感動，她隱約知道秦沁上一段感情傷得很重，她原本並非公關行銷從業，之前的工作是金融相關，原本前途大好之際卻選擇了辭職，澈底告別了金融行業，跳槽進入公關領域。

「謝謝妳和我說。」

『欸，朋友之間說什麼謝。』秦沁聲音有些滄桑，『妳當時問我為什麼辭職，我一直沒告訴妳，現在我可以說了，就因為我想脫離他的標籤，我想讓別人知道，我秦沁取得的一切成績，都是我自己的努力，沒有那個男人，在完全不同的領域，我照樣能做得好。』

『只是很可惜，那時候我太年輕了，一心想要掙脫他的盛名和保護，太要強了，不停想要證明自己，卻沒考慮過他的感受，最終耗盡兩個人的感情。』即便秦沁這段感情已經是半年前的事，但如今說來，她還是忍不住唏噓，『我說出來，是希望妳可別重蹈我的覆轍了，和老闆談戀愛，要平衡好感情和事業，真的不是件容易事啊瑤瑤。』

成瑤知道，自己不能一直依賴錢恆，這些微妙的同事和人際關係，自然也無法和錢恆講，因為一旦講了，錢恆來維護自己，不就更驗證自己的一切是拜錢恆所賜這一點了嗎？

「秦沁，妳說，我是不是必須和錢恆一樣強大優秀，在最後公開戀情的時候，才不會有人說，我是依附他的？」

『嗯，妳要是也是個女合夥人，找他談戀愛，人家當然都說你們是強強聯合棋逢對手囉，但現在妳是個小律師，還是他的下屬，那別人說的，就微妙了。』

掛了秦沁的電話，成瑤一顆心更是五味陳雜。

不論為了自己，還是為了錢恆，看來都要更加努力了。

雖然因為李萌的一番話，成瑤心裡有些顧慮，然而京都這座古城實在太有韻味了。

第二天，充滿日本古典浪漫氣息的祇園和八阪神社讓成瑤一下子忘了別的，只專心欣賞起眼前的美景，全身心感受起這場異國旅行。

「聽說京都宇治的抹茶特別出名，我看妳做的攻略說到京都來一定要嚐嚐這裡的抹茶冰淇淋還有抹茶糕點……」成瑤望著不遠處路邊的抹茶店，有些躍躍欲試，「我們去買？」

對於成瑤的提議，譚穎也十分心動：「我覺得可以！冬天吃冰淇淋最刺激了！走……」

結果她剛開始找日幣，朱姐突然朝大家揮了揮手：「錢 Par 說了，請大家吃抹茶冰淇淋和甜點。」

譚穎歡呼一聲：「錢 Par 太妙了！不用我掏錢了哈哈哈！」

成瑤沒說話，她只是微微側頭看了正不遠不近走在自己身側的錢恆一眼，錢恆雙手插在口袋裡，表情淡漠地聽著吳君在說著什麼，然而成瑤卻能感受到他餘光裡自己的倒影。是他聽到了吧。

抹茶冰淇淋確實有口皆碑的細膩好吃，只是在大冬天吃了這麼冷的東西，成瑤又有些想吃點熱的東西暖暖胃，但這次她掃了仍舊在她身側亦步亦趨的錢恆一眼，不敢開口，只朝著不遠處那個京都湯豆腐的店鋪看了眼。

傳聞中京都東山的水是最適合做豆腐的弱鹼性水，水質足夠好，因此京都的豆腐也是十足好吃，而大冬天，來一碗熱騰騰的湯豆腐，簡直不能再妙。

這一次，成瑤沒說話，她拉了拉譚穎的手，輕聲道：「想不想吃湯……」

結果話還沒說完，朱姐又發話了：「錢 Par 說了，大冬天的，請大家喝點暖的，每個人來一碗湯豆腐。」

「……」

吃完湯豆腐，成瑤又對和菓子產生了興趣，結果又只是多看了兩眼，朱姐再次宣布，錢 Par 買單請全所盡情吃京都和菓子。

這之後，只要成瑤看過什麼，幾乎不用過多久，朱姐就會宣布，錢恆請了。

這一路，幾乎是在「錢 Par 請了」、「錢 Par 又請了」、「錢 Par 買單」、「錢 Par 讓你們隨意吃」這幾個句之間來回的。

一開始，成瑤還以為是巧合，只是到了後面，連她也無法自欺欺人了。

成瑤偷偷看了錢恆一眼，對方果然也正在看著她，雖然並無表態，錢恆甚至還一邊心不在焉地附和著吳君，但他看向成瑤的眼神，卻讓成瑤明白了一切。

錢恆一直都在默默地關注著自己。

在店鋪裡吃完和菓子喝完熱茶，成瑤終於尋了個機會，甩開眾人，在買單的收銀檯前堵住錢恆。

她有些羞赧：「你怎麼知道我想吃這些東西？」

錢恆冷靜地付了錢，只是信用卡簽名時，耳朵卻有些微微的變紅了：「因為湯豆腐也好，和菓子也好，妳都看了很多眼。」

「可我還看了好多別的店鋪，你怎麼知道我不想吃那些，只想吃湯豆腐和菓子？」

錢恆垂下了視線：「妳看那些東西的眼神，我分得出來，我知道妳是喜歡，想吃。」

「嗯？」

這一次，錢恆終於抬頭看向成瑤，他壓低了聲音，帶了點不自然和稍縱即逝的害羞：「因為妳看我的時候，就是用那種眼神。所以我分得出。」

錢恆抿了抿唇：「如果只有我們兩個人，我就能一樣一樣買給妳吃了，但這是員旅，

我只能請大家一起吃，心裡當做是自己買給妳吃了。」他有些無奈和縱容地看了看成瑤，

「沒想到我只喜歡一個人，卻要連帶著把所裡所有人都供起來。」

成瑤沒說話，明明京都的天氣這麼冷，然而她的臉和手都熱了起來。雖然其餘同事已經在外面等著了，成瑤是以自己忘了東西為理由才再次進店，好和在買單的錢恆短暫兩人世界的，本來應該克制，但成瑤忍不住，她輕輕把頭靠在錢恆的背上，從背後摟住錢恆。

她埋在錢恆的大衣裡，甕聲道：「好像越來越喜歡你了，有點太喜歡了。喜歡到覺得好危險。明明這時候很容易被同事們發現，但還是想要離你近一點……」

「可以更危險。」

錢恆的聲音低沉性感，成瑤還沒反應過來，就被他一把攬著摟進懷裡，然後他帶著微微涼意的嘴唇，觸上了成瑤的，強勢頂入，攫取著成瑤唇齒間濕潤的甜美氣息。

這個吻不同於以往任何一個，帶了點迫不及待的凶狠和壓抑過後的爆發。

只是成瑤剛張嘴熱烈回應這個吻，背後竟然傳來包銳的聲音——

「錢Par，成瑤，你們人呢？下午去嵐山的車要發車了啊……」

包銳的聲音越來越近了，成瑤緊張到不行，生怕包銳過來撞破自己和錢恆熱吻的這一幕，只是她想分開，錢恆卻不讓。他不僅沒推開成瑤趕緊避嫌，反而把成瑤摟得更緊了一些，更加深了這個霸道濡濕的吻。

包銳的聲音已經近在咫尺：「欸？這兩個人跑哪去了？」

而隨著包銳的越發接近，成瑤緊張得心跳都要停了。

要被發現了……

自己緊張到快缺氧，錢恆這傢伙卻還在放火，他近乎貪婪地吻著成瑤。

「錢 Par？成瑤？」

而就在包銳快要發現他們的時候，錢恆抱著成瑤，動作有些粗魯地用腳踢開附近一扇門，摟著成瑤閃身撞了進去。

這一連串動作，行雲流水，幾乎在一分鐘內瞬間完成。

直到這時，成瑤才發現，這是一間空的包廂。

成瑤的背抵在牆上，聽著門外包銳的聲音漸遠，成瑤胸口的起伏才漸漸平緩了下來，她有些驚魂未定地瞪了錢恆一眼：「你是要嚇死我嗎？」

錢恆卻只是笑，他湊近成瑤的耳朵，聲音低低：「我早就看好了這裡有個空包廂，妳進來找我的那時候，我就想把妳抱到這裡來了。」

成瑤一顆剛才才趨於平靜的心，一下子又狂跳了起來。

錢恆顯然也不打算放過她，他又傾身上前，望著成瑤的眼睛：「本來以為來日本員旅，可以脫離工作環境，和妳更放鬆更開心一點，結果不僅沒有，反而比工作時還更難熬了。」

「嗯？」

「因為全所人一起行動，能和妳兩個人在一起的時間反而比工作時候還少。」雖然努力克制，但錢恆聲音裡那種控訴還是洩露了出來，他乾巴巴道：「還不如沒有員旅。」

錢恆垂下目光，繼續道：「這兩天，我和妳單獨說話的次數屈指可數。」

成瑤紅著臉，卻忍不住笑了，她把自己往錢恆的懷裡再鑽了鑽：「那回去了，我們週末一起去附近一日遊，就我們兩個，把日本沒來得及在一起的時間都補回來。」

「不行。」

「嗯？」

「現在就要補。」錢恆整個耳朵都紅了，只是語氣還是一本正經，他盯向成瑤，「要再親一下。」

話音剛落，他就傾下身，又一次吻住成瑤。

等錢恆和成瑤從和菓子店裡出來，已經是十分鐘後的事了。

包銳見了錢恆，一臉著急地迎了上去：「錢Par，你剛才和成瑤去哪了啊？」

成瑤的臉還有些紅，錢恆卻早已恢復了平靜，他看了成瑤一眼，讓人信服道：「哦，剛才信用卡刷卡出了點問題，正好看到成瑤，跟她借了信用卡去買單了，結果收銀檯那邊pos機識別不了，只能跟著店主去他們後面另一臺pos機刷卡。」

包銳完全沒有懷疑。一行人，就這麼浩浩蕩蕩去了嵐山。而到了嵐山，成瑤才意識到錢恆安排這個景點的私心。

朱姐例行告知著：「嵐山安排的是自由活動，待會記得到按時集合就行。」

嵐山很大，自由活動的話，自己和錢恆可以完全避開所裡眾人的耳目，好好的二人世界一番。

而一旦分散開來自由行動，錢恆的一切都印證了成瑤的猜測。

「成瑤，妳等一下，之前丁勝的案子，他那邊情況有點變化，妳和我路上講一下目前的情況。」

幾乎是一解散，錢恆就冷冷地出聲叫住成瑤。

譚穎和包銳對成瑤投去同情的眼神，兩人愛莫能助地攤了攤手，就立刻毫無同情心地拋棄成瑤衝向嵐山大自然的懷抱。

成瑤一開始和錢恆還不得不保持著距離，一臉嚴肅地談著瞎扯淡的「案子」，而等所裡其餘同事漸漸走遠，錢恆臉上雖然仍維持著老闆的威嚴冷酷，但一隻手已經悄悄伸過來，拉住成瑤的。

「走吧，趁著他們還沒去，我們先去渡月橋。」

「什麼渡月橋？」

錢恆一臉平靜：「就是嵐山的一個著名景點。」

錢恆不想說不代表成瑤查不到，她很快在手機上查到了渡月橋的資訊。這是嵐山知名的情人橋，據說只要是情侶去過這座橋的，都不會分開。

只是——

「但走這座橋的時候不能回頭。」成瑤笑著補充道，她朝錢恆挑了挑眉，「我看到了。」

她的笑容狡黠：「一旦回頭，就會分手。」成瑤黑亮的眼睛眨了眨。

錢恆被她盯得有些侷促：「我也不是相信這種東西，但既然來了……」

成瑤攬住錢恆的手：「走吧。」

渡月橋是非常日式古典韻味的橋樑，橋面是木製的，橋下流著從大堰川蜿蜒而來的水，僅僅是站在橋上，望向不遠處的景致，都覺得安寧而靜謐。

成瑤拉著錢恆的手，就這樣安靜地走著，兩人誰也沒說話，然而不經意之間觸碰在一起的眼神和交纏在一起的手指，已經說明了一切。

而走到橋中央的時候，像是冥冥之中的贈予一般，下雪了。

「下雪了！」

成瑤忍不住駐足，她驚喜地看著一片片雪珠飄散下來，落在她的髮間、額上，而一開始還如星點般的雪，隨著時間，漸漸變成一大片一大片，遠處的山上，沒過多久，慢慢有了積雪的趨勢。

成瑤跺了跺腳，縮了縮脖子：「要不是穿得有點少，好想在這裡看雪景。」

她的話音剛落，身後的男人就把她攬進溫熱的懷裡。

錢恆輕輕俯身，不知道什麼時候，他解開自己的大衣，此刻站在成瑤身後，用大衣包裹住成瑤，把她護在懷裡。

「這樣就不冷了。」

這一刻，縱然周遭是風雪，然而成瑤只覺得溫暖而甜蜜，她倚靠在錢恆的懷裡，兩個人依偎著獨享嵐山的雪景。

從嵐山回來，眾人在酒店休息。君恆的員旅，歷來酒店都是一人一間。成瑤窩在房裡，本準備研究一下案子，結果沒多久，門口就響起譚穎和包銳的拍門聲。

「成瑤，別看案子了，我們一起去喝酒啊！」

幾乎是成瑤剛開門，譚穎就熱情地衝上來把成瑤拽了出來：「走了走了。這次我和包銳請，算是安慰妳。」

成瑤一臉茫然：「安慰我什麼？」

包銳同情道：「安慰妳這次員旅被錢 Par 虐到吐血啊。」

譚穎一臉悲愴：「妳是受苦了，今天我和包銳也不是見死不救，實在是錢 Par 的戰鬥力，不是我們兩個人扛得住的，為表達我們的同事愛，今晚請妳喝酒，不醉不歸！」

成瑤連連擺手：「不用了不用了，我挺好的……」

結果譚穎和包銳說什麼也不聽成瑤的解釋：「妳放心吧，我們一條船上的人，妳就算罵錢 Par 我們也替妳保密，而且這家酒吧可是包銳研究了很久才確定的，環境安靜，純日式風，清酒特別讚！」

盛情難卻，最終，成瑤還是在譚穎和包銳的熱情帶隊下到了這家傳說中的酒吧。

包銳的眼光確實不錯，酒吧裝飾很古典，讓成瑤恍惚有種穿越時空來到江戶時代的錯覺。

「這裡的清酒可棒了。」包銳一進門，就點了些小吃和酒，「來，今晚就算是我們富貴榮華組合的單獨員旅了！」

三個人平時很熟稔，難得離開工作的環境，此刻在小酒吧裡吃吃聊聊，氣氛相當不錯，除了生活瑣事外，包銳還難得分享了自己以前菜鳥時期的糗事，逗得成瑤和譚穎哈哈大笑。三個人這麼聊著天，也不知怎麼的，又玩起了真心話大冒險，但比較寬鬆，對於不想回答的問題，直接大冒險喝酒就行了。

成瑤今天運氣背，接連幾次都輪到她。

譚穎不愧是「感情專家」，問的問題也都針對感情：「上次那個送玫瑰花給妳的，在一起了沒？」

「在一起了。」

包銳緊跟其上：「我們認識嗎？」

成瑤抿了抿唇，拒絕回答，直接大冒險喝了酒。

「不管我們認不認識，說名字！」譚穎很警覺，「我總覺得是認識的！」

成瑤自然不肯說，於是又一次選擇了大冒險，乾了一小杯清酒。

「妳和對方是怎麼認識的？」

「對方也是律師嗎？」

「是怎麼在一起的？」

包銳和譚穎這兩個傢伙逮著成瑤問，成瑤不能透露錢恆的資訊，自然只能老老實實一杯接一杯地選擇喝酒。

沒過多久，成瑤便有些醉了，趁著譚穎和包銳真心話大冒險互相廝殺的時機，她的手機響了。

成瑤一看，是錢恆的來電，她暈乎乎地點了接聽，錢恆磁性的聲音便傳了過來。

『成……』

結果「瑤」字還沒說完，手機那端的錢恆就聽到了日式酒吧裡的藍調背景音，他的聲音一下子有些警覺和在意起來：『成瑤，妳在哪裡？』

清酒這東西，喝的時候覺得不醉人，但一上頭起來，就醉的澈底了。

成瑤握著手機，只知道咯咯咯傻笑：「我在哪裡？」她捂了捂因為酒精發燙的臉頰，「我在你心裡啊。」

「……」

錢恆頓了頓，才穩住了聲音：『妳喝酒了？喝醉了？誰在妳旁邊？』

「沒，我沒喝醉，我清醒得很。」成瑤繼續笑著，如每一個醉鬼一般否認著，「不信你問包銳，包銳可以幫我證明……」

『妳讓包銳接電話。』

成瑤不疑有他，她聽話地把手機遞給包銳：「錢 Par 找你。」

包銳雖然比成瑤清醒，但也有些微醺，他接過電話：「錢 Par，你找我什麼事？」

『地址。』

「啊？」

『給我你們現在的地址定位。』

手機那端的錢恆聲音嚴肅，那嚴陣以待的語氣彷彿是面對一個突然即將敗訴的案件一般鄭重。

包銳沒多想，掏出自己的手機，傳了個定位過去。

他沒想到十分鐘後，他就見到了錢恆。他的老闆風塵僕僕，從日式拉門裡走了進來，眉頭緊皺，嘴唇微抿，一臉風雨欲來。這間小酒吧附近沒有電車站，大雪的京都夜裡，也很難叫到計程車，酒吧這條小路，更是只能步行過來，明明正常應該要走二十分鐘的路，包銳沒料到錢恆竟然十分鐘就到了。就算他腿長，也不能這麼快吧？

等錢恆走近了，包銳才看清他臉頰上的紅暈，聽到他尚未平息的喘氣聲。

這一段雪路，他是跑來的。

包銳大為感動：「錢 Par，早知道你也想參加我們的聚會，我就提前叫你了。」他愧疚道，「我以為你沒興趣……」

只可惜錢恆只瞥了包銳一眼，對他點了點頭，便越過他走向他身後的成瑤。

成瑤已經醉得兩頰滾燙，為了降溫，她整個人趴在吧檯上，把臉貼在冰冷的大理石桌面，此刻正滿臉紅暈，雙瞳剪水，眼神濕漉漉又毫不設防地看向錢恆。

錢恆下意識避開了眼神，他看向包銳，努力維持冷靜：「成瑤的案子出了點岔子，我找她有急事，她喝了多少酒？」

「半瓶清酒。」

「下次帶她喝酒前要和我說一下。」錢恆一本正經地警告包銳道：「她還不是你這樣成熟的律師，案子很有可能有紕漏需要收尾，必須隨時保持清醒。」

包銳連連點頭感激道：「謝謝錢Par對我的認可！」

「現在我要帶成瑤回去醒醒酒，然後處理下那個案子。」錢恆這才看了全場唯一清醒的譚穎一眼，「譚穎，包銳就交給妳了，妳負責把他帶回酒店，如果他不肯走還要喝的話，打視訊電話給他老婆。」

錢恆交代完，就去吧檯拉起已經軟綿綿趴成一團的成瑤，他維持著老闆的架子，聲音鎮定道：「成瑤，跟我回去改合約。」一邊說著，一邊把成瑤扶了起來。

譚穎有些不忍：「錢Par，成瑤都醉成這樣了，還要去改合約啊？要不然明天吧？」

「不，她是裝醉，她其實是清醒的，只是想……」

結果錢恆的話還沒說完，他懷裡本來安靜的成瑤突然抬起頭，對他笑了起來。

那個瞬間，錢恆有了十分危險的預感。只是他還沒來得及做任何應對，成瑤就整個人鑽到他懷裡，她拱著毛茸茸的腦袋，兩隻手環抱住錢恆，語氣帶著嬌憨：「你怎麼才來啊。」

「……」

成瑤整個人醉到不行，她澈底忘記自己並不是和錢恆兩個人獨處。

錢恆一瞬間整個人都繃緊了，饒是巧舌如簧如他，一時之間竟然也卡住了。

成瑤卻絲毫沒感覺氣氛的詭異，她整個人索性掛上錢恆的脖子，踮起腳尖索吻：「你為什麼還不親我？」她撒嬌道：「我想要男朋友親我一下。」

彷彿過了一個世紀，錢恆才艱難地找回了鎮定，他看了目瞪口呆的包銳和譚穎一眼：「她喝多了。認錯男朋友，不是我。我和成瑤，只有上下級關係。」

錢恆的話音剛落，在他懷裡的成瑤卻用那雙霧濛濛的眼睛看了錢恆一眼，然後癡癡的笑起來，她認真地盯向她的老闆，一字一頓清晰道：「錢恆，我好喜歡你呀。」

「……」

這一刻，譚穎只想說，神他媽的沒喝醉，神他媽的又突然喝醉了，神他媽的認錯男朋友，神他媽的只是上下級關係……

包銳本來還有些微醺，此刻被這個發展驚得竟然酒澈底醒了：「錢Par……」

「就是你們看到的這樣，我和成瑤在談戀愛。」錢恆卻恢復淡定，事已至此，他索性大方地把成瑤摟進懷裡，然後掃了包銳和譚穎一眼，「你們知道就可以了，團隊以外我不希望別人知道。」

雖然別的沒說，但他眼神裡那一句「你們誰敢說出去就死定了」已經明晃晃地掛在頭頂了……

直到錢恆和成瑤走遠了，包銳還沒從打擊中澈底走出來，他期期艾艾地看向譚穎，眼神有種痛的頓悟：「所以……所以錢 Par 根本不是想見我才跑來酒吧的？」他悲憤道：「這第二次員旅，現在想想，也不是為我破例的？」

譚穎只覺得無語：「醒醒吧包銳，你拿錯女主角劇本了吧？現在不是時候悲傷錢 Par 原來不愛你這種事實，而是應該想想以後怎麼好好拍成瑤的馬屁，好讓成瑤對錢 Par 吹吹枕邊風，讓我們錢多事少活得更滋潤啊！」

包銳又喝了口清酒，悲傷地背起了普希金：「假如生活欺騙了你……」

「……」

錢恆一路用大衣裹著成瑤，抱著她往酒店走，她尚不自知自己做了什麼，嘟嘟囔囔著蹭在錢恆懷裡，讓錢恆真是又好氣又好笑。

到了酒店，錢恆沒能從成瑤身上找到房卡，又不放心她一個人待著，便只能把她帶進自己房裡。安置好成瑤後，錢恆打電話給前檯。成瑤需要醒酒茶。

成瑤只覺得腦袋炸開來一般的疼，她整個人迷迷糊糊的，明明前一刻在酒吧和包銳、譚穎喝酒，下一刻卻看到錢恆，再下一刻，酒吧不見了，自己竟然已經置身酒店。

熱戀期，一天不見便如隔三秋。成瑤現在才知道，這話是多麼正確。這次日本員旅，即便兩人偷偷摸摸搞地下情似的在一起，但這種飲鴆止渴般的點到為止，反而讓成瑤更想念錢恆了。

喝醉以後，人的自制力便會下降，內心最原始的情緒被放大，成瑤暈乎乎地躺在床上，睜開眼見到錢恆的身影，下意識便是一把抱住了他，她此刻內心沒有別的想法，只想像牛皮糖一樣的黏著他，每一分每一秒，都想和他共度。

只是錢恆似乎並不是這樣想的，最初，他還由著成瑤黏著，結果沒多久，他的身體就緊繃了起來，成瑤再蹭上去想要一個擁抱和親吻，卻被錢恆略微抗拒地推開了。

醉酒的成瑤並沒有理智，她只覺得委屈和不開心，也沒了所謂被人推開後就好自為之一邊待著的認知。錢恆越是推開她，她就越是不信邪地撲到他的懷裡。

到最後，她迷迷糊糊的，有些不達目的誓不甘休的死纏爛打。

「成、瑤！」

可對於自己的熱情，錢恆看起來是生氣了，他咬牙切齒地喊著成瑤的名字，然後這一次，近乎粗魯地推開了她。

成瑤本來喝醉後就有些綿軟無力，錢恆那麼一推，她便被推到了地上，幸而酒店的地毯厚重柔軟，只是被這樣對待的成瑤有些茫然，她愣愣地坐在地上，濕漉漉的眼睛看迷茫地看向錢恆，她微微咬著嘴唇，那唇瓣在她的動作下像是一朵被揉皺的玫瑰，她的模樣全然不設防，帶了種攝人心魄的美貌，而醉酒後的成瑤變得黏人、愛撒嬌，神態嬌媚，這讓她的面容蒙上一層妖冶，讓人想看，又不敢看。

幾乎是剛推開成瑤，錢恆就後悔了。他快步走了過去，想要扶起她。

成瑤坐在地上，愣愣地看著錢恆走過來伸出手，她下意識地拉住對方，想要站起來，只是醉酒下，成瑤沒站穩，她踉蹌兩下，便重新往地上栽去，錢恆措手不及之下，只來得及伸出一隻手護住成瑤，便連帶著被她一起拽到地上。

等成瑤揉了揉眼睛從地上坐起來，才發現錢恆又臉色莫辨地準備起身遠離她。

「你不喜歡我了嗎？」成瑤十分委屈，她想也沒想就拽住錢恆，然後蠻力地把他推回到地上，蠻橫地不許他起身。為了防止錢恆反抗般，成瑤索性一不做二不休，騎跨到他的身上，制住他的動作。

「成、瑤！」

這一次，錢恆的聲音已經不是用咬牙切齒能形容了，他看起來生氣極了，連一貫清明的眼睛，都變紅了。他像是用巨大的忍耐力在克制著自己的怒火，就那麼赤紅著眼睛，死死盯著成瑤。

「妳最好現在就從我身上下去。」他的聲音克制，但如毒蛇吐信般，已然孕育著危險，錢恆又看了成瑤一眼，「立刻。」

「我不！」成瑤醉後，澈底放飛了自我，她任性道：「除非你親我一下。」她挺委屈，「你都沒有親我，難道喜歡一個人不是看到他，就會覺得好可愛想親的嗎？」她控訴道：「你不喜歡……」

成瑤那句最後的「我」字還沒說完，她就被什麼東西吸引了注意力，她此刻還騎在錢恆的身上，只覺得身下有什麼硬硬的東西正頂著她，頂得她屁股難受，她有些難忍地挪了挪騎跨的姿勢，想要逃避那不明物體，然而那東西卻如影隨形般，不論她往哪裡移，那硬邦邦的觸覺仍舊跟隨著她，並且隨著她的動作越來越堅硬戳人了，這種太過鋒利的觸覺讓成瑤有些煩躁難耐起來。

而就在這時，一直沉默的壓抑著什麼的錢恆終於開了口——

「成瑤。」不知道為什麼，他的聲音帶著極力抑制的嘶啞，「我們男人，看到喜歡的女人，不會覺得可愛想親。」

成瑤尚在茫然中，就被本來壓在身下的錢恆突然發力推倒了，情勢轉變，此刻，變成她躺在地毯上，而錢恆壓制著她，俯身在她的上方。

他的眼睛裡只剩下最後的克制，成瑤沒見過這樣的錢恆，此刻的他，看起來像一匹嗜血的狼，準備隨時撕開獵物的喉嚨，成瑤下意識想要逃。

只是錢恆沒有給她這樣的機會，他制住了成瑤的動作，伏在她的耳邊，盯著她的眼睛，一字一頓：「我們只會覺得，想上。」

成瑤暈乎乎的還沒反應過來，錢恆的吻就落了下來。

他惡狠狠道：「成瑤，這是妳自找的。」

錢恆這一次的吻，是成瑤從未體會過的熱烈和凶狠，此刻，錢恆的眼睛裡是放出閘門的猛獸，是毫不掩飾的欲望。

酒精本就讓成瑤身體滾燙，而錢恆的吻則讓她更加熱了，那是一種從身體深處難忍的熱意。

陌生，難耐，危險。

成瑤被吻的聲音都帶了哭腔：「難受，我好熱。」她的聲音委委屈屈的，「剛才還有奇怪的東西戳我……」

「熱的話，把衣服脫了就好了。」錢恆的聲音勸誘卻危險，他一邊這麼說著，一邊伸手慢條斯理地解開成瑤的外套，繼而是襯衫……一件一件，這位英俊的老闆好心而親切地親自幫自己的員工降著溫，直到他的小員工衣衫盡褪。

成瑤低低哭叫了起來。

「至於難受，很快就不會了。」錢恆俯下身，親吻著成瑤，「還有奇怪的東西……」

他拉著成瑤的手，按向自己的下身，「這不是什麼奇怪的東西，是妳男人。」

成瑤觸手所及，是堅硬到可怕的東西……她終於反應過來這是什麼，飛快地移開了手，臉紅到滴血，只能羞憤地盯向錢恆：「你……你流氓！」

「還有更流氓的。」

錢恆卻只是低聲笑，他拉回了想要往前爬走逃跑的成瑤，摟住她光滑白皙的背，伏在她身上，輕輕咬著她的耳朵：「我來做妳第一個男人。」

成瑤已經不想去回憶這一晚是怎麼過的。她只覺得漫長而熾熱，第二天早晨她在錢恆的懷裡醒來，聲音鍍上淡淡的嘶啞，只覺得連舉根手指的力氣也沒有了。

從地毯，一路到沙發，再到床上，最後竟然在浴室裡……

如今光是想，成瑤都覺得呼吸困難，只知道昨晚的錢恆，像是不知饜足的狼，予取予求。

只是一個晚上，那烏龍禮物裡的保險套，竟然全用完了……

結果吃早餐的時候，始作俑者竟然還能臉不紅心不跳，錢恆瞥了成瑤一眼，聲音鎮定：「是妳先對我動手的。」

成瑤的臉都紅了：「你也沒安好心，不然怎麼隨身帶著那種東西……」

錢恆卻還理直氣壯地否認：「不小心正好收進行李裡了而已。何況那不是妳送我的嗎？」他頓了頓，才不自然地補充了一句，「第一次妳可能還有些不適應，以後就好了。」

以後？還想要以後？

始作俑者卻沒有意識到成瑤內心的吶喊，他蜻蜓點水般地掃了成瑤一眼，一本正經地關照道：「另外健身卡是時候辦起來了。」

「啊？」

「妳的體力有點差。」

成瑤簡直想拽著錢恆的脖子大喊，能不能不要這麼一本正經地說這種話題？什麼叫我體力差，是你的體力太魔鬼了！

「我會幫妳和行政那邊請假，今天的行程不要參加了，休息一下，我在酒店陪妳。」

錢恆吃了口煎蛋，「我們一起『加班』。」

「……」

結果就這樣，成瑤和錢恆脫離大部隊，在酒店待了一天，只是一開始說好真的一起加班，加著加著就變了味，錢恆像是食髓知味了般，吃過了滿漢全席，就無法僅靠著幾個清湯寡水的吻支撐了。

成瑤低頭看著案子材料時，他那熾熱的眼神便逡巡在成瑤身上，讓成瑤不得不頻頻抬頭瞪他。只是瞪也毫無力度，最終還是被錢恆得手，說好了讓成瑤休息，可最後成瑤卻覺得比跟著大部隊一起旅遊還更累了……

明明還是那個錢恆，但不知道怎麼的，經歷過昨晚以後，成瑤不敢正視他了，好像一想到和這個男人共同呼吸著同一份空氣，這種曖昧微妙的關聯就讓成瑤緊張到不安，忐忑到慌亂，兩個人明明彼此正襟危坐，卻覺得氣氛色氣而微熱……

真是……

同處一室，錢恆顯然也很難熬，一個下午，他已經洗了兩次冷水澡。

這之後的日本行程，對成瑤而言，景點的印象都不深了，唯獨難忘的是錢恆在每一個可趁之機的偷吻。大阪的街頭、高島屋的收銀檯、地下小吃街的轉角，以及日本環球影城的摩天輪下……

因為有了包銳和譚穎這兩個迫於淫威忠心耿耿的「走狗」打掩護，這日本的後半段行程，錢恆可以說過得恣意極了，明著是日本員旅，私下裡簡直是一場臉紅心跳的情侶旅行。

直到回到國內，回歸到正常的工作中兩三天後，錢恆還十分回味，總要成瑤提醒，才能收住看向成瑤的眼神。好在兩個人都是有職業感的人，一涉及到工作，便都冷靜理智下來。

李夢婷的案子，一審判決後，張浩果然不服進行上訴，只是二審結果和成瑤料想的一樣，維持一審原判，房屋的所有權歸屬李夢婷。

這對於李夢婷來說歡喜的結果，對於張浩就不那麼好受了，他原本篤定地認為這間房子是自己囊中之物，沒想到煮熟的鴨子飛了，而他的現任太太梁瓊瓊，也因為房子的事，和張浩在二審宣判後，當庭吵了起來。

「你不是說這是我們的婚房嗎？現在房子沒了，房價又這麼高，寶寶還有幾個月就要生了，難道讓我在出租房裡生孩子坐月子嗎？沒房子，孩子的戶口都無法落！和我們一樣，還是外地人，以後上學怎麼辦？」梁瓊瓊難忍委屈，「你當初信誓旦旦和我說有房子，現在呢？這怎麼和我爸媽交代？」

張浩又是賠罪又是哄的，他顯然沒料到梁瓊瓊對於沒了房子有這麼大的反應，他更不會知道，沒了房子這個導火線，將為他未來的婚姻生活埋下多大的地雷。

貧賤夫妻百事衰，再多的真愛，哪敵得過一間房子的重量？又有多少夫妻，經得起雞毛蒜皮的蹉跎？

只是這一切，都和李夢婷沒關係了，她如今奮戰在司法考試第一線，張浩過的好不好，她不再關心了，她有全新的人生和全新的夢想，比過去更堅毅不屈，浴火重生鳳凰涅槃，大略如此。

李夢婷的案子結案沒多久，林鳳娟的二審也有了結果。因為親子鑑定報告書這個新證據的引入，毫無懸念的，林鳳娟勝訴，證明了親子關係。而作為不撫養一方的盧建，按照法律規定應當將月總收入的百分之二十到百分之三十作為撫養費，在成瑤的據理力爭和調查證據下，盧建作假月收入試圖少支付撫養費的手段也破滅了，涵涵最終得到了公正的判決，拿到他應有的撫養費。而在社會愛心人士的幫助下，林鳳娟也為涵涵找到了手術的醫院，如果不出意外，手術後，涵涵就能恢復健康了。

兩個案子接連得到如此好的結果，成瑤高興之餘，也充滿了驕傲和自信，她對未來充滿了展望，覺得自己一定能做得更好。

而另一邊，譚穎和包銳逼問八卦了自己和錢恆的戀愛細節後，兩人都在長吁短嘆中恢復了正常。

只是下午的時候，譚穎跳過來，戳了戳成瑤，壓低聲音道：「妳會不會有危機感？」

成瑤不明所以：「嗯？」

譚穎用一種「妳懂的」眼神看了看成瑤：「就梁依然啊，我剛從行政那邊聽來的最新八卦，妳應該早就聽錢 Par 和妳說過了吧。過幾天梁依然會正式加入君恆成為新的合夥人。但畢竟她以前追過錢 Par，而且我聽說追了好久，錢 Par 拒絕了她，她還對錢 Par 濤聲依舊的，這幾年即便做了女 Par，遇到錢 Par 的眼神也還含情脈脈的，一看就沒死心。」譚穎撇了撇嘴，「這次入夥我們君恆，我覺得怎麼看都是她醉翁之意不在酒，不是想當君恆合夥人，而是想當君恆合夥人的老婆呢！」

成瑤微微皺了皺眉。

譚穎以為她是擔心：「妳不用急，錢 Par 對她從來不假辭色的，何況要是喜歡她早就喜歡了。梁依然恐怕也不知道錢 Par 談戀愛了……」

對譚穎的話，成瑤有些心不在焉，她並不擔心梁依然，她只是覺得有些突兀，因為錢恆並沒有告知她對方入夥的事。

事務所引入新的合夥人，或者老合夥人退夥，這都是再正常不過的事，不過是合夥人們的正常人事變動而已。一個事務所要壯大，靠的是合夥人的能力，一個合夥人往往能養活一個團隊，而合夥人的名氣也是事務所最好的名片，君恆能有新的合夥人加入，對於君恆的發展，自然是好事。梁依然是金磚事務所的女Par，也是資深律師，是圈內響噹噹的「美女律師」、「年輕合夥人」。

而她能入夥君恆，需要經過君恆所有合夥人表決同意，並非錢恆一人定奪。作為老闆，錢恆這件事做的合情合理，他作為君恆合夥人之一，引入另一個符合資質的合夥人，完全不需要和自己的助理律師成瑤報備，但很要命的是，錢恆不僅是成瑤的老闆，也是成瑤的男朋友。

男朋友一聲不吭和以往追過自己並且還想繼續追的女人成了同事，卻沒有提前告知自己，怎麼說成瑤心裡都有些微妙的失落和難以言說。

雖然努力告誡自己，錢恆做的沒錯，但還是忍不住有些不開心。

秦沁說的沒錯，和老闆談戀愛，除了平衡好同事關係外，最難的反而是雙方關係的平衡。因為上下級的階級屏障，在職場上，成瑤和錢恆不是對等的，然而作為男女朋友，兩人的關係又是對等的。

作為老闆，事關工作的事，錢恆不需要也不應該和成瑤事無鉅細的報備解釋；但身為男朋友，成瑤卻又有權利得知他的所有動向……

戀愛的最初，成瑤意識不到這種矛盾，然而隨著時間的深入，上下級戀愛的雷區才在她的面前漸漸展開……即便常常告誡自己，然而她還是難以真正做到公私分開，因為她沒有辦法把錢恆劈成兩半，一半是老闆，一半則是男朋友。老闆和男朋友，本來就是同個人。

明明知道不應該，但還是會意難平，還是會委屈，還是會難過、會苦澀。這種情緒成瑤沒法和任何人訴說，就算是錢恆也不行。她不希望因為自己影響對方的專業判斷，也不想自己變得這麼矯情和小家子氣。

成瑤在自我心理建設中迎來了梁依然的到來。

梁依然一如傳聞的美豔大方，她有水果正當成熟的芬芳，既職業又風情，妝容精緻，從頭到腳，每一個毛孔都張揚著成熟和自信，而她又沒有錢恆那種距離感，作為女性，她很好的利用了女性的特質，專業，但顯得更柔和更有親和力。

「王璐，妳的髮夾真漂亮，我也特別喜歡妳的口紅色號。」

「李萌，我剛看到妳桌上放了KS Bakery的蛋糕，原來妳也喜歡這個牌子呀，對了，我有不少折扣券，我分給妳一點。」

「包律師，我以前的同事和你打過對手，輸得心服口服，回來後一直誇你呢。」

只來了半天，她就一一鄭重而認真地記住了每個同事的名字和愛好，言笑晏晏，對每個人都有恰到好處的關心，態度溫和，人情練達。

沒多久，君恆上下已經對她一致讚不絕口，只覺得這位新來的女 Par 不僅美麗大方，更是易於相處，連譚穎也澈底倒戈。

「沒想到梁 Par 人這麼好啊。」她捧著臉，「希望我以後能成為和她一樣的女強人！」

譚穎和包銳知道成瑤和錢恆的戀情，但君恆的旁人不知道，錢恆正好和包銳出去開庭了，因此梁依然回辦公室後，眾人便忍不住在大辦公區偷偷八卦起來——

「突然覺得梁 Par 和錢 Par 好配啊，強強聯手，律政夫妻橫掃法庭什麼的。」

「對啊，錢 Par 竟然拒絕梁 Par，不知道會不會後悔……」

「你未嫁我未娶，說不定大家一起工作日久生情呢，你們也別瞎操心了，還是先想想自己怎麼脫單吧。」

同事們談論的熱火朝天，成瑤內心卻充滿了難言的複雜。

在梁依然自信優雅地和大家打著招呼的剎那，成瑤清楚地看到了自己和她之間的差距。明明她才是被錢恆喜歡的那一個，然而面對梁依然，成瑤竟然生出了自卑。那種除了感情之外，純事業上的自卑。她無法想像，如果她在法庭上遭遇梁依然，她是否會被打得措手不及難看收場？

君恆此前的合夥人，只有一位女性，年齡比成瑤大了整整一輪。梁依然是第一個與錢恆、吳君年齡相仿的女合夥人，而也是這時，成瑤才如此鮮明地看到自己和錢恆，和梁依然之間的距離。

說起來有點酸，但成瑤確實一瞬間，就連她自己也覺得，不論怎麼看，都是梁依然和錢恆更配。

梁依然不知道成瑤內心的彎彎繞繞，她在影印室偶遇成瑤，兩人同時等著不同的印表機裡的文件，梁依然自然而然也對成瑤笑著打了招呼。

「妳是跟著錢恆的吧？」她眉眼精緻，「跟著他很辛苦吧？」

成瑤含糊道：「也沒有，很鍛鍊人。」

只是關於錢恆這個話題，梁依然似乎十分有興趣，並沒有因為成瑤的冷淡而偃旗息鼓，她語氣輕鬆熟稔：「錢恆以前大學時就這樣，為人冷冷淡淡的，嘴巴很毒，但是人不壞，工作能力非常強，敬業到讓人汗顏。」她笑笑，不自覺語氣裡帶了點無奈的縱容，「他這種男人，有能力，但個性太強，也不知道去周旋人情世故，整個人太剛硬了。」說到這裡，她看了成瑤一眼，「妳們這些年輕小女生可能沒辦法和他相處好，平時他要是說了什麼尖銳的話，也別往心裡去，我認識他很多年了，他就是這德行。妳看我今天入夥，他竟然只有早上的時候和我打了五分鐘照面，冷冰冰說了句歡迎……」

雖然聽起來是勸慰成瑤的話，然而成瑤一點也高興不起來。譚穎的八卦天線沒有出錯，這位女 Par 顯然是為了錢恆而來的，她也不吝嗇公開自己的司馬昭之心，接連與幾個同事的聊天中，都毫不掩蓋自己與錢恆的熟稔和親暱，這一番關心的話語，聽起來簡直像是善解人意的妻子替嘴笨愛得罪人的丈夫解釋誤會的說辭一模一樣。

再聽聽君恆裡上下的口風，僅僅半天時間，大家就從單純的八卦變得赫然有了一種一起幫著梁 Par 助力錢 Par 脫單的使命感。

不太妙。

只是面對這種情況，成瑤一點辦法也沒有。她總不能跳出來大聲呼喊，我才是錢恆的女朋友，雖然自然是可以馬上打電話給錢恆，讓他說十遍「我愛妳」，但那毫無幫助，成瑤一瞬間還是一點安全感也沒有。

如同她見證的一個個婚姻案件一樣，結婚這種決定，在愛情濃度最高時，是一瞬間的事，然而維持婚姻才是最難的。婚姻如此，愛情也同樣。和錢恆決定在一起只需要一瞬間的勇敢，但是走下去卻需要強大的內心和長足的智慧。

梁依然對錢恆的一切都很好奇，錢恆平日裡工作是什麼模樣、他常常加班嗎、他健身的頻率、他家住在哪裡、他最近接了什麼樣的案子，她的模樣恨不得讓成瑤能列張清單給她。

成瑤心不在焉地敷衍著她一個接一個的問題，好在終於，她的那份案卷列印完畢了。

「梁 Par，那我先走了。」

只是可能精神太過恍惚，成瑤抱起那半人高的材料走出影印室時，腳下一扭，雖然最終堪堪穩住了身形，但成瑤手裡的文件灑了一大半。於是她不得不彎腰撿，梁依然也友善，彎腰幫成瑤撿了起來。

成瑤本來有些魂不守舍，又埋頭撿著文件，沒注意到梁依然的目光，此刻正死死地盯著她胸口露出的那一截項鍊上。

直到撿完材料，成瑤還有些意外梁依然怎麼突然沉默了，對方不知怎麼了，變成心不在焉的那一個，梁依然又深深看了成瑤兩眼，才攏了攏頭髮，有些失態般地笑笑，狼狽道：「剛突然想一個案子走神了。」

很快，她收斂情緒，又恢復了鎮定成熟：「我的材料也印好了，以後有空再聊。」

成瑤不疑有他，她心裡正迷茫地想著自己的未來發展道路，根本不知道梁依然從影印室出去第一件事，就是找了幾個看起來比較好攻破的女同事旁敲側擊打聽成瑤和錢恆。

她也不知道，梁依然此刻的內心是多麼煎熬，比坐雲霄飛車還跌宕起伏。

梁依然從大一開始，對錢恆驚鴻一瞥之下，毫無抵抗的一見鍾情。少年英俊、鋒利，像一把開封了的刀刃，帶著冷兵器般的美，明知危險，梁依然還是忍不住墜落。在法學院的一場辯論賽上，她為錢恆冷靜的思辨、強大的邏輯所折服，自此開始了長達七年的單戀。

梁依然是美女，美女毫無疑問從來不缺人追，一開始，她矜持地不斷出現在錢恆的周圍，妄圖給出暗示，讓他自行來追。只可惜沒想到不論自己打扮多麼美豔，錢恆竟然連個正眼都沒給過自己。

之後的故事劇情並不新鮮，落花有意流水無情，梁依然設計了無數種「偶遇」，想了無數種接近的策略，最終憋不住連女孩子的矜持都不要了，主動表白，卻遭到拒絕，毫無餘地。

只是雖然被拒絕了，梁依然並沒有真的死心。她認識錢恆八年了，她甚至覺得世界上，沒有人比自己更瞭解他了。錢恆是什麼樣的人？外冷內熱，口是心非，不假辭色，原則性極強，只信奉法律，不為任何人改變，也不會在原地等待任何人。這樣的男人，優秀到可怕，優秀到讓人生出距離感。

這麼多年，梁依然陸續換了好幾任曖昧對象，但她最終不得不承認，那些曖昧對象身上，雖然有錢恆的影子，但都不是錢恆。而冥冥之中似乎是在等自己一樣，錢恆這些年竟然一直單身。他彷彿情愛上並沒有開竅，醉心事業，沒有戀愛和婚姻的打算。

梁依然在金磚事務所升Par有一年了，事業根基很穩，帶教自己的老合夥人退休之前把手裡的案源都留給了自己。從職業發展角度來看，梁依然應該留在金磚繼續累積資歷，可最終，她為了跳槽到君恆，寧可連那些案源也不要了。

自然，這裡並不是為了事業考量。梁依然比錢恆小一歲，今年也二十七了，她覺得，是時候穩定下來了。這一次跳槽，她抱著必勝的決心要搞定錢恆。就算他說自己是不婚主義且頂客，那又怎樣，一個女Par不會為任何事退縮。梁依然實在喜歡慘了錢恆，她甚至覺得，只要錢恆願意和自己在一起，就算不婚和頂客，她也可以接受。

只是她沒想到，第一天入職，她便遭到了重大打擊。

早上和錢恆打照面的五分鐘裡，她敏銳地注意到他頸間別致的項鍊，而此刻，這條項鍊的女款，出現在錢恆那個漂亮年輕的小助理律師身上。這並不是大眾款式的情侶項鍊，而成瑤被問及錢恆情況時的微妙態度，也終於得到合理解釋。

錢恆什麼時候談戀愛了？錢恆竟然和下屬談戀愛？錢恆到底看上那個小助理律師哪裡？就因為長得漂亮年輕身材好嗎？他們進展到哪一步了？腦海裡一連串的問題差點擊垮梁依然。

然而她穩住了。她端著咖啡杯到了茶水間，果不其然，君恆的幾個女律師正在一邊聊天一邊泡茶。

李萌本來在茶水間百無聊賴地和錢慧聊著最近熱播的電視劇，遇到梁依然搭訕時非常驚喜，她不太滿意現在跟的帶教律師，總嫌棄對方給她的案子標的額太小，又老是不讓她獨立辦案，正有些心思微動，想要換一個帶教 Par。因此如今她簡直迫不及待想在梁依然面前刷好感度，期待能調去她的團隊。

梁依然看起來非常親切，竟然和她們一起聊了幾分鐘肥皂劇，聊著聊著，自然也聊到了公司裡的同事，梁依然示弱道：「其實人名我也只認了妳們幾個，還有其餘幾個同事妳們要不要介紹介紹，尤其是錢律師團隊的，我還都不認識呢。」

李萌不疑有他一一介紹：「錢 Par 的團隊裡人不多，就包銳、譚穎還有成瑤。」

「包銳和譚穎我已經認識了，成瑤？成瑤是那個長的特別漂亮的年輕女生嗎？」

雖然努力克制，但有些情緒只需要一個微微的表情就會傳遞出去，李萌輕笑了聲，微妙道：「是啊，她真的特別漂亮。」

光是語氣，梁依然就聽出了訊息。首先，錢恆和成瑤的戀情，恐怕並沒有公開；其次，對於成瑤，顯然所裡同期律師，是有那麼點意見的……

李萌沒有說，但梁依然也能猜到，成瑤怕不僅是年輕漂亮資歷淺，恐怕在工作上，並不能服眾，她又狀似隨意地問了幾句，果不其然，和她猜測的一樣。

像成瑤這樣的年輕女生，想進來君恆的初衷，就不是好好工作，而是想走捷徑傍上個多金的合夥人，能搖身一變成合夥人太太，那再好不過；要是失敗了，至少戀愛那幾年裡，案源不愁，到手的也是真金白銀。

梁依然在心裡冷笑，她想，只可惜，成瑤運氣不好，遇上了自己。

她自然道：「我想起來了，錢恆和我說過成瑤，他說自己這個小女朋友又漂亮又可愛，我之前沒見過她真人，這次見到了才發現成瑤真的很漂亮呢。」

茶水間的眾人驚呆了：「什、什麼？成瑤和錢 Par 是男女朋友？」

梁依然臉上露出訝異，這才猝不及防地瞪大了眼睛：「啊？原來你們不知道啊？」她立刻做錯事般道歉道：「抱歉，我不知道他們沒對你們公開的，我以為你們都知道了……」她看了神色各異的眾人一眼，「不過既然他們想要保密，應該有他們的考量，是我欠考慮了，這件事，我們就彼此保密啊，你們一定別說我說的呀，否則錢恆聽到了會收拾我。」

眾人魂不守舍地點了點頭，表面雖然尚鎮定，但她們的內心，恐怕炸得連灰也不剩了。而這其中，數李萌的反應最強烈，她的臉上露出了「原來如此」的釋然和鄙夷。這下，成瑤為什麼資歷比自己淺，履歷比自己差，卻還能獨立辦那麼大的案子，一切都有了解答。

梁依然十分滿意眾人的反應，陽光之下無祕密，一個事務所裡能在茶水間待這麼久聊電視劇的員工，都是最八卦而不上進的員工，她不用想就知道成瑤和錢恆在一起這勁爆的消息，不出半小時，就會傳遍君恆上下了。

對於戀情曝光這件事，成瑤這個當事人反而是最後知道的。她本來在認真地研究著二十三億標的額的那個案子，卻收到譚穎的訊息讓她去一下會議室。

成瑤有些茫然地進了會議室，被已經候在裡面的譚穎一把拉住。

「怎麼回事？」譚穎一臉焦急，「為什麼全所都知道妳和錢Par在一起了？」她急切澄清道：「我發誓我沒說，包銳更不可能，他現在和錢Par在開庭呢，妳和錢Par到底怎麼露餡了？」

對於這個事實，成瑤震驚之餘也十分意外。

譚穎比她更急：「這種事，妳真的該好好保密的，辦公室戀情本來就敏感，泡合夥人就更微妙了。」她看了成瑤一眼，「雖然我們君恆一向氣氛好，但流言蜚語這種東西，再好的工作環境都制止不了，總有人說閒話的，尤其最近招了一批實習生，眼高手低的。」譚穎頓了頓，似乎在斟酌，「妳知道他們現在怎麼說嗎？」

成瑤不是不知道，她咬了咬嘴唇：「說我的案子都是靠和合夥人談戀愛來的，說我進君恆就是靠長相，說我的成績都是靠男人來的是吧。」

譚穎很氣憤：「這些人，他們看到妳平時熬夜研究案子了嗎？他們看到妳連走路都在看法院的經典判例了嗎？看到妳忙到晚飯都忘記吃了嗎？他們誰有妳認真？有誰有妳這股韌勁？也不能只看到賊吃肉，忘了賊挨打吧？律師這碗飯，成績不都是靠付出和時間來堆的嗎？」

譚穎的語氣鄙夷：「現在帶頭在背後嚼舌根的就是李萌，她有這個時間，怎麼不去好好發展專業能力，一天到晚抱怨，覺得自己畢業院校比妳好，工作經驗比妳多，就一定會發展比妳好？這什麼邏輯，難道起步高，就一輩子都能領先？」譚穎是個火爆脾氣，「剛才我路過，聽到她在說妳，忍不住就嗆了幾句。」

成瑤此刻內心十分慌亂，但也十分感激：「謝謝妳譚穎，謝謝妳沒那麼覺得，謝謝妳站在我這邊……」

「走。我拉妳去和她們對峙。」譚穎是個行動派，「李萌自己也好意思說？她仗著自己是個女的，成天這個班我不加，那個差我不出，這個會我不開，那個材料我不做。覺得自己比妳多幾年工作經驗就充滿了優越感，我還看不上她在國營企業法務的那點工作經驗呢，都是什麼毛病，還以為自己有多厲害啊，現在我們是服務提供方，是乙方！不是大鍋飯！哪裡有躺贏的道理！」

雖然知道的剎那，成瑤的反應和譚穎一樣，那就是去對峙，但理智想來，這並不適合，正因為自己是錢恆的女朋友，原本能做的事，現在也因為這身分的微妙，而變得不能做了。

「我和他們對峙，不是坐實了背靠大山肆無忌憚的名聲？」成瑤抿了抿唇，「我會想想別的辦法。何況很多事，靠吵架是沒有用的，靠行動才能堵上別人的嘴。」

譚穎愣了愣，嘀咕道：「欸，妳剛才的神態和語氣，一瞬間和錢Par附體似的。難道這就是情侶相？」

成瑤笑笑，沒說什麼，只是心裡已經有了計較。

為了避嫌，她必須換團隊，不能再繼續跟著錢恆了，而應該換到別的合夥人名下，再認真做幾個案子，慢慢證明自己。

只是她沒想到，還沒輪到自己和錢恆說這件事，梁依然就把這事搬上了檯面。

事情的起因很簡單，梁依然去影印室拿材料時，意外撞見幾個實習生嘰嘰喳喳八卦成瑤和錢恆的事，而梁依然沒有坐視不理，她當即把這幾個實習生叫到大辦公區，叫到成瑤的面前，態度嚴肅而認真。

「我希望你們向成律師道歉。」

實習生們臉脹得通紅，囁嚅著不敢開口，低頭看向地面。

大辦公區人人噤聲，氣氛一度有些沉悶，而也是這時，錢恆帶著包銳回了所裡。

錢恆看著兩個在成瑤面前瑟縮的實習生，微微皺了皺眉，看向梁依然：「怎麼回事？」

成瑤也有些無措地望向梁依然，不知道出了什麼事。

梁依然卻朝她溫和地笑了笑，她並沒有回答錢恆的問題。因為很快，這位幹練的女Par收斂了臉上的笑意，嚴肅而鄭重地環顧四周，微微抬高了聲音：「今天是我第一天加入君恆，但既然已經是君恆人，我也要有生為合夥人的自覺，我的原則是希望所裡大家氣氛和諧，不要背後進行攻擊中傷。戀愛沒有錯，辦公室戀情不違法，我不想再聽到任何人背地裡編排成律師的話了。希望同事之間能彼此尊重。談戀愛也並不會影響錢律師和成律師的專業態度。團隊的意義就是一致對外，而不是搞內訌。」

她說完，看向兩個實習生，語帶威壓：「你們還年輕，但是，下不為例。」

兩個實習生哪裡還敢說話，一個勁羞愧地點頭，小聲地和成瑤道歉。

事情至此，錢恆自然也反應過來，自己和成瑤的事，看來是暴露了。只是這場面他尚能以老闆的威勢鎮壓，但成瑤的處境，卻變得相當尷尬。

錢恆低氣壓地掃了大辦公區的眾人一眼，又細細看了低頭垂目的成瑤一眼，才抿著唇，看了梁依然一眼：「去我辦公室。」

而梁依然錢恆一走，大家才緩過一口氣來。

「梁Par好帥的。」譚穎第一個湊到成瑤身邊，「我一開始還把她當成妳的假想敵，現在看看她人還挺好的，有正義感，路見不平還能替妳打抱不平！」

譚穎顯然不是唯一一個這麼想的，眾人的臉上，多少是欽佩欣賞和心有餘悸。既友善親和溫柔，關鍵時刻卻仍是王者風度，強硬果決，雷厲風行。

不需再多的言語，只這樣一個小插曲，梁依然就輕鬆地在君恆立了威，讓所有人看到她作為女Par的手腕和能力。雖然毫不留情當面訓斥了實習生，然而大家對梁依然的評價，卻比此前更高了。

梁依然跟著錢恆進了辦公室，隨意地落了座：「我路過影印室，聽到那些八卦，覺得這樣背後議論很不好，何況我也覺得成瑤是挺不錯的小女生……」

「謝謝。」

梁依然愣了愣。

錢恆移開了目光，有些不自然：「謝謝妳替她說話。」

這是梁依然平生第一次聽到錢恆說謝謝，她的心裡糅雜著喜悅和巨大的嫉妒，她忍著情緒，淡然地表示小事一樁，只是抬頭看向錢恆：「所以你喜歡那種的？」

「嗯？」

「成瑤那種，年輕漂亮的？」

錢恆抿了抿唇：「她不只是年輕漂亮，她各方面都很出色，我在工作中沒有偏袒過她。」

梁依然忍著內心的酸澀：「我不知道你們的戀情怎麼被公開了，但現在的狀況，如果你為她好，不應該再繼續擔任她的帶教律師了，既為了你，也為了她，你應該避嫌，讓她轉到別的合夥人團隊裡。」她笑了笑，「我知道以你的專業性，不會因為私人感情影響工作，但不是每個人都能和我一樣想。你是合夥人，必須一碗水端平，平衡好所裡每個人之間微妙的關係。」

幾乎是同時，錢恆收到成瑤的訊息──『我想換一個帶教律師。』

錢恆低頭看手機的沉默讓梁依然決定乘勝追擊：「我新來君恆，正好需要組建自己的團隊，你要是信得過我，成瑤要是也願意，不妨讓她來我的團隊。」

「我會找她聊聊。」

梁依然心無旁騖般地笑了笑：「你可以放心，我會好好照顧你的小女朋友，何況我也是女的，成瑤和我一起出差，你也可以比較放心是不是？」

錢恆被她說中內心所想，不得不說，把成瑤交給所裡任何一個男合夥人，他都不放心，就算交給吳君也不行。

梁依然一走，錢恆就把成瑤叫到辦公室。

讓錢恆有些意外的是，對於換到梁依然名下，成瑤幾乎不假思索就點頭答應了：「跟著梁 Par 挺好的，我很感激她能替我說話。」

「現在這個情況，確實只能換團隊避嫌了。稍後我會讓行政寄相關的郵件，我是合夥人，所以針對這件事我也會有所交代。」

成瑤點了點頭，想了想，替包銳、譚穎解釋道：「這事不關譚穎和包銳，也不知道怎麼今天突然被曝光了。」

「可能因為我太喜歡妳了。」

成瑤抬頭，錢恆此刻正隨意地翻著眼前需要簽名的文件，語氣自然到讓人反應不過來剛才那話是他說的。

「因為太喜歡，就會忍不住，總會被人發現的。」錢恆看向窗外，語氣有點彆扭，「像我這種聰明、優秀，明明滿分是十分但要爭做一百分的人，因為太喜歡妳而被發現一點也不意外。只是以後不能親自帶妳了，有點遺憾。」

錢恆咳了咳，一本正經道：「下面的話不是因為男女朋友的關係，而是完全基於上下級。」他努力想要掩飾臉上的表情，「失去像我這樣的上司，妳可能進步會比較慢，中途調換上司，我也有責任，所以一旦妳有需要幫助的地方我是不會坐視不理的。」

錢恆都那麼努力找藉口了，成瑤覺得自己再戳穿他，實在不太人道。

他的口是心非，她都懂。

而光是聽到錢恆聲音的剎那，成瑤鼻腔就有些發酸，剛才再難堪的場景她都忍住了，可如今面對自己的男人，她只覺得有些委屈，只想撲進錢恆的懷裡躲起來。

「錢恆，我有點想你。」

錢恆愣了愣。成瑤亮晶晶的眼睛正盯著他，坦蕩而直白。

「雖然你只走了半天，但是很想你。」

錢恆心裡一軟：「他們議論這個事多久了？妳為什麼不早點告訴我？如果梁依然沒聽到，妳是不是準備自己一個人扛了？」

「我不是小孩子了，總不能一哭就找懷抱，一受傷就躲起來。」成瑤咬了咬嘴唇，「我希望能成為梁 Par 那樣的人，像她一樣優秀強大。」

「妳可以成為成 Par，但就算是成 Par 了，也還是我的女朋友。」錢恆抿著唇盯著成瑤，「是女朋友，就有天生的權利可以到男朋友懷裡哭。」他伸手，終是揉了揉成瑤的腦袋，「晚上去吃妳喜歡的煲仔飯。」

不知道為什麼，只是這個動作，成瑤就覺得好像不那麼委屈了。

錢恆辦事雷厲風行，很快，成瑤就調換了團隊，錢恆也大方承認了和成瑤的戀情，而成瑤為了避嫌，甚至表態放棄二十三億標的額的案件，把案子讓給包銳。這種坦蕩的直白反而讓所裡眾人自然而然接受了這種發展，不少同事又和成瑤恢復插科打諢的相處模式，還有人開始打趣求她出個泡老闆的祕笈。

成瑤如此也正式在梁依然手下工作了。

梁依然對成瑤很好，可以說非常照顧，只是幾天下來，成瑤就覺得這種照顧，有些過了。

梁依然跳槽來君恆，本身也從金磚帶來了自己的團隊，身邊本就有兩個助理律師，如今加上成瑤，三個人倒是不多，只是成瑤漸漸發現，梁依然幾乎不讓自己做任何實質性的工作。她更多的，像個行政助理，做著實習生都可以做的工作，列印檔案、裝訂案卷、約會議室、送材料給客戶、與法官溝通開庭時間……

這是和在錢恆團隊裡完全不同的工作內容，成瑤沉住氣做了一個星期，終於忍不住，主動找梁依然。

「梁 Par，我想參與些案子。」

梁依然還是一臉溫柔，她朝成瑤笑笑：「新團隊成員和老闆之間都會有磨合的過程，我和錢恆的風格不一樣，我喜歡找出每個員工最擅長的工作領域，再進行案子分配。」

語氣和緩客氣，合情合理。

而下次團隊開例會時，講完了業務，梁依然也提及了團隊建設：「成瑤是新加入我們團隊的成員，平時大家有什麼都可以互相交流。」說到這裡，梁依然轉頭看向成瑤，柔聲安撫道：「我們團隊風格和錢恆團隊可能不一樣，妳要是有什麼不適應的隨時交流，團隊裡其餘兩位律師都比妳年長些經驗也多，大家也不會藏著掖著，有什麼問他們就行了。」

她笑笑：「我知道妳在錢恆那裡都是直接參與大案，但是也不要小看了這些列印檔案、裝訂案卷的基礎性工作，每項工作裡，都有很多細節值得我們去學習，正是這一點點一滴滴的積累，才能進步。」梁依然說完，又看了團隊裡的兩位律師一眼，「妳問問，他們哪一個不是從這項工作做起的？張冉執業前兩年基本都在做這些事呢。」

這一番話，聽起來像是安慰，然而成瑤細細品味，總覺得話中有話，像是在暗示她太過浮躁。梁依然手下的另外兩位律師也比成瑤年長，因為成瑤和錢恆戀愛的事，對她的態度多少有些謹慎，彷彿生怕得罪了她就會被一本參到錢恆那去似的。

成瑤因為梁依然此前的挺身而出，對她內心是信服感激的，只是接二連三的接觸之下，她對梁依然的行為，開始覺得有些微妙。她看起來對自己友好照顧極了，但又彷彿對自己不友好極了。一時之間，成瑤也有些迷惑，她拿捏不準也不想貿然驚動錢恆，更不想給其餘同事留下自己仗著身分特殊，就老告御狀的印象，更何況錢恆此刻正忙於一個涉外婚姻案，大部分時間待在洛杉磯。

好在這樣打雜了大半個月，梁依然終於帶她做案子了。

只是接連幾個案子，成瑤雖然參與了，卻都沒辦法深入參與。幾乎每次與客戶的重要會議，成瑤都會很不巧被派出去工作，比如正好去工商局查文件，或者去哪裡幫忙調取證據……這些事當然也是律師應該做的，然而一段時間下來，成瑤疲於這些輔助性工作的奔走，雖說也參與了案子，但做的盡是這些雞零狗碎的事，根本窺不到案件的全貌，也完全上不了手，頗有種浪費時間和生命的焦躁感。

也不是沒再找過梁依然的，只是再一次，被對方溫溫柔柔卻強勢地擋了回來。

錢恆還在洛杉磯，但視訊的時候，倒是敏銳地發現了成瑤精神狀態的問題。

『梁依然給妳的工作量太大了嗎？怎麼臉色這麼差？』

成瑤並不想這種小事就叨擾錢恆，她含糊道：「進了新團隊，剛在適應中，適應了就好了吧。」

成瑤說的也不是假話，梁依然的風格和錢恆完全不同，她要求每一個律師，必須穿名牌套裝，背LV的包，絲巾也必須是指定的品牌，尤其是女律師，從頭到腳必須精心打理，找不到一絲瑕疵，妝容必須精緻到完美，恨不得拉出去就能走秀。

「我們的形象是我們的臉面，我們面對的是家事高端客戶，必須讓客戶知道，我們收入優渥不缺案源。這像是一種行銷，妳把自己包裝得越漂亮，那麼就算價格貴，想買的人還是趨之若鶩。」

梁依然的話自然有道理，只是成瑤穿著咬牙買來的名牌套裝，踩著細高跟，挽著實在沒錢只能退而求其次買的輕奢品牌，心裡總有些微茫然。她在錢恆那裡被教導的，不是這樣的，律師首要的任務，就是專業，而非看起來專業。

然而雖然和錢恆的理念完全不同，但梁依然這招也十分有效。漂亮、精英又長袖善舞的女合夥人，無論如何都十分讓人信賴。想入夥君恆成為合夥人，必須有業績門檻，梁依然能達到這門檻，確實十分有實力。幾個案子觀察下來，成瑤發現梁依然非常善於把握人心，她的工作能力顯然沒有錢恆出色，但人際公關卻非常強悍。

雖然風格不同，但成瑤努力學習著梁依然的長處。只是自己越發淡定，她就覺得梁依然對著自己越發浮躁和敵意起來。

這天和梁依然一起外出拜訪客戶，回來的路上，梁依然盯著成瑤的Coach包看了幾眼，她仍舊是溫柔的，看幾眼後，便沒說什麼，只是快下車時，她對成瑤笑笑：「錢恆快從洛杉磯回來了。」

成瑤有些不明所以：「嗯？」

「他今天的飛機，妳可別忘記提醒他讓他帶禮物給妳哦。」梁依然貼心道：「因為匯率，在美國買包特別划算。」她又輕輕掃了成瑤的包一眼，「妳可以讓錢恆買個包包給妳，這次他出差，這麼久不能陪妳，讓他出出血做點補償才行。」

她見成瑤不言語，像知心姐姐一般拿出自己的愛馬仕鱷魚皮：「這種款式妳喜歡嗎？可以讓錢恆買一個給妳，用了真正的名牌，就會發現，一線名牌確實有一線名牌貴的道理。」

雖然說得很含蓄，但梁依然故意在「真正的名牌」這幾個字上加重了發音。

成瑤就算是個傻子，也聽出她話裡有話嘲諷自己用輕奢的 Coach 了。

也是這一刻，成瑤確認了，梁依然對自己，恐怕並沒有真的友好，她還喜歡著錢恆，並且還沒死心，對自己恐怕內心深處也充滿敵意和嫉恨。這種感情的出現和專業與否無關，梁依然在作為一個資深女 Par 之前，首先是個女人。而明白了這一點，成瑤最近坐冷板凳般的待遇，也有了解釋，甚至梁依然之前對自己的回護，特地把自己要到團隊裡的行為，都顯得微妙了起來。

密閉的車內空間裡只有成瑤和梁依然兩個人，只是成瑤一點也不準備露怯，她笑了。

「梁 Par，我買 Coach 就可以了呀。」

梁依然剛想說什麼，成瑤就打斷了她：「有時候吧，身分地位到了，買 Coach 這樣的輕奢牌子，人家不會覺得妳檔次不夠，只會覺得妳這麼有錢還用 Coach，是為人低調做人靠譜。比如有些土豪，開保時捷賓士，背個 Coach，也沒人會覺得窮酸，只覺得有錢卻不在乎名牌，不攀比，更值得結交；但也有些人，成天還在擠地鐵，就算用個真的愛馬仕，別人反而覺得是假的。」

梁依然有些茫然。

成瑤露齒一笑：「我是錢恆的女朋友呀，錢恆的女朋友，就算用 Coach，大家也會覺得我只是低調。何況，我不想要男朋友亂花錢呢，雖然愛馬仕一個十幾萬，對錢恆來說只是個小零用錢，但對我來說還是蠻多的，我也不希望他亂浪費呢，畢竟以後結婚了，這都是婚後共同財產，他這麼花，我也很心痛的。以後有了孩子，花錢的地方才多呢，還是應該勤儉持家的。所以雖然錢恆給了我信用卡的副卡，但我也不會去用。」

成瑤勇敢地迎上樑依然的眼睛：「何況其實我一直覺得包只是配飾，一定要靠名牌才能撐出場面，那就說明本人的氣勢還不夠強大，我相信如果是錢恆的話，就算拎個破布袋子去見客戶，客戶也會趨之若鶩的。」她眨了眨眼，「其實要不是梁律師的要求，我也不會買 Coach 的，因為沒有 Coach，我也對自己很自信。」

成瑤面帶微笑，恰到好處地流露出陷入愛情的甜蜜。開玩笑，她才不是傻乎乎任人欺凌的菜鳥，作為一個律師，戰鬥就是本能。遭遇打擊，成瑤第一個反應就是反擊，這是在錢恆身邊養成的習慣，任何不公和嘲諷，不要忍，正面剛，不退縮。

梁依然顯然完全沒料到成瑤的反應，她的眼神明明滅滅，最終才艱難道：「錢恆和妳有結婚的計畫了？」她克制著語氣裡的酸意和震驚，努力平靜道：「妳可能不知道，他是堅定的不婚主義者和頂客，他不想結婚生孩子的……」

成瑤並不是不知道錢恆以前這點原則，但她此刻占了上風，內心也有些乘勝追擊的心態：「是嗎？」她狀若驚訝，信手拈來地瞎編道：「可是錢恆和我在一起的第一天就說想立刻和我結婚生孩子呢，只不過我覺得自己還年輕，還想闖闖事業，好在他很尊重我的意見，說會一直等我。」

這些話下去，梁依然再也沒有開口，她緊緊咬著嘴唇，沉默地看向前方。過了很久，她才聲音乾澀道：「那明晚我們大學法學院同屆校友會，他和妳說了嗎？」梁依然努力保持笑容，好心般道：「以前大學裡，喜歡錢恆的女生挺多的，他現在這麼優秀，恐怕去同學會，更是招蜂引蝶了，妳可要看好他呀。」

成瑤笑望了梁依然一眼：「他叫我和他一起去呀。」她眨了眨眼，「謝謝梁Par提醒，我明晚一定會看好他噠。」

「……」

梁依然終於一句話也說不出來了。不僅如此，她看起來已經快原地爆炸了。

自從成瑤來了自己團隊，梁依然一天也沒開心過。

她承認自己嫉妒，也承認自己這樣公私不分很不專業，只是她忍不住。每次她看到成瑤那張充滿膠原蛋白美好到無瑕的側臉，她就克制不住從心底升騰起的惡意。

她故意沒讓她參與任何一個重要案子，而是努力消耗著她的時間，等著她急吼吼地去找錢恆告狀自亂陣腳，再次把自己置於同事都孤立的地位。然而令人意外的，成瑤根本沒去找錢恆，她安安靜靜地接受了自己的安排，根本沒急得跳腳。

認定了自己不會給她案源，她就主動出去找。新律師找案源是非常艱難也挫敗的過程，只是成瑤竟然做得有滋有味，她去參加家事法律論壇，對每一個可能的潛在客戶發名片，也不眼高手低，一段時間下來，還真的被她接到了幾個案子。雖然標的額不大，但她敬業而專注。

不驕不躁，工作能力優秀。錢恆沒騙人，他給她那些案子，確實是她憑能力得來的。只是這樣的認知，卻讓梁依然更不能接受了，她寧可希望成瑤是以色侍人上位的平庸女孩。

這種妒忌到扭曲的情緒，在見到錢恆把她帶來校友會時，達到了巔峰。

成瑤穿著紅裙，豔若桃李，挽著錢恆的手款款走來，錢恆摟著她的腰，低頭在她耳畔輕語，他的臉上是自己沒見過的笑意。

他是真的很喜歡她。

第十一章　分手吧，老闆！

知道梁依然也會去校友會，成瑤幾乎是卯足了勁打扮自己，不出她所料，她成了全場的焦點。

只是這種關注度引來錢恆的不滿：「妳今晚太漂亮了。」

成瑤只笑：「漂亮不好嗎？你不喜歡我漂亮嗎？」

錢恆的耳朵有些微紅，他側開臉，一本正經道：「我喜不喜歡妳，昨晚妳知道的還不夠嗎？」

成瑤的臉騰的一下紅了，她捂住耳朵：「你別說了！」

錢恆是凌晨回國的，幾乎沒有停歇，下飛機後直接趕去成瑤那裡。成瑤迷迷糊糊，就被錢恆趁虛而入，一個早上沒能再睡覺。

「下次我參加聚會妳還是別來了。」錢恆卻還是一臉理直氣壯的鎮定，「妳給我一個人看就行了，不要再給別人看了。」

成瑤又和錢恆說了一下子悄悄話，才被客戶來電打斷，她立刻切換到工作模式，和錢恆打了個招呼便出門到安靜的地方接聽了。

她再回來的時候，才發現錢恆已經被幾個校友圍著了。一行成功人士，倚靠在吧檯上，姿態放鬆地說著什麼，而梁依然拿著酒杯，也正目光難測地盯著錢恆。

幾個人本來正在聊著另一位老同學喜結良緣，不知怎麼的，話題轉到錢恆身上：「錢恆，你和你女朋友打算什麼時候結婚啊？」

這個話題，讓梁依然的表情果然黯然了下去。

這間會所很有設計感，每個包廂都有獨立吧檯，吧檯外還做著隔離開視線能澈底保護好隱私的木製拉門。成瑤此刻站在移門後，總覺得梁依然要作妖，她頓了頓，下意識地沒有走進去。

「結婚？」只是一門之隔，門內的錢恆聲音卻淡淡的，絲毫對這個話題沒有興致的模樣，「我是不婚主義，也是頂客，不會結婚的。」

門內，梁依然的眼睛亮了起來，她一掃此前的灰敗，望向錢恆。

門外，成瑤扶著拉門，臉都黑了。

沒想到這作妖的不是梁依然，是錢恆。

成瑤一張臉上又火又辣，昨天自己剛在梁依然面前胡謅了錢恆跪求自己結婚的版本，結果今晚就慘遭錢恆本人強勢闢謠打臉。

這他媽的……

又有別人的聲音響起——

「你這樣，你的小女朋友知道嗎？不以結婚為目的的戀愛都是耍流氓啊，錢恆，光和人家談戀愛不結婚也不願意生孩子，人家能接受？」

「她知道，我一直是這個原則。」錢恆的聲音很輕又很重地鑽進成瑤的耳朵裡，她覺得自己已經看到梁依然得逞的嘴臉。

「我沒有隱瞞過，她既然知道還答應和我交往，當然是接受我這個原則的。」錢恆的聲音一如既往的冷傲，「我錢恆怎麼可能用欺騙的方式來找人談戀愛？你是不是對我的人格魅力有什麼誤解？」

這之後他們聊了什麼，成瑤一概聽不進去了，既有失望，又有難堪。

慌亂間，梁依然卻正好從包廂內走出，迎面撞上門口的成瑤。

此刻梁依然的臉上果然是燦爛開朗，她看了成瑤的表情一眼，很快明白了一切，她笑笑看向成瑤，語氣淡然，卻字字誅心：「年輕真好呀，總是愛做夢。」

後半場聚會，成瑤心不在焉，只是心裡充斥著巨大的雜亂情緒，忐忑、難堪、失落、無所適從和茫然。

成瑤並不是不知道錢恆號稱自己不婚且頂客，但心理上，她並沒有當真。畢竟和自己在一起前，錢恆還有亂七八糟一堆龜毛的擇偶標準和原則，自己沒有哪點符合，但錢恆還是選擇了自己。她沒想到他仍會堅持不婚和頂客。

不過如今，不管他是什麼原則，就算他不知情，今晚這臉把自己打的，可真是腫得不能看了！

回去的路上，只剩下她和錢恆的時候，成瑤終於忍不住。

她狀若自然地引出了話題：「你說很多情侶，戀愛到一定階段，自然而然就想永遠在一起，共度餘生，所以才結婚吧。」

「那是他們腦子不清醒。」錢恆不疑有他，嗤之以鼻道：「結婚沒什麼好的，百害而無一利。」

成瑤佯裝隨意道：「總覺得一段感情，始於愛情，日漸成熟，終於婚姻。你看所有童話故事的結尾，不都是公主和王子最終相愛著結婚，快樂地住在城堡裡嗎？」

錢恆冷哼一聲：「妳都說了是童話了，童話裡都是騙人的，這話沒聽過？一段感情，只會始於愛情，死於婚姻。」

成瑤忍著心裡的情緒，賭氣般道：「你現在這麼說，未來說不定會求著我和你結婚呢。」

「不會。」錢恆抿了抿唇，語氣果斷，「這一點原則，我不會改變。」他看向成瑤，「妳放心吧，我不會逼著妳和我結婚的，更不會要妳生孩子。」

我放心？我放什麼心？成瑤內心簡直想要咆哮，你不想結婚生孩子，我才不放心！小孩子那麼可愛，為什麼不要生？你不想結婚，老子還幻想有人跪地求婚來一場盛大婚禮呢！

成瑤忍著內心的窩火，努力平靜道：「未來還長著呢，你也不要說這麼篤定呀。等你跪下求我結婚的時候，希望你也能這麼嘴硬。」

結果錢恆一點求生欲也沒有：「妳還年輕，等妳像我一樣再多做幾年家事案件，看透了婚姻的本質，看多了男女最終破裂的醜態，妳就不會對婚姻有任何期待了。」他理所當然道：「婚姻就是愛情的墳墓，一旦進入婚姻，男女之間的吸引力都被契約束縛死了。何況只要相愛，有沒有結婚，根本無所謂。生孩子就更是找死了，兩人世界不好嗎，有了小孩這種麻煩的生物，連事業都無法好好發展，人生更是沒有自由可言，都不能再單純的為自己而活，一毫無意義，完全找死。」

說完，他好奇地看了成瑤一眼，略帶驚疑道：「妳不是也贊同我不婚和頂客的原則嗎？怎麼了？難道妳想和我結婚？真的想和我生孩子？」

成瑤忍著內心的火，倔強道：「我沒有！」

錢恆揉了揉成瑤的頭，愉悅道：「我就是欣賞妳這一點，和我特別合拍。我就知道自己的眼光不會喜歡錯人。」

「……」

「何況設身處地想想，和我結婚沒有任何好處，離婚不僅真的一分錢也分不到，還得倒賠我錢的。」錢恆自我感覺良好道：「畢竟這個世界上有誰家事官司能打得贏我？」

「……」

「生了孩子更慘，我爸媽喜歡小孩，為了防止他們和我煩，一旦離婚，小孩的撫養權肯定是要爭的，應該也沒人爭得過我。」錢恆露齒一笑，「所以不結婚不生孩子最簡單，談一場永不分手的戀愛就好了。」

錢恆還在講著，這個宇宙級直男癌根本沒有注意到成瑤細微的情緒變化和她的咬牙切齒。

這世界上，竟然有如此賣力宣揚和自己結婚生孩子會有多慘的男人？

這種人竟然都能脫單，肯定是自己瞎了！

成瑤只覺得自己臉上又熱又冷，梁依然那個嘲諷得意的笑讓她如鯁在喉，而錢恆篤定的回答又讓她心煩意亂。

她沉默著走了一段，最終還是忍不住——

「你是不是把婚姻預設的太差了？」成瑤抿了抿唇，「還沒結婚就想著以後離婚了怎麼處理糾紛，所以說要不婚主義，可也有很多婚姻白頭到老相互陪伴的啊。」

「我們是律師，律師在做任何事之前，都要謹慎思考，分析利弊，有風險思維，應該想好一旦面臨最差的困境能如何處理把損失降到最小。婚姻是種責任，責任就意味著束縛和制約，兩個人在一起長久的生活，不過是因為愛所以願意主動磨掉自己的稜角，壓制自己的天性，收起自己尖銳的一面，把自己拗成對方喜歡的樣子，彼此適應、磨合。可人是獨立的個體，為了別人去限制自己，就像是親手砍掉自己的翅膀一樣，愛的時候心裡覺得自己的犧牲偉大，可柴米油鹽早晚會耗盡這種愛意，那時候，就是不甘和怨恨了。」

錢恆的聲音很冷靜，他看了成瑤一眼：「我不希望我們變成這樣，為了婚姻失去自我。妳還是妳，我也還是我，沒有必要為了彼此去犧牲以適應一塵不變無味的婚姻生活。」

這聽起來似乎很有道理，只是成瑤卻很快找到漏洞：「難道戀愛就不用彼此磨合嗎？」

錢恆微微一笑：「至少不結婚，我們的感情不會摻雜別的因素，不會因為家長里短而吵架，不會疲於應付孩子而忙碌，也不會有婚姻裡那些兜兜轉轉，只會有純粹的愛情，還有自由。」

「婚姻雖然聽起來很麻煩，但法律保護婚姻關係，保護婚姻財產。因為沒結婚，李夢婷財產分割上非常被動，而蔣文秀受到最大程度的保護。」

「我們都是家事律師，不存在像李夢婷那樣不警醒保護自己的情況。」

「但你不是沒人打得贏嗎？我就算保護自己，也保護不過你吧。」成瑤垂下視線，

「何況如果我們現在談戀愛談了好幾年，後面發現不適合，要分道揚鑣，那時候你三十多歲的男人繼續一枝花，我三十多歲別說結婚，可能適合的戀愛對象都找不到了。」

錢恆皺了皺眉：「我們怎麼會分手？」

「不是你說的，我們律師，思考要縝密到考慮到最差的情況？」成瑤這次是打算正面剛到底了，她理智地分析道：「所以我們來做一下戀愛期間可能涉及到的財產分割方案吧，這樣等過幾年我們要分手了，就按照這個分割方案來處理就好了，這就和婚前協議同個性質，省得到時候感情破裂了還要有糾紛。」

「另外，就像我說的，女生二十歲到三十歲這十年青春比男人這十年值錢，一旦分手，是不是你應該對我有所表示有些精神補償？畢竟因為不婚，女生的風險更大一些，你們男人任何時候改變主意想結婚了，就算四十歲了，只要條件好，找個二十多的接盤都沒問題，女的就不行了。」

錢恆的表情不太好看：「我國法律不支持這種精神賠償。」

成瑤笑笑：「我知道，我想好了，我們換個形式就行了，寫成借款。可以設定一筆金額，參照歐美婚前協議裡離婚時撫養費那塊，在一起越久，分手的話這筆借款金額就寫得越大。畢竟在一起的時間越長，分手時我作為女性，成本就越高，獲得更多的補償也合情合理。」

成瑤說的頭頭是道，錢恆的臉卻是越來越黑，然而成瑤一點也不在乎。

「戀愛期間財務獨立，應該不會有別的糾紛。那下面我們理一下頂客的問題。」成瑤條理清晰道：「頂客和不婚，女性面臨的風險其實大同小異。婚姻和生孩子這種涉及人身關係的事，就算現在我們一起簽協議說堅定不婚和頂客，否則違約者賠款，這麼做也是違法的。那萬一以後我們要是分手，或者你改變主意，我的風險也很大。」

錢恆一張臉上風雨欲來：「我不喜歡小孩，我不會改變主意。」

「話不能說太滿，等你老了，變慈祥了，可能就喜歡小孩子了，而且老了嘛，人生可能就靠新生命注入活力了。」成瑤氣死人不償命道：「我們繼續啊，男人的生育期比女人可長多了，過個七年八年的，你想生孩子了，我可能已經高齡產婦不孕不育了，這時候你肯定又會和我分手，出去找個年輕女孩生孩子，我呢，就只能淒風苦雨裡一個人堅強了，等老了也沒老伴也沒孩子養老，說不定鬧出那種『獨居老人死去多日無人發現』的社會新聞。太慘了，所以這一點上，你也該對我有所表示和保障，分手的時候你說怎麼辦？」

「……」

錢恆臉色不太好看，但語氣卻很鎮定，他望向成瑤的眼睛：「我不會和妳分手的。」

成瑤噎了噎。

錢恆移開了視線：「本來想說，除非妳要求分手，但想了想，就算妳要求也不行。」

「我不會分手，妳想和我分手去找別人，我只能妳找一個破壞一個，讓妳沒辦法最後只能回來了。」錢恆看著成瑤，眼神能殺人，「反正我們對不結婚不生孩子這個原則沒有分歧。別亂想了，走吧。」

什麼沒有分歧？這才是最大的分歧好嗎？

成瑤簡直有些無語，錢恆是智障嗎？敢情自己說了這麼多，他根本沒意識到自己的潛臺詞？難道必須自己親口說出「我想結婚我想生孩子」這種話才能聽得懂？

從這個角度來說，錢恆確實不應該生孩子。他這種愚蠢卻還自我感覺良好的直男染色體基因，確實沒有傳播下去的必要了。讓他就地滅絕吧！

生完氣過後，成瑤終於平心靜氣地想了想，她和錢恆面對如此大的分歧，卻沒能在交往一開始再確認溝通，可以說都有責任。錢恆自我感覺良好地覺得既然成瑤同意交往，那自然接受了不婚和頂客；而成瑤則下意識認為，當初是錢恆追了自己，當然應該是他認可自己的原則才對。

如今，面對這原則性的矛盾，成瑤十分迷茫。

好在現實沒給她機會多想這些事，眼下她面對更直觀的困境。

如今她尚在梁依然的團隊，而梁依然對自己已經明晃晃亮刀了。只是這種時候直接去和錢恆告狀？成瑤一點也不想。她一點也不屑於以女朋友的身分影響作為君恆合夥人的錢恆，這不專業，並且完全沒有獨立女性的格調。

更何況，就算真去告狀，也沒什麼可說的，說梁依然讓自己坐冷板凳嗎？在不瞭解團隊成員能力的情況下，不貿然讓對方參與核心事務，只先做輔助性工作試手，這放到任何職場，作為老闆，都做得不算錯。梁依然表面功夫做得又足夠好，在君恆眾人面前，她可是剛正不阿維護成瑤的女Par，對待其餘員工，也是既親切又溫和，但關鍵時刻能力強，工作突出，長得還好看，一下子便在君恆裡人氣很旺。如果真要對峙，那對比之下，和老闆談戀愛的小律師成瑤，恐怕反而沒有梁依然信服力大。

「職場上，誰不遇到點風浪？誰沒遇到兩個賤人？成瑤，不要慌，就是幹！」

秦沁對自己的鼓勵而猶在耳邊，成瑤握了握拳，心裡充滿了鬥志。

而不知道是不是她的工作狀態終於讓梁依然良心發現了，在新的工作日裡，她終於安排了案子給成瑤。

「就是個離婚案，標的額不算大，五百萬左右，成瑤妳來負責，先試試手。」梁依然把材料給成瑤的時候非常公事公辦，毫無私底下對她的敵意，她看了成瑤一眼，「之前讓妳做輔助性工作，一來是為了瞭解妳的性格和能力，二來想磨煉下妳的心性，三來也算是為妳好，如果妳一來我的團隊，就有大案獨立操辦，我怕不能服眾，大家私底下還是覺得我因為知道妳和錢恆的關係，所以對妳有所照顧。」梁依然的語氣很坦然，「這是個小案子，但一切都是從小開始的。」

一番話說得實在滴水不漏，連成瑤都要懷疑自己之前是否神經過分敏感，錯怪了梁依然。

只是當她拿著案子材料回辦公桌翻開來一看，那顆反省自己的心，就差不多歇了。

這個案子，確實如梁依然所說，標的額不大，案情也簡單，當事人雙方非富非貴，但和簡單也完全沾不上邊，甚至可以說有些複雜。

兩人結婚才三年，然而此前同居了已有十多年，涉及到需要分割的財產各式各樣，光是清單用A4紙列印出來都有十幾頁，線索繁多。

十多年的共同生活，本來早就你中有我，我中有你，任何痕跡，都帶有對方的味道了，如今想要分割，確實是如一團亂麻，作為代理律師，稍有差池恐怕就會出錯。

然而面對梁依然對自己埋的這個地雷，成瑤並沒有膽怯。錢恆因為那個涉外婚姻案，再次出國了，自己也正好全身心投入到手頭的案子裡。

為了這個案子，成瑤幾乎卯足了全力，她想讓梁依然看看自己的能力，想告訴她，自己並非依附著錢恆的菟絲花。

成瑤代理的是女方吳婕，對方是個五十多歲的老阿姨，為了整理財產清單，成瑤約談了對方幾次，發現對方是個極其難纏的人。錙銖必較，市儈精明，愛貪小便宜，對於分割前夫的財產這件事，她抱著病態的執著，一分一厘也不能少。

「小成律師啊，車庫裡一臺報廢了一年多的舊電視機，妳這張清單上忘了列進去啊，這舊電視機如今賣掉也有個幾百塊呢，怎麼能便宜了老東西？必須要分！」

「還有陽臺上的那些花，妳也要列進去，有幾盆蘭花還是死老東西在國際蘭花博覽節買的，可貴著呢，他要是想拿蘭花，就得折價分給我現金！」

成瑤原本不理解都共同生活這麼久了，男方也沒有出軌，怎麼還鬧離婚？如今一見自己這當事人，她什麼事都明白了。

太斤斤計較了！刁鑽，只要找著機會，就貪小便宜。和這樣的人生活，確實很累，共同生活時，礙於並非合法妻子，吳婕還有所收斂，婚後吳婕就放飛自我了……吳婕的丈夫提出離婚，成瑤也算有些理解了。

成瑤找對方在樓下咖啡廳約談了三次，知道成瑤買單，吳婕就一點也沒客氣，不僅點了簡餐，還點了一杯外帶，點心也點了一堆，一邊和成瑤聊，一邊吃完了三明治、烤餅乾和布丁，這架勢，成瑤毫不懷疑，對方是特地沒吃飯空著肚子過來的……

「小成律師啊，妳說你們這律師費，有點貴啊，能不能再便宜點？妳看我的家庭條件妳也知道的，和死老東西離了婚，最大的財產也就一間小房子了，剩下七七八八也沒多少現金，以後連養老都吃力，你們這些做律師的年輕人啊，光靠一張嘴皮子就能賺大錢，能不能通融下，幫我的律師費再減免下呢？」

「吳阿姨，律師收費實行的是政府指導和市場調節雙管齊下的收費標準，根據不同案件，都有一個區間，不會虛高，但也至少要讓我們律師能覆蓋成本吧。我給您的收費，已經是按照A市律師收費標準離婚案件裡面最低的來收了。」成瑤笑笑，「您看起來律師只是動一個嘴皮子，但您看，您不請隨便的誰去動這個嘴皮子，而請律師，說明這嘴皮子也得有專業的積累。何況要是我給您收費特別低，您才應該警惕，因為太低的價格，只能說明律師提供的專業服務和水準，可能都低於正常標準，成本付出的少，實力差，自然才會收費低，可這樣，最後吃虧的還是您自己。」

吳婕對收費軟磨硬泡了幾次，又是牢騷又是嘮叨，一下子哭窮，一下子恭維成瑤的，可惜最終都被成瑤不軟不硬地頂了回去。

這是成瑤第一次遇到如此難纏的當事人，她不得不花費大量時間和精力應付吳婕。好在最終，財產清單全部理清，應訴書也都搞定，難以取悅的吳婕也被安撫好，就等著幾天後開庭了。

成瑤因為吳婕案子的順利推進正充滿了鬥志，看著這一切的梁依然卻越發煩躁。她承認自己在接這個案子時存了私心。五百萬標的額的案子，難纏又斤斤計較的當事人，繁複的財產清單，光是這三點，對於不缺案源的君恆來說，都可以直接pass，然而梁依然接了下來，並且分給成瑤。

她是故意的。她想看著成瑤面對這樣市井的當事人，被糾纏到崩潰失態；面對這樣繁雜的財產名目，整理時出差錯；面對只有五百萬標的額的案子，心理落差太大意難平而氣憤……

她準備冷眼等著成瑤出錯踩雷，然後把自己逼進難堪的境地。

只是沒有，這一切都沒有，成瑤沒有抱怨沒有告狀沒有任何的一切，她如一個不知嫌隙的好員工一樣輕易接受了自己的案子分配，認認真真踏踏實實，全力以赴。

梁依然站在成瑤的辦公桌前，拿起她整理好的吳婕案的應訴材料和證據材料清單，越看心裡越不是滋味。

作為一個僅有如此短工作經歷的新手律師，成瑤做的真的非常優秀，雖然吳婕的案子並不難，然而應訴書的格式、證據清單的詳盡，甚至材料整理的工整，這些細節上都能看出一個律師的用功程度和專業性。成瑤在每一個細節上都非常完美。她清晰地列出了吳婕和她丈夫的婚前財產和婚後共同財產名目，細緻到連梁依然都有些汗顏。

以前對成瑤有所偏見時，覺得她是毫無能力只靠傍上錢恆走捷徑的心機少女，根本配不上錢恆，可如今知道她確實有能力讓錢恆刮目相看，梁依然心裡不僅沒有情緒緩和，反而更壓抑嫉恨了。

她知道自己這樣不專業，公是公，私是私，不應該在工作中對成瑤帶入情緒，但是她忍不住。而梁依然發現，這種敵意，隨著時間的推移，竟然越來越濃厚了，她的心裡像住著一隻充滿惡意隨時準備攻擊的黑貓，尤其當她看到吳婕案的應訴材料時，這種抵觸和惡意達到了巔峰。

而當今早接到錢恆電話，溝通完事務所裡常規工作外，他竟然又一次非常仔細認真地向自己道了謝。

『謝謝妳幫我照顧成瑤。』

字典裡從沒有「謝謝」兩個字的錢恆，因為成瑤，近來已經頻繁對自己道謝了。

這一刻，梁依然完全失去理智。成瑤不能簡簡單單就完美地解決這個案子。她不能這樣輕而易舉就靠這個案子得到眾人的肯定。她更不能順順利利和錢恆繼續在一起……

此時此刻，她的理智完全被扭曲的嫉妒和不甘遮蓋，她仔細翻看了吳婕案的證據，四下無人，梁依然天人交戰了很久，最終迅雷不及掩耳般從證據原件裡抽走了一張紙……

反正這個案子，成瑤打成什麼樣都沒關係，只要自己最後救場，客戶仍舊能得到如常、對自己有利的判決。就算過程曲折點，但並不影響客戶利益，也不影響最終結果。

錢恆新接的涉外婚姻案比想像的更複雜，他去洛杉磯已經待了快一週，也已經一週沒見到成瑤了。兩個人如今只能視訊聯絡。

即便橫亙著對未來巨大的分歧，但人的感情從不受理智桎梏，只是聽到錢恆的聲音，成瑤的內心就雀躍而悸動。

她沒去過洛杉磯，好奇地問這問那，錢恆語氣溫柔，因為時差的原因，明明這時已經是美國西海岸的凌晨，而他也因為繁重的工作加班了好幾晚，此刻卻還是極盡耐心地為成瑤講著。

『黃昏的時候終於有點空，我去了威尼斯海灘，海很漂亮，天很藍，這是加州很著名的海灘。』講到這裡，錢恆頓了頓，過了片刻，成瑤才再次聽到他低沉好聽的聲音。

『但是我卻覺得沒有B市的海灘好。』

成瑤一邊看著網路上威尼斯海灘的圖片，一邊抗議：「怎麼可能，威尼斯海灘漂亮多了！你實話實說就好了，我又不會嫉妒你心裡不平衡！」

錢恆聲音淡定自然，視訊鏡頭裡他微微垂下了頭：『因為妳不在威尼斯海灘。』

成瑤愣了愣，忍不住傻笑了起來。

錢恆和她又聊了些別的，自然而然地問起了工作：『到了梁依然團隊以後有什麼不適應的嗎？有什麼需要我出面幫妳溝通嗎？』

成瑤忍住內心的委屈，狀若自然道：「沒有。」她不想談及工作，巧妙地轉移了話題。

『我這個案子有點複雜，本來還要十天才能回國。』錢恆眼神溫柔，『但我會壓縮休息時間，一週後就回來。』

成瑤有些不好意思：「你注意點，別過勞，十天就十天，我又不是三天都等不及。」

『是我等不及。』

掛了電話，成瑤耳朵還有些燙。

對於錢恆，她有種飲鴆止渴的情難自禁。明知道彼此對於未來有分歧，明知道這種重大人生理念的衝突早晚會爆雷，明知道有些矛盾不是不去想就會消失，明知道隨著時間推移，自己和錢恆總會因為婚姻和未來爭吵不和，明知道此刻最理智的做法應當是保持距離，給予彼此空間冷靜，好好思考在這矛盾之中是否還尚能調和，自己是否能妥協接受錢恆的不婚和頂客，但還是忍不住，忍不住想靠近這個男人。

大概這就是愛吧，明知道危險，卻還是放縱自己沉溺。

好在生活不只有愛情，更有其餘事需要人去奮鬥。

週二這天，下午便是吳婕離婚財產分割案的開庭。只是本來勝券在握的成瑤，此刻卻被一個突變打得措手不及。

吳婕的丈夫在婚前因為裝潢，曾跟吳婕借過十萬塊，錙銖必較的吳婕自然讓他寫了借條，而這部分款項，因為是婚前借款，因此兩人雖然後來結為夫婦，但如今離婚的話，吳婕要求丈夫歸還這部分婚前借款，也完全合法。

原本配合著借條原件、銀行轉帳流水，非常直截了當就能證明事實，可是如今，成瑤在開庭前最後整理翻閱應訴材料時，才發現那張至關重要的借條原件，竟然不翼而飛了！

「怎麼可能，這份材料我沒帶出事務所過，上午翻起還是完整的，怎麼說沒就沒了。」

成瑤和譚穎緊張地翻遍了桌子底下、抽屜裡、桌面文件裡，甚至連垃圾桶都掏了，可還是見不到那張借條的身影。

成瑤又去調取了事務所門口的錄影，這半天裡，並沒有可疑的人進過事務所，可借條哪去了？

還有一個多小時就要開庭，成瑤完全被這個突發事件打到措手不及。

雖然在應訴時成瑤已經將借條的影本一式兩份分別提供給原告和法院，但是一旦沒有證據原件，對方完全可以以無原件核對為由，號稱影本不真實，至於流水轉帳，也可以號稱並非是借款而形成的金錢往來，那到時候這筆婚前借款，極有可能得不到法律支持。

可惜老天像要和成瑤作對似的，直到開庭，她還是沒找到那張借條原件。

往婚姻庭走的路上，成瑤的心裡一下子滾燙，一下子冰冷，她第一次遭遇這種事，手足無措之外，是惶恐、不安和羞愧，腦海裡也接連閃過各種念頭。

不論借條是怎麼沒的，沒了就是沒了，現在想別的已經沒有意義，首當其衝是怎麼解決。

吳婕把這張借條的原件給自己的時候，並沒有要求自己簽署任何書面的證據原件交接檔，因此就算吳婕號稱曾經給過自己這張借條，在沒有證據的情況下，自己完全可以以沒收到為由，把責任撇清。

以吳婕這種錙銖必較的性格，要是知道證據不翼而飛，絕對不會輕易放過自己，自己一旦承認弄丟證據，她會怎麼鬧幾乎可以想像。

人在危急時刻，總是會傾向自保，只是……

只是成瑤不想做為了自保而侵害客戶利益的人，即便將要面對難看的後果，甚至她未必能收場，她還是決定向吳婕坦白，承認自己的錯誤。

在君恆，保全一向很好，進出也都要登記，因此大家習慣性都將訴訟文件放在辨公桌面上，一來辦公桌抽屜裡已經堆滿了各種案件材料，沒空間了；二來近期要辦的案子，放在桌上比較方便尋找。因此成瑤也如其餘同事一般，把吳婕案子的資料放在桌上。

成瑤如今仍舊不明白借條怎麼沒了，她似乎是沒有錯的，然而仔細想來，這確實是自己的疏忽，如果她能在離開座位時把案子的材料鎖起來，就不會出現這種事了。其餘同事都丟在桌上顯然並不是脫罪的理由，畢竟大家都做的事，未必就正確。做律師這一行，再謹慎再細緻都不為過。

雖然很慘痛，但這也是實踐給成瑤又上了一課。

臨近開庭，吳婕自然對此不能接受，幾乎用市井大媽所掌握的最粗俗的語言把成瑤罵了個遍，成瑤對此，除了認真道歉外，一概不反駁。

「事情就是這樣，很抱歉弄丟了證據原件。」成瑤的態度十分誠懇，「吳阿姨，請您先別發火。首先，即便沒有原件，我也會爭取這十萬，而且一旦這個官司因為我弄丟了借條，這十萬塊沒能獲得支持，那我個人賠償您這十萬，絕對不會讓您因為我個人的原因而有任何損失。這是我草擬好的承諾函，我已經簽名了，請您過目。」

「我真沒見過妳這種律師，聰明面孔笨肚腸，長得好看不中用，都是什麼東西，毛沒長齊就出來騙錢了，做律師可真是門檻低！別說專業能力，竟然連我給妳的借條這麼重要的證據都弄丟了，腦子裡面是糊了屎？」

吳婕非常生氣，態度也十足惡劣：「妳都把證據丟了，還指望那死老東西承認這筆借款？還『我也會爭取這十萬』，妳用什麼爭取？用妳糊了屎的腦子嗎？」

吳婕嘴上一直罵著，但成瑤的承諾書總算安撫住她的情緒，在成瑤的保證和不斷道歉下，她總算收拾好情緒，和成瑤一起上庭了。

成瑤壓抑著情緒，雖然借條丟了，但她並不準備輕易放棄。

開庭前，對方律師在走廊裡抽菸，她狀若隨性般也走了過去：「王律師，我們這邊的證據原件已經給書記員核了，你那邊核好了嗎？這次證據這麼多，早點核完了省得等等浪費庭審時間了，我下面還有個庭要開呢。」

王律師瞥了成瑤一眼，吐了個煙圈，他喊了自己的助理律師：「小盛啊，去把證據原件讓書記員對一下。」

成瑤態度自然，絲毫沒流露出已經丟失借條原件的慌亂模樣，她說的話也不算全然假的，她確實把部分證據原件先交給了書記員在核對，只是沒有那張借條。

而如成瑤所料，因為急著到點開庭，證據又實在太多，書記員開庭前只來得及核對部分原件，連法院蓋章確認原件影本一致都只能延到庭後操作。

主審法官宣布了庭審紀律，並確認了雙方當事人及代理律師身分，告知了雙方當事人及代理人權利、庭審組成人員，並詢問是否有申請迴避的情形後，就正式開始了庭審。為了查明真相，確認事實，法官開始了法庭調查。

在核對了不少事實細節後，終於輪到了那筆十萬的婚前借款。

「吳婕代理人主張婚前十萬元的借款，請問對方當事人及代理人是否對此事實有異議？」

在成瑤的關照下，吳婕保持了情緒的穩定，兩人都沒有流露出借條原件滅失的表現，成瑤更是鎮定自若。

勝負在此一搏了！

「沒有，我方承認該筆借款，無異議。」

並不知道成瑤方沒有原件的王律師，爽快地承認了借款事實！

至此，成瑤一顆懸著的心，終於落了地。

直到質證環節，書記員發現借條並沒有原件，法官要求吳婕出示原件核對。

成瑤才站起來：「對不起法官，我們的原件滅失了。」

而幾乎是同時，一如成瑤所料，吳婕丈夫和他的代理律師低頭商議了起來。

沒多久，王律師便站了起來，改了口：「法官，我們不認可這張影本的真實性，我也想替我的當事人澄清一下，我們不承認這筆借款，實際這筆借款根本不存在，這借條是吳婕婚前說想要個恩愛保證金，強行讓我當事人簽名的，實際根本沒有這筆債務。」

任何律師，一旦知曉了對方當事人證據原件滅失，恐怕第一反應便是讓自己的當事人否認該證據的真實性，畢竟原件沒了，死無對證，影本的證據效力，一向比原件差得遠了，完全可以說是偽造的。

吳婕丈夫的律師果然也是這樣做的。

成瑤不緊不慢地出示了吳婕的轉帳記錄：「這是我當事人借出十萬的證據，完全可以證明該筆債務真實存在。」

吳婕丈夫的律師自然反駁：「這筆錢是吳婕對我當事人借款的歸還，而非她出借。」

成瑤也並不讓步：「我完成了我方借款轉帳的舉證責任，您主張這十萬是我方當事人對您當事人借款的歸還，那還請您對您當事人當時出借十萬的事實進行舉證。」

對方進一步狡辯：「當時給吳婕這十萬用的是現金。」

法庭辯論，你來我往，針對婚前這十萬塊之後，成瑤和對方律師又對婚後財產分割進行了辯論，最終兩方都完成了各自的陳述，一切塵埃落定，只等法官擇日宣判。

判決結果懸而未決，吳婕自然不滿，她又和成瑤糾纏了片刻，跟成瑤要了搭車來回的錢，揩了點油，才在成瑤的低姿態安撫和承諾下，勉為其難地走了。

終於獲得清淨的成瑤鬆了口氣，坐在法院的大廳裡茫然地望著門口進出的人。近來的工作強度並不是最大的，但成瑤卻莫名覺得累，特別累。

「成瑤？」

就在成瑤走神之際，一個男聲叫住了她。

成瑤回頭，愣了愣，才想起來，叫住她的是金磚事務所的李成軒，此前包銳的聚會上遇見過。

李成軒是個爽快性子，對成瑤一時之間沒立刻認出自己也不在意，他熱情道：「妳也來這裡開庭啊？」他看了成瑤一眼，「瞧妳的臉色這麼差，應該是還在錢恆手下工作吧？」

「唉，錢恆這傢伙，對年輕人從不手軟。」李成軒顯然逮著機會就要挖錢恆的牆角，「小成啊，上次我對妳說的話，現在還有效啊，妳要是受不了錢恆了，可以考慮一下我這裡啊，我們金磚雖然比君恆收益少，但合夥人絕對比錢恆平易近人！我之前給妳的名片，妳還留著吧？」

成瑤笑：「留著留著。」

李成軒又拉著成瑤吐槽錢恆一陣，因為要趕著開庭才告辭。

成瑤笑笑，沒當回事，她此刻心中正想著別的，想著自己的未來，關於工作，關於感情，關於吳婕這個案子懸而未決的結果。

好在成瑤心中的大石頭沒有懸多久，三天後，吳婕的案子就迎來了判決。

那筆婚前的十萬塊借款，被承認了！

和成瑤料想的一樣，雖然在舉證中還是以原件優先，影本只能屬於補強證據，在沒有別的證據的情況下，影本不能單獨作為認定案件事實的依據，但一旦形成證據鏈，原件滅失，影本也可以作為事實認定的關鍵。

在吳婕的案子裡，在對借條原件丟失不知情時，她的丈夫承認了這筆借款，加上當時的銀行轉帳流水，都能推定借款存在。雖然在知道原件丟失後，吳婕的丈夫和律師竭力否認借款，但卻對自己的主張提供不了證據支持，因此最終沒有被法院採信。

權衡過後，吳婕的前夫也決定不再上訴，等時間屆滿後，一審判決就會生效，案件也算塵埃落定。

拿到判決書，成瑤終於送了一口氣，雖然發生了丟失原件這樣不專業的事，但好在最終的結果，她對吳婕也算有個交代。

吳婕顯然還是不滿：『小成啊，妳這次犯了這種錯，還要叫我付律師費，不太合理吧？把我的借條弄丟了，這件事不能這簡單就完了吧？』吳婕暗示道：『不能全部免除，也最起碼給我打個折吧？何況讓我嚇成這樣，交給妳的原件丟了，妳得給我精神賠償吧？』

「丟了原件是我的錯。但吳阿姨，根據《律師法》，只有在律師因過錯給當事人造成損失的情況下，才會需要承擔賠償責任。我沒有讓丟失原件影響這個案子的結果，並沒有對您造成損失。丟了原件我非常自責，但我為這個案子付出的工作不僅是幫您爭取婚前財產一塊，更多的在爭取婚後財產分割，也付出了很多時間。雖然我是您的代理律師，但合約您是和我們事務所簽的，我們事務所歷來沒有為此免除律師費的情況。對我弄丟原件的不專業行為，您想去律協投訴的話，我也願意接受律協的批評處罰。」

因為自己有錯在先，成瑤非常耐心也非常低姿態，吳婕見砍價不成，自然惱羞成怒，開始攻擊起成瑤，對此，成瑤都很好脾氣地受著，並繼續道著歉。

掛了電話，成瑤以為吳婕的事算是告一段落，她根本沒想到吳婕這人不僅錙銖必較，為了占便宜不達目的誓不甘休。

吳婕是在下午來的，成瑤當時正在辦公室裡接待客戶，就聽到大辦公區裡傳來騷動。

「叫你們老闆出來！你們君恆號稱是專業人辦專業事，結果咧？結果你們的律師幹的什麼混帳事？竟然把我的借條原件弄丟了，弄出這種岔子，還有臉跟我一分不少地收律師費？」吳婕拿出了潑婦的模樣，中氣十足又撒潑耍賴道：「這事不給我解決了，我明天就在你們樓下拉橫幅！」

大概是有誰勸說了吳婕，可毫無效果，吳婕的聲音更抬高了八度：「你是誰？你有什麼資格和我說話？什麼誤會？呵，叫你們那個成瑤出來！你當面問問她，是不是誤會？是不是她弄丟了我的原件！」

事情進展到這一步，成瑤無路可退，她不得不在會議室客戶驚疑的目光裡，抿緊嘴唇走了出去。

吳婕看到成瑤，氣焰更是囂張，演技也更浮誇起來：「你們事務所是不是嫌我不是那種家裡有幾個億的大客戶，所以怠慢我，就配這種律師給我？」她指著成瑤，「她除了臉長得漂亮還有什麼優點？做事連腦子也不帶，你們這麼出名的一個事務所，難道就看臉招人？這種垃圾都是怎麼進律師隊伍的？走後臺？」吳婕惡毒地無差別攻擊道：「還是說你們事務所都是這種貨色？」

她又罵了些別的，只是不得不說，吳婕這樣潑辣市井的女人，攻擊起人來，就像打蛇打三寸一樣狠準穩。

本來因為成瑤和錢恆戀愛這件事，李萌之流對成瑤有些意見，如今辦案子丟了當事人的證據原件，這種低級卻無法忍受的錯誤一出，吳婕這個當事人一鬧，大家那些被壓抑下去的情緒和八卦，又開始冒頭了。

成瑤的臉上火辣辣的，感受著四面八方探究的目光，李萌鄙夷的視線，還有那天因為自己被梁依然訓斥的實習生憤憤又揚眉吐氣的神色。

成瑤只覺得自己這一刻無比脆弱，無比需要錢恆。然而他不在身邊，他和包銳還在洛杉磯，連平時處處維護自己的譚穎，也因為有事開庭外出了。偌大一個辦公區，即便王璐幾個在努力勸服吳婕，但成瑤在其餘各色探究的目光中，只覺得有口難辯的孤獨。

面對這樣的場景，她還能辯解什麼？辯解借條沒丟嗎？可借條確實丟了。有苦難言，大略如此。

如今這場景，怕是在大家心中坐實了自己不僅沒能力，還成事不足敗事有餘，拉低君恆口碑的惡名。

成瑤心裡酸澀，忍著難堪開口道：「吳阿姨，這件事是我沒辦好，有什麼要溝通的我們去會議室吧……」

「誰是妳阿姨？」吳婕情緒激動，她鬧了半天，動靜這麼大，竟然還沒有老闆層級的人出來，吳婕心裡有些煩躁，看著眼前的成瑤，她就更惱火了，她很清楚，成瑤沒有許可權幫她減免律師費，得鬧到老闆那一級才行。

「我可以……」

成瑤的話還沒說完，就在毫無準備之際，被迎面潑了什麼燙燙的東西。等她反應過來，才意識到那是吳婕從身邊辦公桌隨便抄起潑來的茶。

因為身高，吳婕的茶沒能潑在成瑤的臉上，只堪堪潑到她的胸前，只是沒被潑到臉，也一點沒能緩解成瑤的尷尬和難堪。當著大辦公區那麼多同事的面被如此責罵和粗魯對待，再臉皮厚的人恐怕都難過自尊心那一關。

「來，成瑤，快擦擦。」一群人手忙腳亂地拉開吳婕，王璐遞了紙巾給成瑤。

也就是這時，緊閉的辦公室門，終於打開了，梁依然一臉不知道發生了什麼般走了過來。

「怎麼了？」她的臉上流露出不明所以的表情，壓低聲音道：「我剛剛在電話會議，聽到這裡有動靜，是怎麼回事？」她驚訝般看了成瑤一眼，立刻抬高了聲音，「是誰把成瑤弄成這樣的？有客戶鬧事不知道去報警嗎？」

成瑤並不買帳梁依然電話會議的這套說辭，她臉上那虛假的表情，顯然是故意坐在辦公室裡等著事態失控發展至此的，然而她演得確實太好了，此刻看起來，她完全像是護短的老闆，強勢又威嚴。

「我們君恆不是菜市場，撒潑打滾就可以達成目的，法律服務是專業服務，不是買把蔥一樣還能討價還價，妳要是對我們服務有意見不想支付律師費，那請妳去起訴，我們歡迎。但想惡意賴帳，未免是到行家面前班門弄斧。誰要不支付我們律師費，我們起訴到底。」

梁依然一番話，吳婕果然安靜了下來，然而她自然不會放棄。

「那妳問問你們的員工，是不是把我證據原件弄丟了？她這種工作態度，難道我不能質疑？你們不應該給我索賠？」

梁依然像一個稱職又公正的老闆一樣，詢問吳婕很多問題，也再次讓所有人聽了一遍成瑤弄丟借條原件的故事。

「成律師贏了這個官司，也沒有造成妳任何損失，我們理應不需做任何賠償，也不需退還任何律師費。但弄丟原件這確實是我們的問題，只是這並不是成瑤的錯。」梁依然大義凌然道：「這應當是我的問題，因為成瑤是我指導的律師，這個案子雖說由她全程操辦，但我本應該坐鎮全域指導，出了這種事，我這個帶教的人難辭其咎，何況原件丟失這件事，也說明我們君恆在客戶證據管理的內部流程上，有瑕疵。所以為了表示我們不夠專業的歉意，妳這筆律師費，由我個人自掏腰包退還給妳。」

一聽律師費可以免除，吳婕的情緒果然緩和下來：「雖然妳手下的律師不像樣，但我看妳還是挺有水準也挺講道理的。」她瞥了成瑤幾眼，「所以啊，有些年輕人確實不行，薑還是老的辣，妳看看妳這老闆，講話多有道理，做事多穩重，哪像妳，連證據都丟了，還死摳著那點錢，一點也不肯退，工作能力上一塌糊塗，要錢的時候倒是很精明……」

吳婕旗開得勝，臉上已經有了笑意，只是嘴上還不饒人，又嘀嘀咕咕數落了成瑤一陣子，才跟著受了梁依然指示的另一位助理律師，去處理律師費退款了。

梁依然一番話，面子上既維護了成瑤，又很有全域意識，以犧牲自己的方式化解了糾紛。成瑤幾乎不用想，也知道如今所裡眾人，恐怕對梁依然的評價又是高了幾分，而相應的，對自己的評價，恐怕只會每況愈下。

和錢恆談戀愛，跟著錢恆時案源巨好，辦案能力也優秀，可一換團隊和新老闆，不是此前連個案子也沒有，就是連吳婕這樣的小案子都辦不好，竟然連證據原件都弄丟了，最終當事人來鬧事……

這些細節裡的每一點，可能還不至於讓人浮想聯翩，然而加在一起，就拼湊出了另一番景象——沒能力，靠抱金大腿才有了好成績，一離開大腿，瞬間就被打回原形了。

「成瑤，擦擦茶水，來我辦公室一趟。」

梁依然的語氣溫和，然而成瑤卻知道，將要面對的，不會是什麼和風細雨。

果不其然，一進辦公室，梁依然就收起柔和，她看了成瑤一眼：「我知道妳和錢恆處在熱戀期，他最近不在，妳可能狀態會不太好，但是我希望妳把戀愛和工作分開，不要因為私人的情緒影響了工作。」梁依然的語氣聽起來甚至非常語重心長，「女孩子，雖然戀愛很重要，但一旦變成戀愛腦，對自己的未來沒有好處……」

成瑤忍著憤怒和難堪：「我沒有因為戀愛分心過工作。」她一字一頓道：「我也不認為吳婕這個案子應該息事寧人就給她免除律師費。我們是律師，講究的是合約契約、法律和原則，而不應該怕當事人鬧事就退避三舍。何況辦這個案子，我問心無愧，訴訟的結果也為她爭取到最大利益。現在您直接為她退還律師費，反而像是坐實了這案子我根本沒辦好一樣。」

梁依然喝了口茶：「可妳丟了人家的借條原件，是責任人。我不希望吳婕一直在事務所鬧，會對妳的口碑造成影響，也影響辦公區同事的工作。何況真要鬧大了，按照責罰制度，妳作為責任人，可是要受處罰的。」

成瑤迎上樑依然的眼睛：「我做錯了什麼，願意承擔相應的後果，但我沒做錯的部分，我也不想被按頭認錯。丟借條這件事，完全莫名其妙的。既然要處罰，那把這件事一起查一查吧。」

面對成瑤的咄咄逼人，梁依然仍舊綿裡藏針：「妳說借條丟的莫名其妙，可成瑤，我們是律師，律師說話講證據，否則就是推卸責任了。」

成瑤心中隱約有所懷疑，只是說來說去，沒有證據，一切都是白搭。君恆只有在事務所門口有攝影機，對來去事務所的人有監視，辦公區內並沒有。當前的困境，於她而言，仍是無解。她咬緊了嘴唇，沒有說話。

梁依然的語氣卻是重了點：「我知道妳和錢恆在戀愛，但妳還是應該放平心態，區分女朋友和員工的身分，不要覺得有錢恆了就可以亂來，在君恆，妳首先是我們的員工，工作還是要認真。」梁依然說到這裡，輕飄飄地看了成瑤一眼，「女孩子，還是應該自己優秀點，拼下事業，而不要老想著結婚。」

這番話，顯然是在諷刺自己，成瑤緊緊咬著唇，握緊了拳。

「成瑤，我長妳幾歲，有個忠告給妳，優秀的男人，是永遠不會想和不夠優秀的女人結婚的。」

這種意有所指，成瑤怎麼會不懂，梁依然的語氣像是個知心大姐姐，說的話要換個不明所以的第三人來聽，也只覺得她誠懇，能毫無保留地指點後輩，但成瑤卻知道不是。

梁依然眼裡的促狹和嘲諷，已經到了不加掩飾的地步。她點到為止，然而有些話，就差脫口而出——以為錢恆會和妳結婚？做夢吧。

這一刻，成瑤的羞憤、難堪、尷尬和委屈，達到了頂點。和錢恆那個關於婚姻的分歧，也終於被梁依然毫不留情地挑明，侮辱般扔到成瑤面前，讓她無從逃避。

錢恆如果堅持不婚頂客，那自己能這樣繼續窩在君恆和他談一輩子戀愛？一年、兩年可以，那七年、八年呢？十年、二十年呢？

別人暗裡明裡的冷嘲熱諷不說，自己真的能遷就他壓抑住自己真實的內心不結婚也不生孩子嗎？

原本成瑤以為自己可以，但一天前，林鳳娟帶著手術成功的涵涵來感謝自己，自己抱著涵涵時，看著手中軟軟的可愛的小嬰兒，成瑤卻知道不能騙自己了。

她喜歡小孩子。

很喜歡。

即便現在沒有想過，但未來的某一天，她還是想要一個屬於自己的小孩子，肉肉的一團，有明亮的眼睛和胖胖的小手。

她也想要一段穩定的溫暖的婚姻。

她和錢恆在這一點上，是背道而馳的。

當天，成瑤魂不守舍回了家，她一下一下地點進錢恆的聊天室，又退出來，想說些什麼，又不知道說什麼。

手邊是李成軒的名片，成瑤拿起來，又放下去。

她的心中有了模糊的決斷。

她不能長久沉溺在錢恆給的幻境和愛裡，猶如溫水煮青蛙，和風細雨久了，一個人就喪失突圍的鬥志了。

而也就是這時，錢恆的視訊邀請傳了過來。

『我明天回國。』錢恆剛開了口，就發現成瑤的不對勁，他皺了眉，聲音也緊張起來，『妳怎麼了？是不舒服還是出了什麼事？』

聽到錢恆熟悉又低沉的嗓音，一瞬間成瑤有些想哭，只是她最終忍住了。

「錢恆，我問你，你真的絕對不準備結婚嗎？」

錢恆顯然鬆了口氣：『我還以為妳出什麼事了。』他笑笑，『不結婚，我保證不結婚，絕對不會出現中途去和人結婚這種事……』

「那如果不結婚我就和你分手，你也還是不結婚嗎？」

錢恆的聲音很篤定：『妳不會和我分手的。』他看向成瑤，笑容自信而英俊，『妳這麼喜歡我，不會捨得和我分手的。』

成瑤抿緊嘴唇，沒有說話。

『結婚沒有任何好處。只是個形式，完全沒必要。妳還年輕，還不懂。』

「錢恆，我想結婚。」

『不，妳不想。』直男錢恆根本沒意識到成瑤語氣裡的不尋常，他自若道：『婚姻不論對男性還是女性，本質上都是種剝削，讓人不能完全為自己而活，讓人不得不遷就另一個人，結成利益共同體的同時也不得不放棄自己的一些堅持。』

「我和你不一樣，我相信愛情，也相信婚姻，兩個人長久地生活在一起，勢必要調整磨合，勢必要收起自己的刺，但我並不覺得婚姻會磨滅一個人的自由，也不會限制一個人的個性和發展。我也不覺得婚姻就是愛情的墳墓。」

錢恆卻是一笑：『成瑤，不要試圖說服我，在辯論這件事上，妳贏不過我的。妳的想法還太幼稚了。』

錢恆說完，竟然真的拿出了在法庭上辯論的架勢，成瑤說什麼，他就立刻從主觀、客觀層面，邏輯清晰地反駁……

簡直不可理喻！

近日的壓力、迷茫、惶恐和委屈傾瀉在成瑤身上，她心中憋著一股火，而電話裡的錢恆還在預言著婚姻制度一定將在本世紀末消亡，成瑤更是快要氣炸了。

「錢恆，你知道我們平時所裡流行的一句話嗎？」

錢恆不疑有他：『嗯？』

「你變強了，也變禿了。」

錢恆輕鬆道：『妳放心，我頭髮茂盛，絕對不會禿。就算再強，我也不會禿。』

「不，我要給你的不是這句。」事到此刻，成瑤反而平靜了下來，她面無表情道：「你變強了，也變單身了。」

錢恆：？

「我特此通知你一聲，你下崗了。」

『什麼？』

「思想這麼幼稚的我，不配和思想縝密的你為伍。從今天起，你恢復自由了，不用擔心未來被我逼婚，也不用擔心我算計你生孩子。作為我的男朋友，你被開除了！」

錢恆愣了愣，然後他微微皺起眉：『妳是覺得不婚頂客，女方的風險很大嗎？這個問題我已經考慮好了，我回國後就準備以妳的名義幫妳全款買一棟別墅，讓妳不用有後顧之憂。另外關於孩子，妳不用擔心不小心懷孕了得去流產或者頻繁地吃避孕藥，雖然我的保護措施都做的很到位，但確實不能百分之百能保證避孕。所以我想過了，我可以結紮，這樣就絕對不會有孩子了，妳也不用擔心我會突然改變主意未來找別人生孩子……』

「錢恆，你沒聽懂嗎？那我再說一遍，我不幹了！」成瑤虎著臉，「我正式告訴你，你被我甩了。」

錢恆顯然沒有接受這個說辭，他的臉上帶了點無奈和縱容，彷彿成瑤是在耍小性子似的：『別鬧了，我這次出差是時間久了點，回國補償妳，我可以請年假陪妳，想去海邊嗎？帶妳去。』他的身邊有些嘈雜，『要登機了，等我回來，乖。』

鬧什麼鬧，成瑤想，也不知道錢恆是哪裡來的自信覺得自己不會甩他？也是時候給他一頓社會的毒打了！

道不同不相為謀，自己想結婚，錢恆不想，自己喜歡小孩子，錢恆甚至想結紮，這種男朋友請問不分還留著過年嗎？

幾乎是剛掛了錢恆的視訊通話沒多久，成瑤就拿起李成軒的名片，打了過去：「李律師，我是成瑤，想問問上次你說的話，還算數嗎？」

成瑤也沒想過自己竟然在半天時間內就搞定了分手和跳槽一整條流程。李成軒對於她的「幡然悔悟棄暗投明」很是讚同，再次痛罵錢恆幾句以後，就向成瑤提出了令人心動的offer。

『薪水幫妳翻倍，年終獎金也會增加，另外配獨立辦公室給妳，雖然妳的資歷目前還不能帶教其餘律師，但會配兩個實習生給妳，有什麼影印文件、裝訂案卷的工作，妳儘管指使他們就行。』

李成軒確實十分有誠意：『我們金磚雖然比君恆規模小，而且收益也沒君恆那麼多，但我們對每個好律師都非常珍惜，不會論資排輩，誰有能力誰上，妳之前辦的幾個案子，我都有關注，在能力上講，是完全沒問題的。在我們小事務所，雖然案源沒君恆那麼多，但好處就是，我們這裡升Par容易，妳要是好好幹，過幾年業績達標，也能升Par了。』

李成軒講到這裡，想起了什麼，『之前我們梁依然跳槽去君恆了，所以剛加盟了一個新的合夥人，妳應該認識，顧北青，是妳同個學校畢業的。』

對於顧北青竟然跳槽去金磚了，成瑤意外之餘，倒是十分驚喜，她掛了李成軒的電話，又打給顧北青，三人約了明晚一起吃個飯。

做完這一切，成瑤才寫起了辭職信。

真的打開電腦，打下「辭呈」這兩個字，辭職的實感才終於席捲了她。一時之間，成瑤是百感交集的，她喜歡君恆，熱愛這個團體，然而如今跳槽可能是她事業發展唯一的突破口了。

自己與錢恆對婚姻和未來分歧太大，錢恆不願意改變原則，成瑤也不願意勉強自己遷就，這樣下去，與其在不斷的爭吵中耗盡最後一絲愛意，還不如此刻當斷則斷。

一旦與錢恆分手，繼續在君恆待著，成天抬頭不見低頭見，實在是尷尬。梁依然對自己又敵意滿滿，吳婕案成瑤已經吃了暗虧，繼續在君恆待著，難道等著梁依然磨刀霍霍嗎？

雖說辭職跳槽一氣呵成，但成瑤並非衝動之下做出的決定，她此前內心也多有掂量。君恆裡大部分同事對自己仍很友好，只是梁依然這一波波的操作下來，外加李萌等人的蓄意煽動，恐怕會有越來越多的人，覺得自己是靠著錢恆才有成績的。

成瑤是個要強的人，她不願意成為錢恆的附屬品。她不希望被人提及時曖昧的介紹為「錢恆的女朋友」或是「錢恆的前女友」，她就是她，是自己的太陽，無需憑藉誰的光。

跳槽出君恆，是挑戰，也是新生，她要摘走身上錢恆的標籤，讓所有人看清她成瑤的能力。所有的成績，成瑤都要堂堂正正地拿。

快刀斬亂麻，成瑤第二天一早就向梁依然遞交了辭呈。

梁依然雖然意外，但成瑤自動請辭退出戰局，她心中有些揚眉吐氣的暢快，只是面上還假惺惺挽留：「成瑤，妳還年輕，做事情不要這麼衝動。」她拐彎抹角探聽道：「何況辭職這種事，妳和錢恆商量過嗎？」

「事業發展的任何決定都是我一個人的事，不需要向任何人彙報。」成瑤笑笑，語氣淡然坦蕩，「何況梁 Par，我和他已經分手了。」

梁依然一驚：「你們分手了？」

她說完才後悔，因為成瑤正表情嘲諷而微妙地看著她，不卑不亢，氣勢十足。

對於成瑤辭職，梁依然並不意外，她知道以她的資歷，扛不住自己施加的壓力。雖然過程裡自己未免有些卑劣，但愛情戰爭裡，人不為己天誅地滅，感情也好，人生也罷，機緣瞬息即逝，沒人和你講究謙和以及先來後到。技不如人，只能落敗。

梁依然的心裡，升騰起隱祕的快樂和終於如此的揚眉吐氣。

她攏了攏頭髮：「律師是個很辛苦的工作，當合夥人的女朋友確實很辛苦，畢竟對方沒那麼多時間陪妳，妳退出這個行業，雖然我很遺憾，但小女孩找個安穩的工作輕鬆點也挺好的。」她笑笑，「祝妳未來一帆風順。」

成瑤卻仍是笑：「我沒有退出。」她的眼睛明亮，面色紅潤，整個人彷彿發著光，「以後再見，就是對手了。」

眼前的女孩模樣漂亮到耀眼，語氣驕傲到甚至狂妄，她盯著梁依然：「我不會手下留情。」

明明是資歷比自己淺很多的新人，梁依然卻忍不住心中一滯。隱隱的，成瑤身上那種類似錢恆的氣質，讓她有些意外也有些慌亂。

錢恆氣定神閒地回到君恆。對於成瑤在電話裡分手的言辭，他並沒有當真。成瑤和自己感情這麼好，怎麼會分手？大概是這麼久沒陪她，小女孩委屈撒嬌了。

錢恆提著在美國為成瑤買的一行李箱的禮物，按捺著對她的想念，進了君恆。結果到了所裡，轉了一圈，都沒見到成瑤。

他逮了個人詢問：「成瑤呢？」

譚穎瞪大了眼睛，有些支支吾吾：「錢 Par 你還不知道嗎？」

「什麼？」

「成瑤今天上午就辭職了呀。」

「……」

錢恆皺著眉，黑著臉，抿著唇，他拿出手機，點到成瑤的頭像上。寫了刪，刪了寫，一分鐘折合人民幣一六六點六六六無窮的錢恆，斟酌了許久，絞盡腦汁，花費了堪比辦幾十億標的額大案的精力，才傳了訊息。

『瑤瑤，我回來了，今晚一起吃個飯？我買了很多禮物給妳。』

錢恆想，不要問及辭職，這樣顯得自己很急不可耐，只是輕描淡寫的這麼一句，就夠了。做男人，當然要淡然。喜歡的女人鬧彆扭，作為男人，怎麼可以急切？當然要鎮定，要有大將風度，要泰山崩於面前而不改色，要……

只可惜，錢恆的這則訊息剛傳送完，他的心態就崩了。

對話欄裡只有這樣一行字——『成瑤開啟了朋友驗證，你還不是他（她）朋友。請先傳送朋友驗證請求，對方驗證通過後，才能聊天。』

「……」

錢恆死死盯著眼前這行字，差點氣到升天。

不僅辭職，還直接把自己的好友刪除了？

成瑤，妳真是吃了熊心豹子膽了！

「錢 Par，其實你這些天不在，發生了挺多事的，成瑤也不是衝動辭職的……」譚穎看著錢恆的臉色，小心翼翼但還是鼓起勇氣說了起來，「她剛經手了一個案子，但……」

聽完譚穎的敘述，錢恆驚愕地發現，這些日子成瑤身上竟然發生了這麼多事，她什麼都沒說，獨自扛起這麼大的壓力。

「她是跳槽去金磚了？妳去打聽一下，她今晚在哪裡，幹什麼。」錢恆抿了抿唇，掃了譚穎一眼，補充道：「別讓她知道是我問的。」

譚穎狗腿地領了命令，趕緊跑了。

梁依然開庭回到所裡，才發現錢恆已經回國了，看起來還正在等她的樣子。她的內心有些酸澀又有些小雀躍，想到這個男人和成瑤談過一段，內心總是有些難受，但此刻他又恢復單身，總算是不幸中的萬幸。

她笑著朝著錢恆攤開了手掌：「拿來吧。」

錢恆：？

梁依然也不惱，她眼神明媚，語氣不自覺帶了絲嬌嗔：「你傻了啊，你出國之前我讓你幫我帶的口紅。」

錢恆愣了愣，才自若道：「哦，那個啊，不好意思忘了。」

如此理直氣壯，如此問心無愧。

梁依然愣了愣：「可我聽包銳說你在美國可是大買特買，差點買空了貨架……」

「哦，我不太知道成瑤到底喜歡什麼，所以每樣都買了。」錢恆毫無誠意地道歉道：「不好意思，光想著買給她，其他人讓我帶的東西我都忘了。」

「……」

梁依然調試情緒很久，才能儘量平靜道：「上午成瑤來辭職了，你知道吧，我聽她說，你們分手了？怎麼回事？」

「沒分手。」錢恆抿著唇，「只是鬧了點彆扭。」他想了想，非常鄭重地加了一句，「很快會和好的。」

「……」

譚穎不辱使命，很快就狗腿地向錢恆彙報了成瑤的行蹤：「錢 Par，經過我的探聽，成瑤今晚約了金磚的新同事在胡桃里西餐廳吃飯。」

錢恆點了點頭：「好。」

譚穎見勢道：「那個……錢 Par，我在想我最近能不能休個年假……」

「批准了。」

「謝謝錢 Par！」

錢恆在洛杉磯待了大半個月，回國後，手頭也積累了不少工作，只是譚穎走後，他怎麼也沒法靜下心來，平生第一次，完全無法進入工作狀態。好不容易枯坐到下班，他沒理會梁依然約飯的邀請，擺擺手，拖著那一箱買給成瑤的禮物，就上了賓利。

金磚事務所那幾個合夥人和資深律師錢恆基本都認識，他早早到了胡桃里，正盤算著怎麼假裝偶遇，就見餐廳的大門被推開了，成瑤眉目如畫笑容可掬地走了進來，跟在她身後的是李成軒，還有……

還有顧北青？

這瞬間，錢恆只覺得腎上腺素瘋狂上湧，他一點也不記得自己假裝偶遇的原則，拉開椅子，朝成瑤走了過去。

成瑤今晚心情不錯，在君恆時工作繁忙，她沒怎麼顧得上和顧北青敘舊，以後兩人要成為新同事了，趁機聯絡，彼此講起這幾年的見聞，交流著工作生活經歷，倒是感慨又開心，李成軒也很和善，不時插兩句，三個人有說有笑。

只是她剛拉開椅子坐下，背後突然響起一個陰測測的聲音——

「成瑤。」

成瑤回頭，背後站著的不是她那位直男癌老闆病前男友是誰？

「有什麼事嗎？」

錢恆顯然被她這個冷淡疏離的態度噎了噎，他清了清嗓子，下意識道：「有幾個案子的情況，我要和妳討論一下。」

「錢Par，需要我提醒你嗎？我已經辭職了。」

「……」錢恆頓了頓，繼續道：「是有幾個應該交接的案……」

他的話還沒說完，成瑤就打斷他：「所有案件我已經完成了交接。你還有什麼事嗎？」

被顧北青好奇地盯著，錢恆心裡一萬個不爽，然而不知道為什麼，他竟然忍了下來：「我從美國回來了。」

「嗯。」

錢恆抿了抿唇：「我帶了禮物給妳。」

成瑤的睫毛顫了顫，語氣卻仍是客氣：「謝謝了。」

「禮物有一個行李箱。」錢恆頓了頓，「我帶來了。」

成瑤這次終於抬了眼睛，她看了錢恆一眼，語氣終於變得輕淺了起來：「謝謝。」

就在錢恆以為她要說什麼感動的話之際，成瑤玫瑰色的唇瓣輕啟：「把行李箱留下，你走吧。」

「……」

好在最後李成軒看不下去：「錢恆，坐吧，雖然成瑤離職了，但大家都在同個圈子裡，以後還是還是要經常多交流多互相幫忙啊，正巧遇到，不如一起吃？」李成軒說完，對成瑤使了個眼色，雖然他不明所以，但猜測八成是成瑤和錢恆有什麼矛盾，成瑤才離職跳槽的。

錢恆沒有矜持，不客氣地坐下了，他拉了個椅子，大剌剌往顧北青和成瑤的中間一坐。

李成軒背地裡罵錢恆罵的最凶，但此刻見了錢恆，竟然也是最熱情的：「來啊，錢恆，難得聚聚，要不要喝個酒？今晚我請！」

結果錢恆看了他一眼後，轉頭看向成瑤，他抿了抿唇：「李成軒給妳什麼樣的待遇，我翻倍，妳回來。」

「帶薪年假每年二十天，還有任何要求我都答應，妳明天回來上班。」

李成軒反應過來，立刻抗議道：「錢恆！我剛挖來的人！你這是什麼意思！當著我的面撬牆角？」

錢恆涼涼地看了李成軒一眼：「她本來就是我的，不存在撬牆角一說。」

顧北青挑了挑眉，看向錢恆：「難道君恆是奴隸制？一份工作而已，還簽訂賣身契了？每個人職業規劃不同，成瑤想清楚了要跳槽，肯定是之前的崗位不合適了，你這樣勉強沒意思。」

錢恆表情冷淡地甩下一個重磅炸彈：「成瑤是我的女朋友。」

顧北青詫異了，李成軒震驚了……

成瑤放下了筷子，言簡意賅地解釋道：「分了。」

「沒分。」

「分了。」

成瑤還想說什麼，卻被錢恆一把拉了起來，他拽著她：「我們好好談談。」

等成瑤反應過來，兩人已經在餐廳的露天小花園裡了。

「沒什麼好談的。」成瑤努力維持著鎮定和冷靜，「我們對人生和未來的規劃不同，分手是放過彼此。」

「我愛妳，成瑤。」

「但你不想結婚。」

「我可以為妳改掉我任何原則，唯獨不婚和頂客，我沒辦法改。」錢恆皺著眉，戀愛以來，他對成瑤幾乎有求必應，唯獨在這件事上，他強勢而不讓步，「婚姻真的並不美好，小孩也很麻煩。」錢恆真實地不解道：「妳怎麼會想不開想結婚生孩子？」

成瑤簡直氣到不行：「因為我這樣優秀的基因必須傳承下去，你不想結婚生孩子沒人逼你，我找更優秀的基因一起結婚生孩子。你放心，我不找你。」

錢恆一張臉黑的和煤炭一樣，他陰沉道：「成瑤。」

成瑤卻還是不怕死：「你有你的底線和原則，我也有我的，你不能為了我犧牲自己的不婚頂客主義，我也不能為了你就違背自己內心去讚美不婚頂客好。這個矛盾無法調和，最終我們還是會分手，所以請你不要再來找我了。」她望著錢恆的眼睛，一字一頓道：「錢恆，我再說一次，你被甩了！我，成瑤，不要你了！所以請你克制點，認清現實！」

成瑤說完，也不顧錢恆什麼神色，轉身俐落地走了。她沒辦法留下，生怕多留一分鐘，自己的逞強就會被看穿，又會心軟和捨不得。

這一次，錢恆沒有再追上前，眼前的少女美麗又耀眼，對戰自己也絲毫不怯懦，而錢恆也不得不承認，她說的是對的，自己不能要求她陪他談一場註定沒有結果的戀愛，這樣太自私了。

她想要婚姻，自己卻給不了。

一場聚餐，被錢恆搞得氣氛詭異，人雖然走了，那一整個行李箱的禮物，倒是留下了。

席間李成軒按捺不住好奇：「我想問問，妳怎麼會和錢恆談戀愛啊？」

「我一時想不開。」

「確實啊……」

「不過和他這種毒瘤談戀愛是什麼感受？」李成軒滿臉躍躍欲試，「我還挺好奇的，想想還挺帶感的……」

「多吃兩把牛黃解毒丸。」

「說實話，他看起來對妳還挺好的呢？」李成軒的問題一個接著一個，「你們為什麼分手？是誰提分手的？他想挽回嗎？我看錢恆剛才走的時候可憐兮兮的，要不然妳再給他個機會？他這種人這麼欠揍，我教妳啊，妳先假裝答應復合，然後冷暴力他，折磨他狠狠打擊他！」

李成軒越說越激動：「他明顯想和妳復合，但妳以後就是我團隊裡的律師了，錢恆以後想見妳，還得看我臉色，還得來拍我馬屁，哈哈哈哈，他也有今天啊，真是解氣啊哈哈哈……他要是來找我，我就讓他……嘿嘿嘿嘿……」

「咳咳咳。」

直到顧北青用刻意的咳嗽打斷了李成軒，他才終於停下來：「不說他了，來，聊聊我們美好的明天，吃菜吃菜！」

李成軒覺得自己最近萬事諸順，自從成瑤加盟金磚以後，他每天睡覺都差點笑醒，自己這次挖人實在是挖的高明啊，一不小心，不僅挖的是錢恆親手帶教的徒弟，還是他心愛的女朋友！值！實在是太值了！

成瑤一點也沒讓他失望，不僅硬氣地拒絕了錢恆的復合要求，搶起君恆的案源來也是毫不手軟。來金磚半個月，她像是薅羊毛一樣從君恆手裡薅走了三個案子，兩個標的額千萬，一個標的額更是近億元。

李成軒也多少聽到了關於成瑤的風言風語，不外乎說她靠錢恆上位，在君恆辦壞了案子才灰溜溜辭職。然而律師不應聽信謠言，應該眼見為實。成瑤不僅能搶案源，更能辦案子，這三個案子，她都辦得非常好，有些方向甚至李成軒都沒能第一時間想出來。實至名歸的美貌和實力兼具。

只是除了辦案風格上……雖然大部分時間成瑤與客戶溝通起來非常有親和力，柔中帶剛，很有自己的風格，但不經意間，李成軒發現，她竟然不自覺流露出錢恆的風格……

「成律師，我可能是冤枉我老公了，他和我說了，和那個朋友只是純潔的友誼，昨天和我痛哭流涕地解釋，我覺得看他那個樣子，應該是真的，我們沒必要再對他進行出軌取證了……雖然很少，但我也相信男女之間還是有純潔的友誼的。」

「男女之間純潔的友誼？」成瑤面無表情，「那東西老年夫妻之間才會有。其餘，不存在的，冷靜點，好好取證。」

「成律師，我就諮詢了半個小時，這個錢還要收費啊？我以前在別的事務所，這些諮詢費都是免費的！」

「SPA館的『免費體驗』、『零團費旅遊』，還有所謂的『免費試吃』，這些『免費』的東西，真的免費？」成瑤瞥了對方一眼，「你真去『免費』體驗了，不花錢，你就出不來了。任何律師不會提供免費的服務，一旦說是『免費』，那後期讓你付出的代價更大。你是想現在支付我半小時的諮詢費，還是想以後支付十幾倍的諮詢費？」

在金磚幹了沒多久，成瑤渾然不知自己在A市法律圈如今竟成了風雲人物。

這天她開完庭正準備走，在樓梯轉角突然聽到別人的討論。

「你們知道金磚的成瑤嗎？」

「嗯？」

「以前是君恆跳出來的，錢恆親手教出來的律師啊。」

「她啊，我知道，剛才我還見到了，在這開庭了，長得可真漂亮，明星似的。」

「當然漂亮了，人家錢恆前女友！」

「這麼勁爆？」

「是啊，錢恆可喜歡她了。我有學妹在君恆實習，說她跳槽以後錢恆每天臉都黑的和什麼似的，她走之前有個案子證據原件莫名其妙丟了，雖然後來解決掉了，但錢恆現在堅持徹查，到底證據原件怎麼丟的。」

「不過人家不僅臉漂亮，做的案子也漂亮，我昨天和張法官聊天，張法官對她讚不絕口，說這年輕律師認真肯死磕，思緒清晰邏輯嚴密，一上庭整個人非常強勢，把對方四十多歲的資深律師堵得說不出話來……」

「以前還覺得她在君恆是靠錢恆才有那些成績，現在去了金磚，沒後臺沒背景，做的案子倒是越來越好，看來是真本事。」

「有點想認識認識啊……」

「你的思想太危險了吧？錢恆的女人你也敢碰？你是不是嫌自己活太長了？」

「不是分手了嗎？」

「我學妹說了，上次他們君恆聚餐，她瞥到錢恆的手機桌面還是成瑤的照片。你覺得你現在去追人家，錢恆能不捅死你？而且人家和錢恆在一起過了，還看得上你？」

後面這群律師還八卦了什麼成瑤已經沒再注意了，她沒有再停留，直視繞過樓梯，走下大廳，推開法院的門，門外是冬日裡和煦的陽光。

她沐浴在陽光中，刻意不去想關於錢恆的事，只從工作而論，現在的她，終於能慢慢證明自己了。這一刻，成瑤只覺得內心湧動著滿足感和快慰。

沒有錢恆，她也能做好，她也會發光。她不屑於做任何人的陪襯。

李成軒這邊春風得意，錢恆就簡直諸事不順了。

成瑤辭職了，她的辦公桌澈底空了出來，他的總覺得心裡也空了出來。這幾天君恆又招了幾個新人來，行政部朱姐本來安排了人坐成瑤的座位，然而錢恆讓人調了位子，成瑤不在了，誰也無法填上她的空。

只是譚穎和他說的事，錢恆倒是有些警覺。成瑤不會犯丟失原件這種低級錯誤，這裡絕對有問題。

譚穎來來回回把這件事講了幾遍：「總之就是莫名其妙丟了，成瑤就在桌上放了幾個小時，出去吃了個飯吧，就沒了，我和她都找遍了，還翻了君恆門口的監控錄影，我們出去午飯期間沒有外面的人進來過……」

「那所裡的人呢？」錢恆敏感地抓住了重點，「所以有人進來過嗎？」

「所裡啊……」譚穎想了想，「好像只有梁 Par 進去過。」

錢恆抿著嘴唇，譚穎走後，他去調取了君恆門口的監視錄影，根據譚穎說的時間，他來來回回看了幾遍，成瑤譚穎等一行人一起出去午飯後，辦公室裡就沒人了，直到十分鐘後梁依然行色匆匆進了君恆，片刻後又再次匆匆離開。

錢恆一點也不打算委婉，他進了梁依然辦公室：「成瑤那個丟了原件的案子，妳解釋一下。」

梁依然愣了愣，隨即抬頭，臉色愕然：「什麼解釋？她那個案子，是我指導不利，沒多注意她的心態變化，應該再叮囑她認真點，所以我已經自己把當事人的律師費退還了。」

「這個案子我翻了卷宗，她辦的沒問題，結果上丟不丟借條，都無差別，我作為合夥人，反對這種縱容客戶撒潑的行為，認為不應該退還律師費。妳作為帶教律師，團隊員工遭遇這種事，更恰當的做法應該是更強勢地維護員工，而不是息事寧人。」

梁依然有些尷尬，語氣也有些委屈：「可那個當事人你沒看見，太纏人了，特別煩，嘴裡還不乾不淨的到處罵人……」

錢恆的表情很平靜，也很冷：「梁依然，妳是個合夥人，團隊成員出了事，對外本來就應該合夥人來扛。抗完了對內再來清算責任，這個道理，需要我再教妳嗎？」

梁依然還沒顧上難堪，錢恆的聲音便再一次響了起來：「她丟的那張原件，是不是妳拿的？」

錢恆的神色很冷，梁依然下意識有些慌亂，她立刻否認道：「怎麼會？我怎麼可能做這種事，錢恆，我知道你喜歡成瑤，但你為了她一點公正不講，就來冤枉質疑我，有點過了吧？」

錢恆沒表態，只是把手機翻拍的那段監視器錄影放到梁依然面前：「我排查了時間，成瑤自上一次還見到借條原件到發現借條失蹤，就只有這幾個小時的空檔，她的辦公桌邊平時也都有人，唯一有作案時間的就是她和其他人中午出去午飯的間隙。」

錢恆盯向了梁依然：「她年紀小，還有點愣頭愣腦，但我不傻。那段時間只有妳出入辦公室。」

梁依然抿緊了嘴唇：「這個案子是成瑤獨立辦的，我沒有插手過，甚至連她的應訴材料都沒見過，沒碰過一下。」她表情鎮定，然而一顆心卻是止不住下沉。

錢恆為人並不熱絡，然而從不會這樣咄咄逼人。梁依然沒想到，他會為了成瑤做到這一步，她以為自己無論如何地位都比成瑤高，她是已經戰敗退縮的前女友，而自己是如今為君恆創造收益的新晉合夥人，就算和自己沒有進一步發展，未來也是抬頭不見低頭見的同事和合作夥伴，哪至於為了這麼點事弄到對峙的地步？何況有些事，睜一隻眼閉一隻眼就好，都已經過去了，追查有什麼意義？

「可能我處理方式上是有不妥，下次一定注意。」梁依然服了軟，笑了笑，「但現在也處理完結案了，沒必要再花心思折騰了。你也別對我多心，成瑤剛到我團隊下，可能和我的工作風格不太一樣，但我怎麼可能把借條原件拿走？」

「成瑤的事，每一件都值得我花心思。她是從我的團隊調去妳那裡的，是我相信妳的專業能力促成了這個調動，我對她在妳的團隊裡遭遇的事，應該負責。」錢恆的表情嚴肅，他盯向梁依然，「我最後問妳一次，是不是妳拿原件的？」

「我沒有。」梁依然也惱了，她氣錢恆的不解風情，氣錢恆的固執，也氣錢恆的不忘舊情，她第一次失了態，「錢恆，我知道你分手了不開心，但你不能把怒氣發洩在我身上，成瑤辭職了，她自己辦案子辦的有差池，在君恆待不下去了，這不是我的問題，是她能力的問題！」梁依然面色潮紅委屈，「你也是個資深律師了，說什麼都要講證據，你要是有什麼需要我配合去驗證的，我都配合，我自證清白！」

這話下去，錢恆果然沒再說話。梁依然鬆了口氣，她剛想找個新話題緩和下氣氛，卻聽錢恆再一次開了口——

「妳連碰都沒碰過那份應訴材料是嗎？」

梁依然不疑有他：「是。」

「妳願意配合自證清白？」

「沒錯。」

「那做指紋檢測吧。」錢恆表情淡然，「既然沒碰過，案卷材料上應該沒有妳的指紋。我認識一個做這方面檢測的朋友，妳什麼時候有空和我一起去一下。」

梁依然不敢置信地看向錢恆：「你為了她要做到這種地步？把我直接當成犯罪嫌疑人？錢恆，不論結果怎樣，你和我提出這個要求的時候，你知不知道我們之間就撕破臉皮了，以後都無法好好保持合作同事關係？你想過你這麼做的後果嗎？」

一時之間，委屈、嫉妒、不甘、惱怒席捲了梁依然，她的心裡憤恨而陰鬱：「是不是成瑤和你說什麼了？她對我肯定不會說什麼好話！」

錢恆抿了抿唇：「她不是這種人。」

「那她是什麼樣的人？她在你心裡就這麼完美？錢恆，你才認識她多久，一年都沒有？可我們認識多久了？從大學到現在，整整八年，難道這八年就抵不上她幾個月？」梁依然盯著錢恆，自加入君恆以來的委屈和酸澀全都傾瀉出來，「何況你現在斷定的原件丟失時間，根本是建立在成瑤一面之詞上的，你有沒有想過，她可能騙了你？她最後一次見到原件根本不是那個時間，發現原件丟失也不是那個時間，她可能真的自己弄丟了原件，怕被責罵才下意識推脫責任？」

就在梁依然以為這一切說動了錢恆之際，卻聽錢恆頓了頓，極輕極淺道：「妳是我八年同學不假，但她是我的女人，做男人最基本的原則，關鍵時刻要相信自己的女人。」他盯向梁依然，「我相信成瑤，無條件相信她。」

這一句話，就像是導火線，點燃了梁依然心中的炸藥。她終於無法維持那平靜的表面，情緒澈底失控了。

「對，是我做的！我就是看她不順眼！」她的聲音尖銳，表情難掩嫉恨，「她有什麼好的，讓你這麼心心念念，你們都分手了，你還處處維護她？就因為年輕漂亮？錢恆，沒想到你也這麼膚淺！你也不過就喜歡這種人！只喜歡新鮮的感覺！人家有心機地勾引你，你就真的上當了……」

「是我追她的。梁依然，對她放尊重點。」

「你們都分手了！錢恆！分了！她哪裡好了？你倒是說啊！」

「她哪裡好我知道就行了，沒有必要對妳解釋，她也不需要妳喜歡。我喜歡她就夠了。」

梁依然幾乎要落淚：「錢恆，你的心是死的嗎？你知不知道我……」

「我不想知道。」錢恆卻毫無感情地打斷她，「梁依然，既然妳也承認自己抽走了原件，雖然案子結果沒影響，但妳這樣的行為毫無職業道德可言，尤其作為君恆的一員，對自己手下律師用這種下作的手段，根本不符合一個合夥人的言行標準。」

「妳自己辭職吧。」

梁依然簡直不能相信自己的耳朵：「你說什麼？」

「妳自己辭職，向客戶道歉說明真相，歸還借條原件，我會透過公司郵件通報處理這件事。」

這個時候，梁依然也冷靜了下來，她冷笑道：「錢恆，我反口不承認，你一點證據也沒有，你也沒辦法強制逼迫我去做指紋鑑定……」

「我錄音了。」錢恆的聲音冷冷的，「自剛才進辦公室開始，所有的對話，我都錄音了。」

梁依然面色慘澹：「你從來沒相信過我，你已經預設了我就是犯罪嫌疑人。」她看向錢恆，「你知不知道這樣的內部通告一出，我在A市法律圈會名譽掃地，這會摧毀我的職業生涯！」

「一個律師的一生裡辦案出過瑕疵不會摧毀她的職業生涯。冥頑不靈固執不改才會。」錢恆看了梁依然一眼，「道歉、消除影響，好好改正，再也不重犯。梁依然，妳未來還有很長的職業道路，好好想想。」

連續結了幾個案子，成瑤才得了空，和休完年假的譚穎約了吃飯。

這一晚，譚穎帶來了幾個勁爆消息。

「很突然的，梁 Par 辭職了！才入夥君恆沒多久啊，也沒什麼徵兆，就突然辭職了，本來我們還不知道怎麼了，結果昨天所裡合夥人聯合發了通告，通報了梁依然離職的緣由，我們才發現原來妳上次那個證據是她弄丟的，澈查出來後，錢 Par 讓她自己引咎辭職了。」

成瑤握著筷子的手頓了頓：「怎麼還會扯到那件事？還會澈查？不是過去了一陣子嗎？」

譚穎翻了個白眼：「算了吧，妳的事在錢 Par 眼裡沒小事，他為幫妳正名查證了挺久的。因為出了這個通告，一個女 Par 竟然犯這種低級錯誤，而且還讓手下團隊的助理律師背鍋，反正現在梁依然的名聲，在A市法律圈是無法混了，我聽說她只能離開A市，去B市發展了。這女人真夠虛偽的，連我當初都以為她是個不錯的人。現在所裡對她的風評真是一塌糊塗了，太下作了，我們都覺得她就是嫉妒錢Par喜歡妳……」

成瑤心裡不是沒有感慨，以前的她確實想著早晚有一天，能在大眾面前戳穿梁依然偽善的嘴臉就好了，然而如今得知梁依然自作自受的消息，她的內心並沒有舒坦感。

自從加入金磚慢慢用一個個案子證明自己以後，她才發現，一個人足夠強大了，是根本不會在意外界的看法的。人生在世，永遠做不到不讓任何人誤解，然而這種時候，與其追著那些誤解自己的人去闢謠去解釋去澄清，還不如好好做自己，用成績說話，用行動打臉。

譚穎轉了轉眼睛：「說實在的，妳和錢Par到底怎麼了？就這麼分手了？還能復合嗎？」

成瑤吃了塊牛肉，趕緊轉移話題：「這肉不錯，妳來一塊。」

「行行行，不說錢Par，還是聊所裡的八卦，妳知道嗎？王璐和李明磊竟然要結婚了！兩人終於不地下情了，這次公開了，已經去拍婚紗照了！現在成天在所裡曬恩愛餵我們吃狗糧！」

成瑤看著譚穎手機裡王璐、李明磊的婚紗照，一時之間既祝福又有些複雜的羨慕。明明努力克制，但還是忍不住想到那個男人。

「對了，忘了說啊，李萌也遞了辭職信。她上禮拜被她的帶教律師約談了，說她每天準時上下班，從不肯加班，一點當律師的自覺也沒有，做事沒主動性，還以為自己在國營企業呢，心態沒調整過來，案子也辦得按部就班，一點積極性也沒有。她的帶教律師委婉說了，覺得她不適合當律師。」

譚穎的臉上有些解氣：「真是活該，自己不努力，老是嫉妒別人，當時妳走了，她背後可沒少講妳壞話，可惜有什麼用？技不如人不想著長進，現在被勸退了，自作自受！」譚穎說到這裡，瞥了瞥嘴，「之前背後嚼舌根那幾個實習生，我也留意了下，實習生考核的時候一個也沒留下來，都是工作能力不合格。也不意外，認真的人哪有那時間天天在茶水間八卦？」

兩個人許久沒見，又聊了好久，才盡興而歸。

只是剛告別了譚穎，最近忙到失聯的秦沁竟然也打來了電話。

『喂，瑤瑤，我有個案源。』

『是我老闆。她家裡出了點事，可能得打個遺產官司。』

成瑤聽到有案子，飛快地進入工作狀態：「怎麼回事？」

『就我老闆，妳知道吧，陳林麗，我現在這間公關公司就是她和老公章凱一手創辦的，她是公司掛名的董事，負責管理人事和行政。』

「她家裡老人出事了？」

『沒。』秦沁有些感慨，『飛來橫禍，她老公和兒子出事了。幾個月前她們一家三口去土耳其度假，坐了熱氣球，結果熱氣球降落時出了事故，他們三個都被甩了出去，雖然馬上送去醫院，但她老公和孩子沒救過來。』

成瑤愣了愣，秦沁的老闆她也略有耳聞，身材苗條，聽說很漂亮，雖然家境貧寒，但上學和工作都上進極了。章凱的父親開個小工廠，不算巨富，但心地善良愛做慈善，曾經是陳林麗的資助人，逢年過節會統一邀請被資助的貧困學生來家裡吃團圓飯，結果沒想到一來二去，陳林麗竟然和章凱看對了眼，自此談起戀愛來。雖然家境身分相距甚遠，這兩人最終還是修成正果，結了婚，有了兒子章然。

雖然章凱家境優渥，但章凱選擇自己創業，一手創立了凱麗文化，在公關業內是數一數二的黑馬。不僅在公關行銷諮詢領域頗有建樹，章凱眼光狠準穩，利用公司盈餘投資了房地產、能源和網際網路各個行業，如今直接成立了凱麗控股，身家估值已經近百億。

『她的家裡情況是這樣的，她爸媽早早就沒了，她公公前幾年也去了，她老公是獨生子，所以一家人，現在只剩下她和她婆婆黃苒。』秦沁嘆了口氣，『她婆婆歷來和她不和，以前她和她老公談戀愛時，她婆婆就沒少插手，現在兒子、孫子都沒了，見了她和見了仇人似的，來我們公司鬧了兩趟，說她克夫，命裡帶衰，才害死了兒子、孫子。』

『現在她婆婆死咬著她不放，為了遺產要爭個你死我活，妳知道的，她平時對我很照顧，我也想幫幫忙。之前她也請了很多知名律師，但對接下來，都覺得不行，一連換了好幾個，上個禮拜一審，判決好像對她不太友好。她準備二審上訴換律師，但沒找著好的，我把妳以前經手的那些案子一說，她還挺有興趣的，妳要是沒問題就和她見面聊聊。』

成瑤是作為獨立執業律師進入金磚的，已經沒有帶教律師，因此也沒有人會分案源給她，想要發展，拓展案源的壓力就在自己頭上，面對秦沁的好意，她感謝後立刻趁熱打鐵和陳林麗約了見面。

陳林麗把時間定在第二天上午，地點是家環境清幽的茶館。

成瑤先到，沒過多久，陳林麗也準時出現。

一時之間痛失所愛，還是兩個，把她打擊得有些搖搖欲墜，本來就不大的骨架看起來更瘦小了，彷彿冷風一吹，陳林麗就能被吹倒，然而給成瑤深刻印象的是陳林麗的臉，她非常非常漂亮，是那種讓人看了一眼難以忘懷的美，只是美則美矣，此刻仍掩不住蒼白臉色和充滿血絲的眼。

「成律師，您好，我想秦沁已經向您介紹過我了。」陳林麗說起話來十分溫柔，如水一般，「我這個案子情況是……」

「您和您婆婆目前爭議最大的遺產是凱麗控股的股權。您不希望凱麗控股分割，希望以房產、現金等其餘資產形式分配給您婆婆，而您全權掌握凱麗控股；但您婆婆卻希望分割到股權。」成瑤抿了抿唇，努力不用刺激對方的語氣道：「而目前庭審爭議的部分恐怕是關於您先生和兒子的死亡時間。」

陳林麗有些訝異：「成律師是怎麼知道的？因為是遺產糾紛，一審並不允許旁聽。」

「你們這個案子雖然不公開審理，但您婆婆黃苒女士接受過媒體的採訪，我找來做了些功課。」成瑤有些抱歉，「至於庭審爭議的部分，我找了土耳其方面對這個事故的英文報導，得知對您先生和兒子的死亡時間，土耳其卡帕多奇亞當地處理的有瑕疵，因此導致死亡順序上有爭議。」

陳林麗虛弱地笑笑：「成律師沒必要去查那些報導，我可以告訴妳第一手的案情消息。」

「我知道同時失去您深愛的兩個人非常痛苦，我想盡可能讓您減少回憶這件事的細節，所以我先做了功課，如非必要，我會儘量減少向您索要非相關的案件細節，只有幾個關鍵問題，您回答我就可以了。」

這一次，陳林麗是真的意外了，她臉上的表情交雜著悲慟和動容，她看向成瑤：「我只要凱麗，其餘都可以不要。妳能幫我爭取到嗎？」

「我會竭盡所能。」

陳林麗點了點頭：「這個案子，我想請妳來代理。」她看了成瑤一眼，「我婆婆的律師，是錢恆。」

成瑤頓了頓。

陳林麗看了她一眼：「一審時候，我找了所有能找到的知名律師，兩名資深律師作為代理上庭律師，其餘聘為智囊團，一共八個人，中間我不滿意還換過四個，我婆婆只請了錢恆一個人。但是一審判決不理想。我請的那麼多人，都抵不住錢恆一個。」

成瑤咬緊了嘴唇。

「人太多了，我發現反而是反效果，每個律師的辦案方向不一樣，大家都很資深，固執己見，還不如只交給一個律師。」

「您這個案子，為什麼想到我？」

陳林麗垂下了目光：「在接洽妳之前，我找過別的律師。因為錢恆的名字，我去法律圈裡打聽過了，除了他外，我還聽說鄧明律師也非常專業，他一聽案件標的額果然很有興趣，但一聽說對手是錢恆，就推說自己檔期排不過來拒絕了。」

「後來我聽說了妳。」陳林麗頓了頓，「我不想騙妳我找妳的初衷，因為他們說妳是錢恆的前女友，他很喜歡妳。」

「陳女士，很抱歉，我只能以我的專業能力為客戶服務，永遠不會利用自己的身分妄圖繞過法律去影響對方律師或案件結果。」成瑤不卑不亢，「您如果看中了我的身分，那請您還是另請高明吧。」

「我開始確實有小心思，希望以妳的身分，能影響到錢恆，影響到這個案子的結果。但看到妳的時候，我改變了主意，很抱歉之前對妳有那樣冒犯的想法。」

陳林麗堅定道：「我現在還是想請妳做我的律師。我意外得知妳是秦沁的朋友，秦沁也給我看了妳辦過的案子，妳很有韌勁也很有能力。另外妳以前在錢恆手下工作，比其餘律師更瞭解他的風格和他的思考模式，知己知彼，我想只有請妳或許我還有一絲勝算。」

最終，成瑤在陳林麗的懇請下接下了案子，拿到了一審卷宗和案件相關材料。她猜的沒錯，一審案件的爭議焦點果然是章凱章然父子的死亡順序。

因為不存在遺囑，所以父親和孩子之間死亡順序不同，造成的遺產法定繼承也會完全不同。法定第一順位繼承人分別是配偶、子女和父母。那麼如果是章凱先死亡，婚內共同財產中屬於章凱的那一份，將平均分配給陳林麗、黃苒，還有當時尚存活的章然。這之後章然死亡，章然的所有遺產，都將由陳林麗繼承。但如果章然先死亡，那麼他的遺產，平均分配給的是陳林麗和章凱，此後章凱死亡，章凱的所有財產，再繼續平均分配。

簡言之，如果章然先死，那麼陳林麗分到的遺產就少，如果章凱先死，陳林麗能分到的遺產就多。而實踐操作裡，一旦父親孩子同時死亡，那麼推定父親先死。

只是在陳林麗這個案子裡，一審判決中，認定的事實是孩子先死，因此導致黃苒所得的遺產份額增多，光是房產和現金也不夠填補她應得的份額，分割凱利的股份不可避免。

成瑤細細看了材料，才發現難怪死亡時間上有爭議，因為章凱和章然被甩出熱氣球後，並沒有當場死亡，兩人的死亡發生在送醫途中，當時兵荒馬亂，兩人分別在不同的救護車上，說實話確實沒人密切關注具體死亡時間。土耳其方面認定孩子先死僅僅是因為孩子被甩出去更遠，於是自然地認定體弱的孩子受傷更重因此直接推定了先行死亡，出具的死亡證明上便也是如此。

如果能證明章凱先去世，那結果就完全不同，陳林麗很大機率可以保全凱麗的股權。

好在離二審還有充足的時間，成瑤花時間仔細整理著陳林麗和章凱的婚後財產清單，只是精力到底有些不濟。為了做好這個案子，其餘新接的案子，她便找顧北青搭檔一起合作。

只是這天兩人正有說有笑地開完庭出來，成瑤便感受到一道死亡射線。她下意識回頭，果不其然，在法院大廳轉角處站著的，不是錢恆是誰？

他穿著西裝，極其冷淡也極其英俊，就那樣一臉疏離難以取悅地站著，他冷冷地掃過成瑤和她身邊的顧北青，便轉過了頭，他的身邊是這中級法院的副院長，正拉著他說著什麼。

顧北青正好有客戶的電話，便走遠了，只剩成瑤往門口走，她離錢恆越發近了，也終於聽清他們的對話。

「錢恆啊，我有個姪女，今年法律系剛畢業，對事務所工作還挺好奇的，正好要找工作了，有些迷茫，對你還挺崇拜的，你看這幾天有沒有空一起吃個飯？」

成瑤下意識抬頭看了錢恆一眼，她的心裡混雜著驚訝、緊張和失落。

錢恆很優秀，像他這樣的男人單身，想介紹女朋友給他的人趨之若鶩，也不是沒有道理，只是知道這個事實是一回事，直接撞上這個場景，卻實在不好受。

他如今單身，面對的又是法院副院長的橄欖枝，恐怕說什麼也至少應和下來吧。

「王院長，我最近可能沒什麼時間。」

王院長脾氣挺好：「要不然等過段日子？反正也不急。你最近忙什麼案子呢？」

「沒忙案子。」錢恆的聲音冷淡鎮定，「忙著處理女朋友留下的爛攤子。」

王院長果然驚了：「你不是單身嗎？」

「哦，不好意思，說錯了，是前女友，分手了。」

「怎麼分手的啊？」

錢恆抬眸冷冷地看了成瑤一眼：「她跟人跑了。」

王院長這下完全不想撮合自己姪女和錢恆了，滿臉同情地拍了拍錢恆的肩膀：「年輕人，想開點……」

成瑤簡直目瞪口呆，竟然莫名其妙被扣了這麼一口鍋下來。

王院長接了個電話，和錢恆打了個招呼便走了。今天開庭的人不多，偌大的法院大廳，只剩下成瑤和錢恆了。

「什麼叫我和人跑了？」成瑤忍了忍，還是沒忍住，「分手後見人品，有你這樣扭曲事實的嗎？」

「我最近都沒怎麼睡好。」錢恆的臉還是冷冷的，他看了成瑤一眼，便垂下視線，「妳倒是睡得著吃得下。」

雖然語氣平靜，然而這說的內容，完全是控訴了。不過也是這時，成瑤才發現，錢恆漂亮的眼睛下面，是一圈淡淡的青黑色陰影，襯著他白皙的面容，更有些觸目驚心。

「從來只聞新人笑不聞舊人哭。」錢恆冷笑了聲，陰陽怪氣道：「這話倒是說的沒錯。」

這下輪到成瑤生氣了：「別說的分手是我的錯一樣，你怎麼不和王院長說，你要流氓談戀愛不結婚啊？」

錢恆看了成瑤一眼：「我沒耍流氓，耍流氓的是妳。」他側開了頭，「睡完了就跑，說分就分，現在還和別的男人搭檔了搶案源。」

成瑤笑了，她挑了挑眉，挑釁地看向錢恆：「你沒聽過一句話嗎？想要學得會，先跟師父睡。睡完師父，就搶飯碗，挺合理的。」她今天是打定主意氣死錢恆，「現在不努力發展事業賺錢，以後年紀大了，想結婚的時候，怎麼能養得起年輕的肉體？」

錢恆的臉色難看，他死死盯著成瑤：「成瑤，妳是不是要氣死我？」

「我們已經分手了，我的未來和你沒關係，你也二十八歲高齡了，快步入中老年了，平時要養生點，心平氣和，生氣傷肝啊。」

「成瑤！」錢恆那鎮定自若的表情終於澈底龜裂了，他拽住成瑤的手，把她拉到面前，「對妳而言，結婚是不是就那樣重要？」

成瑤也回望向錢恆：「是的。結婚不是目的，不是一戀愛就必須結婚，但如果水到渠成，結婚對我來說就是日常生活裡一件正常發展的事。我無法和你談一段看不到未來和終點的戀愛。」

她說完，想要甩開錢恆的手，錢恆卻沒有讓她如願，他握得更緊了一些：「再給我點時間。」

「再給我點時間」，這樣的話，聽起來彷彿充滿了希望，然而正因為帶了模糊的希望，成瑤才更加不敢停留，有些事，沒有期待，就不會受傷，她強硬地甩開錢恆：「我們已經分手了，以後見到我，不用手下留情。」

錢恆最近一直在思考著婚姻的本質和意義，努力想要找到一條能和成瑤繼續走下去的路，剛聽到成瑤的話，他一開始光顧著氣，根本沒理解成瑤說的「不用手下留情」是什麼意思，直到他在陳林麗、黃苒遺產繼承糾紛的二審上訴材料上看到成瑤的名字。

她是對方的律師。

錢恆知道不應該，手機在手裡拿了放，放了拿，時間一分一秒過去，等他反應過來，他已經撥通了成瑤的電話。

成瑤迷迷糊糊之際接了電話：『喂？』她剛剛在看案卷，不知不覺就趴著睡著了。

電話裡的錢恆幾乎是脫口而出，聲音低沉性感，帶了點責備：「妳又趴著睡著了？下次別趴著睡，容易感冒。」

他說完才意識到不妥。兩個人沉默片刻，成瑤終於忍不住開了口：『什麼事？』

「妳接了陳林麗的案子？」

『嗯。』

「不要做這個案子。」

『為什麼？』

「成瑤，這個案子比妳想得麻煩，陳林麗的情況二審也很難翻盤，妳對上我更是沒有勝算，這個案子，妳做，必然敗訴。標的額不小，妳的當事人一審幾乎把A市所有知名家事律師全都換了個遍，對凱麗的股權是勢在必得，都到了偏執的地步，難搞的很，妳要是輸了二審，她不會讓你好過的。」錢恆的聲音四平八穩，只是語氣的末梢裡，還是流露出了情緒，「妳跳槽到金磚，需要穩固自己的口碑名聲，我知道妳想快點做出業績，但這個案子不適合，妳必輸無疑，輸掉了只會影響妳未來履歷。想成為知名律師也不能一步登天，不妨先從簡單點的案子做起，穩紮穩打。」說到這裡，錢恆頓了頓，他的聲音略微有些不自然，「我這裡有些適合妳的案源，我精力有限，何況也不做那麼小標的額的，正好對接給妳……」

『錢恆。』成瑤卻很平靜，『我們分手了。你的案子，留給你自己所裡的律師就行了。』

電話那端沉默片刻，成瑤才再一次聽到錢恆的聲音：「妳不要這些案子沒關係，但陳林麗沒妳想的那麼簡單。黃苒和我說過她是怎麼步步心機把章凱弄到手的，當時章凱本來還有個門當戶對的青梅竹馬，就這麼生生被她撬了，挺有本事的，先懷孕，章凱家比較傳統，就這麼登堂入室了。」

『錢恆，你說過不要相信當事人的話，黃苒和陳林麗之間婆媳關係一直緊張，現在在其中調和的章凱和章然都不在了，她能對陳林麗有什麼好話？』

「這當然是黃苒的一面之詞，但我只是提醒妳，陳林麗之所以找妳當代理律師，也是有目的的。」

錢恆的話說的很含蓄，但成瑤立刻聽懂了：『你指的是她想利用我是你前女友的這層身分是吧？』她笑了笑，『你放心吧，我不傻，她也挺坦蕩，直接和我交代了這層想法，你放心，我不會因為和你有過什麼就妄圖私下求情。』

錢恆的聲音有點悶：「我知道妳不會。」

『那還有什麼好說的？我都已經跳槽出君恆了，錢 Par 難道你手長到別的事務所的業務都要管？』

「但妳不用私下求情，也照樣可以影響我。」

『我……』錢恆的這一句話，像突然在成瑤的心上打了一拳，她像是突然卡住了，只無措地抓著手機，完全不記得自己下一句應該說什麼。

「妳執意要接這個案子的話，我不能阻止妳。」錢恆頓了很久，才道：「那就對我差一點。」他停了停，才繼續道：「不然妳當事人的目的就達成了。」

成瑤掛了電話，心還在劇烈地跳著。她的心裡混雜著酸澀、悸動和懊惱。錢恆是什麼人？竟然能一本正經說出這種話！更氣人的是竟然還斷言自己贏不了這個案子！

成瑤情緒複雜，只覺得憋著一股氣，她倒是要好好挫挫錢恆的傲氣！雖然形勢對自己不利，但也並非毫無生機。光是章凱章然的死亡證明就還可以做文章，只是麻煩了些，最終勢必得去土耳其進行調查取證。好在當初熱氣球事故目擊者眾多，其中因為有個本國旅遊團，倒是有不少國人親歷了事故，還有熱心國人幫著一同將傷者送去醫院，如今他們肯定也都回國了。

那找到目擊者，鎖定證人證言，再試圖推翻此前的死亡時間，雖然涉及跨國取證會很繁瑣，但未必不可行。

只是成瑤正想著，秦沁的電話卻打破了平靜。

『瑤瑤，妳快來！我老闆她吃了一整瓶安眠藥！』秦沁的周邊很嘈雜，『幸好我今晚工作上的事找她，現在我在醫院，但錢沒帶夠，妳能來嗎？』

成瑤二話不說，拎著包就跑去了醫院。

幸好發現及時，醫生幫陳林麗緊急洗了胃，目前已經沒有生命危險。

成瑤去的時候，陳林麗就這麼一個人孤孤單單躺在病房裡，門外是秦沁在吃著便當。

「怎麼突然想不開了？」

秦沁聲音悶悶的：「今天是章凱的生日。」

一時之間，成瑤也不知道說什麼好，只是她仍舊沒料到，陳林麗會選擇在這一天自殺。

「她剛入院，也不知她婆婆怎麼就得到了消息，已經在網路上開始抹黑她，說她是在作秀。」秦沁一臉心疼，「天知道我真的是突然想到有個事想找她，打她電話沒通，陰差陽錯想起來上門的，要是我今天沒去，她身邊一個親人也沒有，真的就這麼死了！要真是眼睜睜地想著那點遺產，誰會拿自己的命作這種秀？」

成瑤望了病房裡臉色蒼白還在昏睡的陳林麗一眼，突然有些好奇：「她……她和章凱的感情怎麼樣？」

其實成瑤並不在意陳林麗和章凱的感情狀態，自從白星萌案以後，她更習慣和客戶保持距離，只負責法律專業的部分，錢恆總是教導她，那些感性的東西，對案子並沒有多大影響。

秦沁受不了般翻了個白眼：「妳一看就是被那些報導洗腦了，覺得她和章凱結婚動機不純。」

成瑤有些不好意思，雖然心裡不斷告誡自己不能預設立場，要保持中立，但人是情緒動物，總多少會受些輿論影響。

秦沁看了病床上的人一眼：「說實話，我剛見到他們夫妻，和別人想的是一樣的，這女的顯然是為了錢結婚的啊！她長得這麼好看，章凱什麼模樣，網路上妳也能查到，身高一百六，體重倒是快破百公斤，小眼睛塌鼻樑，髮際線還後移，往陳林麗身邊一站簡直是現實版的美女與野獸。後來知道陳林麗家裡窮，章凱家家境還不錯，創業更是做大了凱麗，以前還有個門當戶對的青梅竹馬，結果陳林麗愣是撬了牆角。反正知道這些以後我對陳林麗的定位就更精準了，覺得她就是那種窮怕了想過好日子的女的，覺得她婆婆不喜歡她也很正常。」

成瑤沒說話，認真地聽著。

「但後來發現根本不是這麼回事，陳林麗是真的很愛章凱，妳要是見到她平時看章凱的眼神就知道了，愛和崇拜這種東西裝不出來。」秦沁嘆了口氣，「而且相處久了，就能發現章凱這人真的不錯，溫和寬厚，說話幽默，雖然是老闆，但從不盛氣凌人，非常有教養，視野也很廣，和他聊什麼行業他都非常懂，學識很淵博，但為人謙遜，平時對陳林麗也是真的好，很體貼，懂得疼人。至於那個青梅竹馬，章凱根本只把人家當妹妹，也根本沒有撬牆角一說。」

「關鍵是，陳林麗根本不只長得漂亮，她非常有能力，章凱雖然是名義上凱麗的創辦人，但實際把企業做大做強的其實是陳林麗。章凱為人太溫和了，更像個儒雅的學者，不適合做生意，反而是陳林麗談判時非常強勢果決。」秦沁很感慨，「凱麗走到這一步，其實都是陳林麗的功勞。外人說她是傍大款，其實不是，以她的能力，她不和章凱結婚，自己去拉投資，也會成功。現在凱麗上了正軌，她才退居幕後，只做掛名董事，管管人事和行政。」

成瑤突然有一些動容，因為容貌而被否定，她並不是沒經歷過。

秦沁還有工作要忙，她告辭後，成瑤便留下來陪護著陳林麗。她望著她秀美的側臉，心裡有些亂。

陳林麗是在傍晚清醒的。

成瑤就坐在她的身邊，她看向陳林麗：「為什麼想要死？」成瑤斟酌用詞道，「距離事故已經有一段時間，我以為妳應該漸漸看開了。」

陳林麗的表情悽愴：「成律師，妳還年輕，妳不懂那種失去人生意義的感覺，最在乎的人不在了，是永遠不可能看開的。是的，事故已經過去大半年了，我這時候選擇自殺感覺看起來真的就像我婆婆說的，作秀似的。但其實，最重要的人在妳的面前死去，最開始都是茫然和鈍痛，很多情緒會延遲。回國後，我還能堅持處理凱麗的事務，每天按部就班的上班，好像生活也沒什麼改變。可有時候只需要一個瞬間，妳才會突然意識到，人不在了，妳愛的老公和孩子，永遠沒了。」

「妳能想像嗎？這個早上，我還下意識要去阿凱喜歡的蛋糕店買生日蛋糕給他，然後……」陳林麗終於無法逞強，她的眼淚不斷掉落，「然後我突然反應過來，沒有生日了，以後都沒有了。阿凱死了，他死了。然然也死了。再也沒了。」

面對這個失去愛人和孩子的女人，成瑤只覺得一切安慰都太過輕描淡寫，她只能遞上了衛生紙。

窗外天色陰沉，像是在醞釀一場雨。

「我能冒昧問問您為什麼想要凱麗嗎？」

這原本是成瑤並不關心的問題，她只接受客戶委託，瞭解他們的訴求，並且努力去實現，但這一次，成瑤卻隱約地覺得，去瞭解陳林麗為什麼有這樣的訴求，或許才是這個案子的關鍵切入點。

陳林麗的聲音哽咽：「因為凱麗是我和阿凱一起親手一步步帶起來的企業，他不在了，然然也不在了，只剩下凱麗是我們最後的回憶了，我心裡把凱麗當成我們另一種形式的延續。」

「那為什麼不想給您婆婆？」

「我對她沒有敵意，我也一直想和她搞好關係，但她對我的偏見太重了，沒了阿凱和然然，我根本無法接近她。她不懂企業經營，也不瞭解凱麗對我的意義，總覺得我是為了錢才和阿凱在一起。如果她拿到凱麗的股權，一定會拋售，甚至為了和我作對，什麼都和我反著來。本來這個節骨眼上，盯著凱麗想要趁機吞併的人就不少，我婆婆拿到股權，再加上一些小股東倒戈，我可能不會再有絕對控股權，到時候凱麗就是別人砧板上的魚。」

「我不是為了爭奪遺產才堅持上訴，錢對我來說沒有那麼重要，我自己有手有腳，也還年輕，錢我能賺，但凱麗是阿凱最後留給我的東西了。要是我婆婆分割到了股權，最終讓外部的資本進入，那凱麗的未來，就不好說了。我對凱麗有感情，但外部資本沒有，他們進入管理層，根本不會想著讓凱麗未來怎麼好好發展，他們只在乎短期利益，把凱麗股價炒高後拋售，拍拍屁股走人。我已經眼睜睜看著這種短線操作毀掉不知多少可以走長線發展的創業品牌，我絕對不會讓這種事發生在凱麗身上。」陳林麗面露痛苦，「那是我和阿凱一輩子的心血啊！」

原來如此。

這一刻，成瑤對陳林麗的決定感同身受。而也是這一刻，成瑤的內心有了模糊的新方向……

陳林麗對自己的失態很赧然：「對不起，成律師，讓妳見笑了，我知道尋死的人是懦夫，但今天忍不住，太痛苦了，我什麼都沒了，雖然妳不說，但我知道想要推翻一審的判決，拿到凱麗全部的股權，也是難上加難，妳也不用對這個案子有壓力，我自己心裡也清楚會是什麼結果。」陳林麗痛苦道：「我要是在被甩出熱氣球的時候，和阿凱、然然一起死了，可能反而是個好事……阿凱和然然走了，我卻還要和婆婆對簿公堂，這根本不是阿凱會想看到的……」

「不。」成瑤卻突然打斷了她，她盯向陳林麗，眼神明亮，整個人像是發著光，「妳不能死，妳要留著繼續好好打理凱麗。」她朝陳林麗笑起來，「我之前的方向都錯了。但現在我已經知道怎麼辦了。」

「請妳不要擔心，我會幫妳，凱麗的股權不分割也還有希望。」成瑤握住陳林麗的手，「相信我。」

不知道為什麼，眼前的女孩有一種安定人心的力量，明明還很年輕，外界也多傳言她美貌多於能力，但商人的敏銳卻告訴陳林麗，她是可靠的。

等陳林麗的情況穩定，成瑤幫她請了個看護，便馬不停蹄地趕回了事務所。

離開前，她跟陳林麗要到了當初幾個事故目擊人的聯絡方式。陳林麗的話，她也仍舊會理智地找尋客觀證據去支撐。

「都是熱心人，當初我們出了事故，好幾個人停下旅行行程，特地陪我們去醫院。當時我也受傷了，有腦震盪和腰傷，腦袋暈暈的不清楚又爬不起來，都是這些好心人幫忙墊醫藥費，還有英語好的幫忙做翻譯。」

陳林麗至今仍語帶感激：「但能問的一審時的律師也都問了，當時很混亂，誰也沒顧上別的，沒人能記得阿凱和然然是什麼時候沒的，我自己當時也躺在救護車上，可能是因為腦震盪，也可能是自己根本不敢回想的緣故，這一段我幾乎沒有任何記憶了……」

「沒關係，妳不要再勉強自己想了。」成瑤拍了拍陳林麗的手，心裡一點也不慌，她想要問這些目擊證人的，不是章凱和章然的死亡時間，她關注的是別的。

「蘇先生您好，我是陳林麗的代理律師成瑤，關於此前她先生和兒子在土耳其遭遇熱氣球事故這件事，我再次代替陳林麗向您表示感謝，現在想問問您，您當時……」

陳林麗一共給了自己七個聯絡人，成瑤一個個問下來，直到最後一個徐瑾，成瑤終於聽到想要的回答。

『說到影片，我倒是真的有拍。』徐瑾是個大學生，她很不好意思，『我在社群上算是小網紅，為了維持流量，我每天都必須拍很多影片。那次去土耳其，我幾乎全程都在拍，準備回去看看哪些能剪成好玩的流量影片。』

成瑤的眼睛完全亮了起來：「所以事故時候的影片，妳拍了？」

徐瑾『嗯』了一聲，然後解釋道：『我真的對死者沒有任何不尊重的意思，只是職業習慣使然，本來當時就正在拍，一下子沒停下來，鬼使神差就繼續拍了，但我保證，我沒有在網路上發出來過，雖然我想要流量，但我不會連底線都沒有。』

「謝謝妳。陳林麗和我說過，出事後，一直是妳自告奮勇做了翻譯，我再替她謝謝妳，也相信妳不會做這種事，但現在我想要這段影片來確認點事，妳還有嗎？」

『我有的，所有拍過的東西我都做了備份。』

最終，徐瑾將那一整段影片傳給成瑤。成瑤在收到後第一時間就打開看。

一如徐瑾所言，她是從熱氣球起飛開始拍的，成瑤耐心地看著，終於，她等著的部分來了，影片畫面裡突然一陣晃動，接著是尖叫和震盪，再然後有各式各樣的語言在喊，成瑤從這些混亂的聲音裡努力分辨著一句句的中文。

『有人甩出去了！快救人！』

『受傷的有三個人，快點誰會急救心肺復甦的？』

當時的情況緊急而慌亂，所有人不論哪種國籍的，在災難面前，都拿出了最大的善意竭力施救。

而也一如陳林麗所言，在被甩出去以後，陳林麗作為傷勢最輕的，雖然有腦震盪，但仍有意識。徐瑾的影片裡忠實地呈現了這一點，她在慌亂中甚至拍到了陳林麗的情況，她自己腰部受傷動彈不得，身上全是擦傷，衣服臉上都有血跡，臉色慘白，然而全然沒有顧及自己的傷情……

『求求你，幫我看看我老公和孩子……』影片中她忍著頭痛，即便腰不能動，狼狽到不行，竟然仍想爬著去看章凱和章然。

陳林麗臉上巨大的惶恐不安和驚懼絕望，即便是此刻，成瑤看了內心還是不忍，尤其當她得知章凱和章然傷勢較重之時，瞬間的反應更是毫無保留地哀求。

『先救我老公和孩子，先救他們……』

像是抱著海上的浮木一般，她顧不上自己的傷勢，拉住救援人員的手……

接下來的一切成瑤知道已經不用看了。她關掉影片。坐在電腦前，久久不能平靜。

誠然如錢恆所言，做多了家事糾紛案，看的盡是些為了錢為了利益不惜撕破臉皮的醜陋，然而人世間永遠不缺乏美好的愛情，即便外界都覺得不配，都覺得虛假，但陳林麗深愛著章凱，她沒有作假。

拿到自己想要的東西，成瑤一刻也沒有休息，她幾乎立刻打了電話給錢恆。

「錢恆，我想和你談談。我們見個面？」

錢恆有些意外，然而他鎮定的語氣裡卻帶著絲淡淡的喜悅：『好。』

事不宜遲，成瑤希望立刻見面，沒想到錢恆竟然也挺急切，他聲音有些不自然地咳了咳：『那就現在吧，我過來，妳事務所樓下的那家咖啡館見。』

明明自己離那家咖啡館更近，但成瑤整理了下陳林麗案子的材料再下去，發現錢恆竟然已經先到了。

成瑤找了個安靜的靠窗位置，點了熱茶。在這個過程中，錢恆沒說話，只是細緻而專注地看向她，那種目光看得成瑤都有些彆扭起來，她忍不住抬頭瞪了錢恆一眼，然而她長得太好看了，這一瞪並沒什麼氣勢，一瞪過後，錢恆的目光反而更放肆了點。

他不停地看著她，彷彿世界不存在，眼裡就只有成瑤。明明兩人最近才見過，但錢恆這眼神，搞得像是兩個人十來年沒見了似的。

負責點餐的服務生一走，這角落的空間裡便只剩下成瑤和錢恆。

錢恆抿了抿唇，然後撇開了視線：「想談什麼，妳說吧。」

成瑤也沒謙虛：「是這樣的，今天來，我是想和你好好談談陳林麗、黃苒的案子……」

結果話沒說完，錢恆就抬起了頭，他看向成瑤，語氣有些驚愕又有些咬牙切齒，「妳找我是因為案子？」

成瑤很茫然：「要不然呢？難道你答應見我不是為了溝通案子嗎？」

「……」

「好了，我也不說廢話。是這樣的，陳林麗和黃苒這個案子，我想試試讓兩位當事人見個面，我希望能協商解決，在二審之前達成庭前和解。」

雖然自己開口之前錢恆的表情很可怕，帶了點惡狠狠，但一旦成瑤講起案件，錢恆很快進入專業狀態。

「不可能。」他喝了口茶，掃了成瑤一眼，「黃苒根本不想見陳林麗，恨都來不及，絕對不存在和解的可能。」

「那是因為黃苒一直堅持著自己的偏見，覺得陳林麗和她兒子在一起，只是看中了章家的錢，根本不愛章凱，她總覺得陳林麗利用自己的兒子，不能從內心裡接納陳林麗，所以才會對她這樣敵意。但事實不是這樣的，陳林麗非常愛章凱，比愛自己還愛，她想要凱麗的初衷也不是為了爭奪遺產，黃苒如果能瞭解這點，並不是不存在和解的可能。」

錢恆的語氣淡淡的：「成瑤，我很早就教過妳，離當事人遠一點，不要相信當事人的故事，不要追究細節，只需要瞭解當事人的訴求，從法律層面專業地解決就行了。」錢恆的表情有些不屑，「何況我早就說過了，愛情可以是純粹的，但婚姻不可能，婚姻裡總是參雜了各種利害，婚姻就是個牢籠，到最後，就是這樣扯開畫皮的利益戰爭，為了錢反目。陳林麗要是真的不為了錢，能一審了還不死心？」

成瑤抿著唇，她帶了電腦，直接把整理好的檔資料、影片、證人證言，一樣一樣擺到錢恆面前：「一個律師只關心客戶的訴求是很安全也無可厚非，但更多時候，客戶這訴求背後是出於什麼初衷，我總覺得，有時候對案子的結果，也是很重要的。律師需要專業，但也需要情懷。」

她不卑不亢，望著錢恆的眼睛：「我一直記著你的指導，但我也有自己的方式和風格，也有自己的思考。我不會盲目地去信任當事人，我是個律師，做任何事，推斷任何結論，我都有理有據。」

「這些證據，現在我想請你也看一看。」

隨著錢恆一項項將成瑤的材料、影片看完，他的臉上終於慢慢放下了最初的不屑和冷傲。

『先救我老公和孩子，先救他們……』

影片裡陳林麗的聲音嘶啞而絕望，錢恆緊抿著唇，臉上混雜著意外、愕然和一絲微妙的茫然。

「陳林麗剛自殺未遂了一次，我知道在黃苒看來，這肯定是作秀，她如今不管做什麼緬懷章凱章然的事，黃苒都會戴著有色眼鏡去看。」成瑤頓了頓，「這段影片來自當時事故親歷者，沒有剪輯沒有造假，不信的話完全可以去鑑定。陳林麗當時也受傷了，還有腦震盪，情況也不好。人在危急之下，尤其是遭遇危險的時候，第一個反應往往是內心最真實的情感投射。多數人在陳林麗的境地，絕對會先求人救自己，這都沒什麼可責備的，只是種人的本能而已。」

「但陳林麗沒有，她第一個反應是，先救章凱和章然，因為愛，她連人最自私的自救本能都克服了，在最危險的時候，脫口而出的還是救丈夫和孩子。」成瑤看向錢恆，「看著這些，你還會覺得陳林麗和章凱結婚，是出於利益，而不是愛嗎？」

第一次，成瑤在錢恆面前直起腰杆，用證據狠狠地說明了一切，她覺得既驕傲又充滿豪情，心中作為律師的使命感，也越發強烈。

「我一直覺得，法律是冰冷的中性的，但律師，應該在法律的理性之外，多一點人情味。這不僅不會影響到專業度，甚至會讓一個律師變得更好。」成瑤直視著錢恆的眼睛，「我不會否認，你比我專業，但有些時候，你對於職業的認知，也並不是全對的。如果我們以訴訟的方式處理這個糾紛，我的勝算很小，從死亡時間著手，要推翻跨國死亡證明，這實在太難，但我們是不是能想一想，有更好的辦法解決這個糾紛？」

眼前的少女明媚而自信，她彷彿帶著絢爛的光，專業、強勢，但並不咄咄逼人。錢恆從沒有在案子上迴避過任何對手的目光，也從沒有向任何對手低過頭，更不曾需要向對手承認自己竟然錯了。

這麼多年，他從沒有錯過。

然而這一次，他卻下意識移開了目光。

成瑤是對的。

「我們律師是矛盾解決者，但解決的方式，並不一定侷限於抗爭性的訴訟，家事糾紛，也是可以和解的呀。」成瑤抿了抿唇，認真而專注，「陳林麗很愛章凱章然，我相信黃苒也是。這場事故，對陳林麗和黃苒都是痛失所愛的打擊，懷揣對逝去的親人的愛意，愛著同樣的逝者，為什麼不能和解？」

趁熱打鐵，成瑤把陳林麗不希望分割凱麗，以及是凱麗背後實際掌權人的事娓娓道來。

「這對婆媳沒有原則性的矛盾，不過是黃苒的誤解和偏見導致溝通不暢，如果為了遺產分割，撕破臉皮大打出手，最終不論誰贏了這個官司，難道就真的是贏嗎？不過是看起來贏了的雙輸。拿了錢，失去了親情，一輩子無法和解。死去的章凱和章然會希望看到這種結局？陳林麗和黃苒兩個人都不是壞人，也沒有深仇大恨，愛著同樣的人，承受著同樣的悲慟，如果陰差陽錯卻鬥得你死我活遍體鱗傷，不論誰贏了，難道不都是悲劇嗎？」

認真的男人很迷人，認真的女人也同樣。錢恆看著眼前的成瑤，除了對她難以壓抑的思念和愛意，第一次生出了一種棋逢對手，想要好好和她一較高下的衝動。

成瑤比想像中成長更快。專業和經歷上她尚有些稚嫩，但她那種不服輸的模樣，卻是讓任何人能生出點惺惺相惜之感的。

曾經的錢恆，即便知道成瑤在努力，更多的是用男人看女人的眼光看她的，對她的欣賞，更多也是男女之間的層面，她工作上的努力，也是錦上添花般的存在。而直到此時，錢恆第一次以看對手的眼光再次認識了成瑤。

以前總聽說過分優秀熱愛參與雄性競爭的女性沒有吸引力，可錢恆覺得他們都錯了。這種時候的成瑤，簡直比以往任何一刻都更加迷人。

錢恆也是第一次，破了例：「我會和黃苒溝通。」

成瑤的眼睛亮了亮，只要錢恆肯溝通，那案子很大機率就能有個好結局了。

「黃苒對陳林麗的偏見不是一天兩天，有些事，還是讓這對婆媳面對面溝通效率高，我不能保證她願意見陳林麗，但我會努力促成她們的會面。」

錢恆不會做百分之百的保證，但有他這句話，成瑤知道自己已經可以放心。

溝通完這些，成瑤才有一些脫力，肚子也不合時宜的叫起來。

錢恆沒看成瑤，語氣是努力想要自然的不自然：「想吃什麼？」

「不用了，我和我學長約好一起吃晚飯，還有幾個案子要和他討論一下。他已經在咖啡廳門口等我了。」

錢恆還沒來得及說什麼，成瑤就公事公辦地朝他擺了擺手，她表情明媚身姿幹練絲毫沒有留戀地走出咖啡廳，而外面，顧北青正溫柔地朝著她笑。

顧北青並沒有看到錢恆，他朝成瑤揮了揮手，兩人便有說有笑地走了。俊男美女，挺靚麗的風景線，只是這道風景線在錢恆眼裡怎麼看怎麼礙眼。

錢恆像是吞了一萬顆檸檬，由內而外都發酸。

只是這種嫉妒和發酸之外，錢恆第一次對自己的原則產生了懷疑。

陳林麗和章凱結婚十一年了。十一年，在錢恆的意識裡，什麼感情都被婚姻的柴米油鹽磨滅，而婚姻總免不了參雜利益，涉及金錢，完全不會有戀愛時的純粹，只會暴露人的自私和冷漠。更何況陳林麗和章凱這段婚姻裡，兩人家境相距懸殊，社會地位雲泥之別，又果不其然參雜著難處的婆媳關係以及周遭的有色眼光，還有一個處於青春叛逆期的兒子，可謂完全是Hard模式。

錢恆辦了這麼多家庭糾紛案，按照以往的經驗，這完全就是個被現實耗盡了溫情的婚姻糾紛典型。不論結婚時有沒有愛，總之這一刻，是肯定沒有了。

只是陳林麗在危急時刻寧可捨棄自己也要救自己老公的那一句呼喊，卻縈繞在錢恆心中。

婚姻裡，剝離了一切錯綜複雜的繁瑣細節，如此深沉的愛，原來一直存在著嗎？婚姻，也未必是愛情的墳墓，反而會沉澱更為濃重的愛嗎？

不婚主義的堅持，真的一定對嗎？

這個問題，在成瑤和自己提出分手過後，就不停縈繞在錢恆心裡。他下意識觀察著生活中所能接觸到的一切夫妻，甚至認真地開始思考起結婚的好處。他自己尚未意識到，就已經在不停試圖說服自己，試圖推翻自己堅持了那麼久的原則。堅持不婚就會失去成瑤，這個認知把錢恆逼到了絕境。他平生第一次，覺得矛盾、糾結而不再果斷，對自己的原則竟然生出了點迷茫。

婚姻可能沒想像的那麼不堪，就像陳林麗和章凱一樣，婚姻裡還是有愛，也有溫情。自己因為經手了太多暴露人性醜惡的婚姻案件，就認定婚姻醜陋，是不是真的只是固執的偏見？

而更重要的是，錢恆越發不能再欺騙自己。

他不想失去成瑤，和她在一起，才是自己嚮往的生活。有她的人生燦爛而光明，他無法失去她，也害怕失去她。

錢恆依稀記得某個影視劇裡的一段臺詞。

「你是我早晨起來第一眼想見到的人，也是我每晚睡前唯一想要吻的人。」

當初的錢恆只覺得不屑一顧，這句子矯情又過分文藝。

然而直到現在，他才真正理解了它的含義。

當你有了真心愛著的人，突然間，你就理解了所有影視劇裡的愛情對白，聽懂了所有關於愛情的歌曲。

錢恆的心裡是原則與感情劇烈的碰撞。他只覺得此刻，自己對不婚和頂客，越來越不那麼堅定了。

他走出咖啡廳，然後看到正解開自己圍巾幫成瑤圍上的顧北青。顧北青的動作溫柔，那看向成瑤的眼神，只要是個男人，都能看出是什麼意思。

這一瞬間，錢恆腦子裡只覺得有一整顆新星在爆炸。

他還沒死呢！顧北青就當著他的面撬起牆角來了？

第十二章　往後餘生，我只要妳

成瑤本以為陳林麗的案子，不會那麼快有回音，然而出乎她的預料，錢恆竟然三兩下就搞定了黃苒，說服她見陳林麗一面，而這次會面，也被錢恆雷厲風行地安排在當晚。

接到錢恆電話的時候，成瑤和顧北青點的菜才剛上桌。

「能約明天嗎？」成瑤有些尷尬，「我晚飯還沒開始呢，更主要的是陳林麗還在醫院，今晚恐怕還不能出院去見黃苒。」

錢恆的聲音很嚴肅：『黃苒只有今晚有時間。』

成瑤有些急了：「可陳林麗的身體狀況……」

『沒關係，我會帶黃苒去醫院見她。』錢恆鎮定道：『這種事應該趁熱打鐵，我怕黃苒睡一覺明天主意就變了，連見陳林麗一面都不願意了。』

錢恆的話有理有據，一本正經，成瑤沉吟了片刻，便同意了他的觀點：「你說的沒錯，那這樣，我和陳林麗溝通一下，我們直接醫院見。」

徵得陳林麗同意後，成瑤立刻將醫院名、病房號都給了錢恆，這之後二話不說，便拎起包準備走。

顧北青一臉無奈，他看了手錶一眼：「錢恆這人怎麼回事，陳林麗這個案子離二審還有段時間，以前辦案子怎麼沒見他這麼效率高的，挑這個時間點打電話來……」

「是他的當事人其餘時間不方便。」成瑤笑笑，「何況吃飯這種事，律師應該以客戶和工作為重，為了案子做出犧牲也是應該的。」

顧北青皺了皺眉：「看來我對他偏見太大了，第一個反應總覺得他像故意不讓妳吃這頓飯似的。」

成瑤抱歉地對顧北青道：「你要是晚上有空，等我搞定這次會面我們去吃宵夜。」

「沒問題。」顧北青溫和地笑了起來，「去小吃巷那邊，那裡熱鬧。」

成瑤馬不停蹄趕到醫院，對於能和黃苒見面好好談談這件事，最激動的莫過於陳林麗。

她一聽到這個消息，就掙扎著想從床上爬起來：「成律師，麻煩您帶我去見我婆婆。」

「不用，她和她的律師會直接過來和妳見面。」

陳林麗臉色蒼白，卻強打起精神，眼裡蓄積著淚意：「其實出了事故以後，我就想和我婆婆見一面，只是阿凱和然然沒了，她把我的聯絡方式全部拉黑了，甚至一度覺得是我為了財產設計害死阿凱和然然。阿凱是她的獨子，阿凱走了，她身邊幾個姪子姪女就動了心思，想著她那份錢，更是從中作梗，把我說得像洪水猛獸，讓我婆婆更是對我猜忌，還在他們的安排下接受很多採訪，離和解的距離更是越來越遠……」

「總之，謝謝妳，成律師！」

「先別急著謝我，究竟這案子能怎樣，還要看您和您婆婆見面談的如何了。就算和解，遺產分割也還要繼續談判。」

成瑤心裡還有些擔心，雖然她已經把當初事故那段影片、平日裡公司員工對陳林麗夫妻感情的證言、陳林麗和章凱聊天記錄等所有能證明兩人感情甚篤的證據都一股腦委託錢恆轉交，但一個人的偏見，並非那麼容易消除。

而就像是要驗證成瑤猜測一般，錢恆帶著黃苒出現時，黃苒顯然仍舊非常敵意。

錢恆看了成瑤一眼，兩人十分默契地離開了病房，給這對婆媳留下私人空間。

「想吃什麼？」

成瑤跟著錢恆走在醫院的走廊裡，她愣了愣，抬起頭。

錢恆的樣子有些不自在：「妳不是說晚飯被我打斷了嗎？我也還沒吃，作為補償，正好請妳吃。」

成瑤下意識回望了病房一眼。

錢恆抿了抿唇：「她們一時間不會聊完。醫院這附近也沒有像樣的餐廳，只是吃個簡餐，不會太久。」

和錢恆分手以來，成瑤心裡不是沒有難過的，曾經兩個人的模式，突然變回一個人，就像癮君子突然要戒毒一樣，最初的戒斷反應裡，成瑤哭過失眠過。好幾次光是聽到錢恆的聲音，甚至不理智到會想不在乎結婚不結婚，也要回到這個男人身邊。

但幸而進入金磚以來，繁忙的工作澈底分散了成瑤的注意力，她刻意把精力完全投入了工作，不去想這個男人。可如今再次和錢恆面對面，成瑤的心裡混雜起悸動、忐忑、不安和怯懦來。

她想見他，又有些害怕見他，既想和他說話，又不敢和他說話。因為生怕過多的見面裡，她就會心軟，就會堅持不下去，就會想要拋棄自己的原則也回到他的身邊。

「我想吃川菜。」

錢恆完全吃不了辣，那種改良過的微辣都無法接受，偶爾吃到一口辣的，能狂喝三杯冰水。成瑤想著自己吃川菜總能讓他知難而退了吧。因為工作接觸前男友這沒辦法，私下吃個飯，還是避免過多接觸為妙。對上錢恆，成瑤對自己也沒有太多的信心。

結果她沒料到，錢恆聽了竟然一點反應也沒有：「哦，好，那走吧。」

成瑤愣了愣：「我準備吃川菜。川菜！」

「嗯，我知道。」

「……」

直到成瑤坐在川菜館裡，盯著對面氣定神閒點菜的男人，還有些恍惚。

錢恆竟然跟自己一起來吃川菜？

「你……」成瑤斟酌用詞道：「這家川菜館前幾天我吃過，辣得很正宗……」

錢恆抬了抬眼皮：「顧北青能吃川菜嗎？」

成瑤不明所以，下意識回答道：「他無辣不歡。」

「好。」

錢恆聽完，沒頭沒尾地回了這麼一個字。

如今摒除公事，兩個人這樣面對面坐著，成瑤下意識就想轉移話題：「陳林麗這個案……」

然而她剛開口，錢恆就打斷了她：「成瑤。」他的模樣有些不自然，「今天我找妳，不想談公事。」

不知道為什麼，成瑤總覺得錢恆此刻的臉上帶了一種行將陣亡的表情。

在片刻沉默後，成瑤終於聽到錢恆英勇就義般的聲音——

「成瑤，我願意結。」

成瑤愣了愣，才冷了臉：「你願意不願意結紮和我沒關係。」

錢恆卻是抿了抿唇：「我已經決定不結紮了。」

「什麼？」

「因為要和妳生孩子。」錢恆頓了頓，「我說的是我願意結婚。」

成瑤：？

等……等等？

成瑤一時之間有些消化不良，瞪大眼睛盯向錢恆：「你不是不婚頂客？」

始作俑者卻臉不紅心不跳：「哦，我改主意了。」

「你不是說那是你的底線原則絕對不能退讓？」

「人生在世，總要突破自我，嘗試些未知的東西，就像挑戰川菜一樣。」錢恆抿了抿唇，「我想過了，妳說得對，優秀的基因和染色體必須延續下去，尤其是我這樣的，如果我不婚不育，對這個國家是種損失。個人對社會應該有一些責任感，對人口負增長率也應該有些作為。做人不能太自私。」

號稱堅持不婚頂客一百年不動搖，同時死要面子如錢恆，如今要啪啪啪自抽兩百下耳光打臉，恐怕確實有些難為他。

只是成瑤聽著這冠冕堂皇自我感覺仍舊十分良好的話，氣不打一處來：「你大可不必為了國家勉強你自己，人生在世，最重要的是恣意，是活出自己。何況就算你生孩子，也就生那麼一個兩個，對扭轉世界格局杯水車薪，所以不用在意這麼多。錢恆，你還是去結紮吧。」

「……」錢恆被噎了噎，沉默片刻，他才看著成瑤道，「我要是結紮了，那妳怎麼辦？」

成瑤笑咪咪的：「我？我找別人生孩子啊。」

「成、瑤。」

錢恆的聲音有些咬牙切齒，他惡狠狠地瞪著成瑤：「妳真的是要氣死我。」

「我怎麼氣你了？」成瑤也瞪了回去，「你的基因確實是頂頂優秀的，但我的也就一般吧，梁依然啊什麼的，都比我優秀，你想要為國生小孩，延續最優質的基因，去找梁依然好了。」

「我知道梁依然對妳做的事了，我已經處理好了。」

說起梁依然，成瑤心裡就上火：「梁依然這件事你處不處理，我都無所謂。因為我現在每辦的一個案子，都在證明我的能力和清白，有些東西，時間會還原真相，我還年輕，我不怕等。」

錢恆的聲音竟然彷彿自己是受害人，這位直男毫無求生欲地譴責道：「可妳什麼都沒有告訴我，讓我怎麼發現梁依然對妳做了那些事？這件事上妳對我也太缺乏信任了。」

「我怎麼告訴你？以什麼身分？小員工狀告合夥人？讓你怎麼抉擇？到底相信誰？」

「我永遠只會無條件相信妳。」

這樣簡單一句話，成瑤卻有些難以平靜，心又一次不爭氣地跳了起來。她下意識避開錢恆的視線，掩飾道：「你別想說漂亮話來哄人，更別惡人先告狀，梁依然這件事，一開始就是你做得不對。」兩人如今分手了，成瑤也不藏著掖著了，「我理解君恆發展需要引入新合夥人，但你當初招梁依然進所，作為男友，至少可以通知我和我說一聲吧？」

結果錢恆真的一點求生欲都沒有，他竟然一臉理直氣壯道：「為什麼招梁依然進來還要和妳說？」

「……」

「妳雖然是我的女朋友，但不是事務所合夥人，我不可能每次招聘員工或者同事，都事無鉅細和妳講，這沒有意義。」錢恆不解道：「難道我招王璐、包銳這樣的進來，也要和妳說？」

「王璐、包銳和梁依然不是一類的！」

「他們不都是普通同事嗎？」錢恆一臉理所當然，「梁依然雖然是合夥人，但對我來說，和王璐、包銳，在我眼裡的身分都是一樣的，為什麼輪到她還要特地和妳知會？」

「什麼是一樣的？王璐和包銳向你表白過嗎？」

成瑤簡直氣得咬牙切齒，就這樣還妄想和自己生孩子？您做夢去吧！

「你把自己女朋友安排到當初暗戀你表白你的女人手下幹活，不盯著點對方有沒有小動作？竟然還需要我來告狀？」

結果面對成瑤的控訴，錢恆仍舊十分茫然：「誰？誰暗戀我？什麼表白？」

「梁依然啊！她不是大學時追過你，還向你表白過？」

結果錢恆的臉上寫滿了不敢置信的震驚：「有這回事？」他恍然大悟道：「難怪我說她這麼莫名其妙針對妳怎麼和被下了降頭一樣，原來她和我表白過？」

「……」

這位朋友，你這樣不走心，不太妙啊，單身二十八年，真的不能怪社會啊。

錢恆卻絲毫沒覺得自己有問題，相反，他還很理直氣壯：「我大學時向我表白的人太多了，除了女的還有男的，根本不可能記住，我也不會浪費我的時間去記這些東西。原來梁依然還和我表白過？」

「……」

「對不起，如果我記得梁依然對我表白過，她進入君恆前我就會和妳說的，也絕對不會讓妳調去她的團隊。」

「……」

成瑤心情複雜，她不知道如果梁依然聽到錢恆這番話，會不會直接吐血身亡。

沉默了許久，錢恆終於再次開口，他的聲音有些狼狽：「我也沒有真的為國結婚。」

成瑤不說話，只是安靜地看著他。

錢恆一張臉上色彩紛呈，他像是被獅子鎖定的獵物般垂死掙扎了幾秒，然後終於認命般放棄了掙扎：「我不在乎國家怎麼樣世界怎麼樣。我只在乎妳。」

錢恆抿了抿唇，他顯然仍舊想繃著那所剩無幾的面子：「成瑤，經過艱難的抉擇和長久的思考，我決定不再堅持不婚和頂客。」錢恆的聲音平靜中微微顫動，像是在緊張，然而一張臉上仍舊是那種泰山崩於眼前的鎮定，「婚姻可能沒想像的那麼不美好，婚姻裡除了爭吵和對抗，也有浪漫和愛情，就像陳林麗和章凱一樣。雖然我還是覺得婚姻和生孩子都是非常有風險的決策，心裡也還有點沒把握，但為了妳，我願意去嘗試和承擔這種風險。我願意結婚，也願意生孩子。我同意妳的一切要求。」

「我發現我沒有辦法看著妳和別人在一起，和別人結婚，和別人生孩子。如果結婚、生孩子是妳人生裡必經的計畫，那我希望和妳結婚生孩子的人，是我。」錢恆盯著成瑤：「所以成瑤，我們重新在一起吧。」

不難想像，錢恆做出這個決定，做出這種改變，心裡經過怎樣的糾結和妥協讓步，他能為自己做到這一步，成瑤說不感動是假的，只是……

只是錢恆話裡那種篤定和隱隱的優越感，卻讓成瑤覺得不舒服。

自己確實想要結婚和生孩子，但成瑤希望，結婚也好，生子也罷，都是水到渠成自然而然的事，這是一件被彼此期待的幸福的事，而不是錢恒眼中那樣充滿風險，仍舊忐忑的決定，更不是為了遷就自己勉強做出的妥協。

分手確實是因為對結婚生孩子上的分歧，但分手後，成瑤也冷靜思考了她和錢恒的這段關係。

最初是以上下級關係開始的戀愛，雖然過程很美好，然而心平氣和地想，兩個人的關係並不對等，只是戀情維持的時間不長，這層不對等才沒有澈底暴露。

錢恒確實很愛自己，然而這種愛裡，多少參雜著居高臨下的大男子主義。面對自己，他太自信了，也太篤定了，好像自己的一切永遠在他的掌控中。

「對不起，我目前不想和你復合。」

錢恒愣了愣，他以為自己聽錯了：「什麼？」

「是不是你覺得任何時候只要你同意結婚生孩子，我隨時會回到你的身邊？」成瑤輕輕挑了挑眉，給了錢恒一個漂亮而驕傲的笑，「真是對不起，你這次猜錯了。」成瑤一字一頓道：「錢恒，你怎麼就沒想過，就算你想結婚想生孩子，我現在未必就會同意？誰給你的錯覺？你是言情小說看多了？只要你回頭，總有傻兮兮的女主角在等著你？等上幾年十幾年那種？」

錢恆皺著眉頭，緊抿著嘴唇，臉色十分難看。

然而他的臉色越發黑，成瑤卻覺得自己的心情越發舒暢：「錢恆，清醒點。」

「……」

「作為男人，你要記得自己說過的話啊，結婚對你而言不是愛情的墳墓嗎？生孩子更是想不開自己找死？」

錢恆艱難道：「是我當初的想法還不夠成熟。」

「哦，這樣啊，但就算你想結婚生孩子，也沒人敢啊。」成瑤眨了眨眼經，「畢竟你是誰和你結婚萬一離婚不僅一分分不到還要倒貼的男人，辛辛苦苦懷孕生孩子帶孩子，最後離婚撫養權又搶不過你，簡直像個免費代孕，誰想不開找你結婚啊？」

錢恆忍了忍，幾乎是低聲下氣道：「成瑤，我願意簽婚前協定，協定條款妳定，只要離婚，共同財產都歸妳所有，孩子也都歸妳，妳想寫什麼樣的條款，我都同意。只要妳願意和我結婚，我都可以接受……」

錢恆說完，抿著唇看向成瑤，那模樣竟然有些可憐兮兮，就像面對列強侵略無力抵抗只能割地賠款的被殖民地似的……

這表情卻絲毫沒讓成瑤同情，正相反，她內心的惡劣細胞反而升騰了起來：「那這樣吧，我一直覺得只和你談過戀愛有點遺憾，男人那麼多，除了你這種的，我應該也嘗試一下別的，才算對得起人生吧，你要是想結婚也行，我要求open relationship，還是單方面的那種，婚後你不能管我，我要是遇到心動的人，也會和人家談戀愛，身體和心靈，總有一個得在出軌的路上吧。」

錢恆臉色鐵青：「妳認真的嗎？」

成瑤點了點頭：「嗯。」

「只要答應這條妳就和我結婚？」

「沒錯。」

錢恆是個超級要面子的人，成瑤也知道，他是決計沒辦法接受如此屈辱的條款的，只是她沒想到，沉默片刻，錢恆竟然一臉忍辱負重地點了頭。

「我接受。」

等……等等……

錢恆臉色鐵青中泛著一絲絕望：「沒關係，我接受，婚後我會嚴格要求自己，身材不走樣髮際線不後移，讓妳只喜歡我一個人，這樣就行了。」

「……」

雖然錢恆連這種喪權辱國的條款都能接受，成瑤內心應當十分感動，但她還是無情地打破了他的幻象。

「不好意思，我沒有真的要 open relationship，既然結婚，就應該對婚姻負責。」

結果錢恆還沒來得及愉悅，就聽到成瑤繼續道——

「剛才是開玩笑的。我很滿意自己現在的狀態，戀愛結婚生孩子都不是人生的必需品，只是人生路上水到渠成的風景。戀愛挺好，但不戀愛有更多時間撲在工作上，全力發展事業。」她看了錢恆一眼，「以前你教育我工作前兩年不要急著談戀愛，我現在想想，說的非常有道理！這兩年時間決定了職業未來走向，戀愛什麼時候都能談，反正和誰談都是談。可職場上這兩年的機遇，卻是浪費了就沒有回頭路了。」

「……」

「所以雖然未來我遇到對的人肯定會結婚生孩子，但目前沒有考慮過這一點，我覺得單身很好，醉心工作讓我感覺充實！」

錢恆的臉上閃過被打擊過度後的空白，過了很久，他才平復了情緒，死死盯向成瑤：「是不是顧北青？」

「啊？」

錢恆臉上露出了想殺人般的表情：「是不是他最近在追妳？妳對他動心了？他有什麼好的？」錢恆憤憤道：「他和妳不適合！」

雖然沒有明說，然而他此刻臉上就差掛上一行「適合妳的人只有我」的字幕了。

然而錢恆不知道，自己這種優越感，只會讓成瑤看了更想狠狠給一頓毒打。

「我學長哪裡都挺好的啊。」成瑤氣死人不償命地胡謅道：「要顏有顏，要錢有錢，溫文爾雅，和我同個學校畢業的共同話題也多，專業上也能給我很多幫助教導；從來有什麼說什麼，不彆扭，直來直去，不用我猜；對我百依百順，從來不會自我感覺良好，也沒有太過直男的思想；最重要的是擺正了自己的位置，知道追人應該放低姿態。」成瑤想了想，補充道：「哦，他還能陪我吃辣。」

「……」

錢恆頓了很久，才艱難道：「吃辣算什麼優點？」

「是呀，不算優點，但有時候找一個吃不到一塊去的男朋友，也長久不了呢。這算是生活習性差別太大了。」

錢恆幾乎有些咬牙切齒：「吃辣，我也能吃。川菜，根本難不倒我。」

就在這時，服務生終於給成瑤這一桌上了菜——一份生椒乾拌牛肉麵。

生椒乾拌牛肉麵這東西，雖然叫麵，但沒有湯，完全是切成碎的小米椒拌著麵條和牛肉臊子一起吃。想吃香噴噴的牛肉，就得承受在嘴裡辣到爆炸的小米椒，而小米椒的辣，就連愛吃辣的成瑤，也把它歸到「變態辣」級別。

成瑤同情地望著錢恆：「吃辣，你確定嗎？」

錢恆顯然完全不知道這道菜的玄機，尚且冷笑著自通道：「我說過了，人生在世，總要嘗試點新的東西，我突然覺得川菜挺不錯的，吃辣而已。呵。」

這麼說完，錢恆就不知死活地夾起麵條，惡狠狠地吃了一大口。

他本來顯然還有很多話要和成瑤講，只是這一口麵條下去，錢恆一個字也說不出來了。

辣！真的好辣！辣到升天！辣到死亡！辣到生活不能自理！

成年後從沒哭過的錢恆，第一次，毫無抵抗地流下了悔恨的淚水。

好好活著不好嗎？為什麼要去吃辣？為什麼要得罪成瑤？

自己如今被辣嗆得眼睛紅鼻子紅還眼淚汪汪的樣子，在成瑤面前還能有什麼形象可言？錢恆內心憤怒地想，沒想到顧北青還挺有兩把刷子，竟然是個勁敵。

成瑤自然不知道錢恆百轉千迴的心理活動，她震驚地看著錢恆吃了一口變態辣以後，竟然紅著眼睛努力憋回被辣出的眼淚，狂喝一杯冰水，然後硬著頭皮又吃了一口，就著冰水，之後又一口，直到吃完整碗麵，他幾乎喝了三大瓶冰水……

成瑤幾次勸說他停下，卻都被錢恆一個眼神瞪了回去。

「你……你還好嗎？」看著眼前的錢恆，成瑤有些於心不忍，她下意識道：「不吃辣就不吃吧，我現在覺得吃清淡點好，辣這種還是太刺激性了……」

然而被激發起鬥志的錢恆卻一臉剛烈，他高傲道：「我錢恆的字典裡，沒有輸！吃辣，我絕對比得過顧北青！今天妳點多少菜，我就吃多少！」

結果他的話音剛落，服務生又上了一道道新菜——剁椒魚頭、辣子雞、口水牛蛙……這些菜上，無一例外都覆蓋著各式各樣辣到你涕淚交加的辣椒……

錢恆望著這些菜，第一次陷入沉默，直到過了很久，他終於艱難地抬頭看向成瑤，聲音咬牙切齒：「兩個人吃飯而已，妳為什麼點這麼多菜？」

「……」

錢恆最終沒有吃完所有菜，因為成瑤沒給他這個機會，她抿著唇拼命搶在錢恆之前吃掉了大部分東西，而更慶幸的是，黃苒的一通電話澈底拯救了錢恆。這對婆媳，在歷經一個多小時的深入面對面後，終於有了結果。

「錢律師，我真不知道說什麼好。」來時妝容精緻的黃苒，此刻整張臉上妝已經被哭花到不能看，她的眼睛鼻子都紅腫著，神色悲慟哀淒，然而眼裡的仇恨和敵意卻是沒有了。

成瑤和錢恆趕回醫院，看到的就是這樣的場景。

黃苒過來拉住錢恆的手：「謝謝你，謝謝你說服我來見林麗。」她說到這裡，忍不住，又抹了下眼淚。

成瑤看向還坐在病床上身體虛弱的陳林麗，她顯然也剛哭過，她看向成瑤，竟然想從病床上爬起來給成瑤磕頭。

「成律師，謝謝妳，謝謝妳讓我和我婆婆能有這個機會好好聊聊，謝謝妳用這種方式解決了這個案子。」

成瑤和錢恆走後，黃苒便和陳林麗兩個人，第一次深入而坦誠地聊了聊。此前已經看過事故影片的黃苒，內心多少知道自己一直以來錯怪了兒媳，她對自己兒子確實感情深厚，只是扭曲的情緒和憤怒痛苦無處發洩，她下意識仍舊把陳林麗當成仇敵，恨著她，好讓自己好受些。

一開始這場見面，黃苒仍舊是端著架子內心有恨的，只是她沒想到，陳林麗一見到她，什麼話也沒說，對凱麗分割的事也一字沒提，她躺在病床上，眼淚刷的就下來了。

說到底，她不過和自己一樣，也是一個失去了兒子的人，除了兒子之外，還失去了丈夫。以前有再大的仇再大的誤解，這一刻，黃苒突然覺得都無所謂了，她們不過是天底下同樣可憐的兩個女人罷了。

兩個女人，竟然就這麼一句話也沒說，彼此坐著，互相無聲地流眼淚。

雖然一個字沒說，但黃苒這一刻，內心已經和陳林麗達成了和解。

這是兒子生前最愛的女人，她又真的在事故發生時捨棄自己也想要先救自己兒子，自己何苦再為難她？自己失去了兒子孫子痛不欲生，她又何嘗不是？

兩個人就這麼默默無聲地哭了半個小時，半個小時後，陳林麗才抹著眼淚開了口。

這對婆媳間並無深仇大恨，陳林麗是個坦蕩的人，一旦說開了，談話十分順暢，黃苒聽了陳林麗不想分割凱麗的初衷，幾乎沒有遲疑同意了陳林麗的遺產分割方向。

這一個半小時的見面禮，半小時在哭，半小時談及凱麗，剩下的半小時，這兩個受傷的女人便如在同一個火堆裡汲取暖意一樣，回憶著同樣深愛的逝者。

「阿凱其實有時候挺小孩子氣的，上次答應說買個棉花糖給他吃，結果我忘了，為這事還和我生氣。」

「這孩子小時候就倔的很，也就對妳，他這脾氣還收斂點。」

而如今，這兩個女人，雖然仍舊沒有完全親厚起來，但臉上卻是同樣的誠懇。

「成律師、錢律師，謝謝你們，二審官司我們不打了，我們想和解。」陳林麗臉上寫滿了真實的感激，「你們是我見過的最好的律師，最專業，也最有人情味，是對律師這個職業最好的寫照。」

直到陳林麗和黃苒把成瑤和錢恆一路送出醫院，成瑤還有些恍惚：「這個案子，就這麼結束了？」

錢恆看了她一眼，心裡不是沒有震撼，他也很難想像，這樣一個此前雙方當事人水火不容要拼個你死我活的案子，竟然會以這樣的溫情收尾。黃苒同意不分割凱麗，因此陳林麗將用其餘房產和現金對她的份額進行補償。但大方向兩人達成了一致，錢恆和成瑤只需要對分割方案進行協商就行了，說這個案子幾近塵埃落定，也沒有錯。

錢恆所操作過的家事案件，從來都是對立爭吵和醜惡，這是第一個，以這樣柔和的方式結束的案子。

錢恆第一次反思，除了專業之外，是不是真的應該多加一點情懷和人情味？用更溫和的眼光看待案件？

人與人在偌大的世界上，能組成一個家，這本身就是一種多麼小機率的緣分，而組建家庭的初衷，大多是出於愛，那是不是在最終需要分開的時候，也能保留體面？

錢恆父母的婚姻並沒有不幸福，但錢恆只覺得，那樣老一輩的婚姻，在如今光怪陸離的社會裡，已經難以複製了。因此，在遇到成瑤以前，錢恆從沒有想過結婚，更沒有想過組成家庭，只是冷眼旁觀當事人的分分合合。

只是此刻的他突然有一些不確定，如果早一點遇到成瑤，如果早一點對家庭和婚姻有更多的理解和尊重，自己經辦過的案子，是不是有很多也能有不一樣的結果？

他第一次正視自己的內心，第一次好好思考成瑤的話，她追求的平等，她想要的愛情和婚姻……

錢恆一邊心亂如麻地想著，一邊跟著成瑤走到醫院外，然後他突然聽到成瑤驚喜的聲音。

「下雪了！」她掏出手機拍照，像極了在京都的模樣。

日本的回憶就這麼猝不及防地席捲了錢恆，他突然完全無法克制自己，走上前從背後把成瑤抱進懷裡。

「成瑤，我不能沒有妳。」

成瑤整個人陷在錢恆的懷抱裡，鼻尖縈繞的都是這個男人的氣息，明明周邊是冷風裹挾著雪花，然而成瑤一瞬間卻只覺得在對方的懷裡體會著盛夏。

錢恆加緊了這個擁抱：「不要喜歡別人。」他的聲音低沉，「不要喜歡顧北青。」

「我會嫉妒。」

成瑤不是不貪戀懷裡的溫度，只是她仍理智克制地掙脫出錢恆的懷抱。

「錢恆，我們之間，和別人沒有關係，我喜不喜歡別人，也不是你說了算。」成瑤垂下視線，看了下時間，「我要走了，我和學長還約了吃宵夜。」

「……」

錢恆第一次耍心機用上了美人計，連面子也不要了，仗著自己有幾分姿色，都妄圖靠肉體上位了，結果竟然慘遭打臉。

他站在風中，看著成瑤走遠，表面越加平靜，內心卻越加驚濤駭浪。某個瞬間，錢恆考慮起買凶做了顧北青的可行性……

吳君是在家裡幫花草澆水時接到錢恆電話的。

對方的聲音冷淡：『喂，你在家嗎？』

吳君想起上一次錢恆過河拆橋般無情的對待，警鈴大作道：「我不在！」

『哦，這樣啊，我本來有一箱空運來的帝王蟹想送過去給你，你不在就算了。』

「在！我在！」吳君立刻改了口，「剛才說錯了！」

一刻鐘後，錢恆果然出現在吳君的公寓門口。他沒客套，直接進了屋。

「我有點事要諮詢你一下。」

吳君欲哭無淚：「我的帝王蟹呢？你他媽又騙我？」

錢恆理直氣壯道：「你去年體檢記錄不是說尿酸高嗎？少吃點海鮮，對你身體好。」

「……」

「行了，先來談談我的問題。」

吳君垂頭喪氣，他這輩子走的最長的路恐怕就是錢恆的套路了：「什麼？」

「我的那個朋友失戀了。」

「錢恆，請教問題要坦誠你知道嗎？」吳君炸了，「都這個時候了，還我的一個朋友？你是不是當我傻啊？你和成瑤談戀愛的事，君恆上下都知道！他媽的當初還警告我不要潛規則漂亮下屬，說的和真的似的，結果自己背地裡就對成瑤下手了，禽獸！道貌岸然！寡廉鮮恥！」

「……」錢恆有些尷尬，聲音帶了點不自然，但表情竟然還很理直氣壯，「總之就是這麼回事。」

他很快恢復鎮定，把情況簡略和吳君講了一遍：「可現在她不同意和我復合。」錢恆聲音不解，「她說我自我感覺太良好了，覺得我們之間不夠平等。」

吳君差點沒當場笑出來：「成瑤真是好樣的！幫我報了一箭之仇！錢恆啊，你小子也有今天？」

錢恆面色不好看：「我來找你諮詢的，不是被你數落的。」

吳君又揶揄錢恆一陣，才認真地出了主意：「你得放下你心底裡的那種優越感，人家現在不同意復合也沒事，反正還單身，那你就再好好追一遍！你要讓人家看到你的誠意，你是很喜歡她，但你要是太端著，人家只能感受到你十分之一的愛意，自然覺得你愛的太少，愛的太自我。」

錢恆語氣果決：「就算她不單身，我也要把她的牆角撬了。」

「你有這覺悟不就行了？那就放手去追吧，男人啊，面對自己喜歡的女人，有什麼面子放不下的？發起進攻，一種種追人的辦法試過來，都不行就死纏爛打唄，你和她有感情基礎，還能搞不定啊？」

「一定要這樣？死纏爛打也太不符合我的格調了……」

「人家要不是單身你連男小三都願意當，還在乎什麼格調不格調？格調能吃嗎？錢恆，你想要把成瑤追回來，是時候放下你心裡的優越感了。你這種人，不被痛打兩頓，都不知道慘字怎麼寫。」

錢恆一張臉上像個調色盤似的姹紫嫣紅，他頓了頓，才艱難道：「所以怎麼死纏爛打？」他撇來了頭，「我沒有經驗。」

吳君一拍大腿：「那你真是問對人了，我可有經驗了！」他一臉教學般指點道：「死纏爛打呢，首先不是真的要你惹人嫌一樣成天去人家面前晃，而是要找到適合的機會，這機會呢，不要那麼刻意，但能讓你不斷出現在對方面前，讓對方一天到晚都能看到你，最好還要主動找你。透過這種方式，你慢慢就占據了對方所有的私人時間，就像侵略一樣，一點點地把對方的疆土蠶食了，和溫水煮青蛙似的，等對方發現，已經來不及逃出你的手掌心了！」

聽完吳君一席話，錢恆陷入沉思。

既不刻意又能讓成瑤私下也不斷和自己在一起的緣由……

錢恆走在路上一邊努力想著對策，吳君這社區環境不錯，就是流浪貓多了點，在錢恆眼前的垃圾桶邊，便是一隻小小的橘貓，正在翻找著食物……

錢恆盯著橘貓看了一下，突然靈光一現。

『吳君，你下樓一下。』

吳君：？

錢恆十分鎮定：「帶個箱子，幫我抓一隻流浪貓。」

成瑤和顧北青吃完宵夜，剛回到家，就接到錢恆的電話。

成瑤有些沒好氣：「工作上的事可以聊，私事不談。」

開什麼玩笑，她還沒從下午錢恆那番居高臨下的直男癌言論裡緩和出來呢。

『成瑤，有個忙要妳幫一下。』

錢恆的聲音聽起來十分懇切：『是這樣的，我在社區裡撿到一隻受了傷的流浪貓，感覺快不行了。我不太會處理，能不能請妳幫幫忙？我知道要先送去寵物醫院，可這貓不太配合，我一個人搞不定。』

成瑤之前替秦沁養威震天的時候，就非常喜歡小動物，聽到錢恆撿了個受傷的流浪貓，一時也沒顧上別的：「你在哪裡？我馬上過去。」

沒多久，成瑤就趕到錢恆的別墅。

冬天的夜晚那麼冷，錢恆卻只穿著單薄的西裝，懷裡抱著貓站在門口翹首以盼，那模樣，要是懷裡換成抱個孩子，簡直就像是被拋棄的男人帶著孩子苦等渣妻子一樣了。

成瑤甩了甩腦子裡莫名其妙的想法：「貓怎麼樣，我看看？哪裡受傷了？」

結果成瑤還沒碰到貓，錢恆懷裡的貓突然暴起，動作狠準穩地給了錢恆兩爪子。

成瑤有些意外：「你不是說這貓病到快不行了？怎麼我看挺有精神的？」她看向在錢恆懷裡扭著想要掙脫的貓，「而且這貓看起來很野，狀態挺好，你怎麼撿到的？」

錢恆沒回答，只是抬起手：「破了。」

成瑤想也沒想，就被他成功轉移了話題，拉過他的手查看，她語氣焦急緊張：「都出血了，這種流浪貓，你得打一下狂犬病疫苗。」

錢恆卻仍很冷靜，也很大義凌然：「我不要緊，先救這個貓。」

他的手其實被貓抓的很慘，好幾道血痕，成瑤想努力克制，但看著傷口，忍不住內心痠痛，像被人輕輕錘了一拳，有些悶悶的。

她放下順路買的寵物外出箱：「把貓先裝進去。」

錢恆依言把張牙舞爪的橘貓裝了進去：「走吧，這附近不遠處就有一家寵物醫……」

只是話沒說完，成瑤就來拉了他的手，強硬而不容分手地把他拉上了車：「先打狂犬病疫苗。」

「不用……」

「沒得商量。」

錢恆卻還不配合：「二十四小時裡注射就行了。」

成瑤懶得再說服他，她盯著錢恆的眼睛：「你還想和我結婚嗎？」

錢恆抿著嘴唇，沒說話。

「如果想，那就先打狂犬病疫苗。」

就這樣，成瑤提著寵物箱，帶著錢恆忙裡忙外，終於看著他清理好了傷口，打了狂犬病第一針。

做完這一切，成瑤才覺得自己心中一塊石頭落了地，帶著錢恆和貓去了寵物醫院。

「貓的健康狀態挺好，十橘九胖，這貓還挺重，就是有跳蚤，做個體外驅蟲，打一下狂犬病疫苗，流浪貓的話最好訓練牠們吃貓糧，另外建議做個結紮……」

寵物醫生人挺耐心，叮囑成瑤、錢恆不少，走之前倒是有些好奇：「不過這貓這麼凶，你們是怎麼抓到的啊？」

錢恆惡狠狠瞪了醫生一眼：「不是抓的，撿的。」

這男醫生卻絲毫沒get到錢恆眼神的暗示，他沒心沒肺道：「這種野性難馴的流浪貓怎麼可能被人撿走，警覺得很，人一靠近就撓你了。最起碼得兩個人才能抓住。」

「……」

成瑤皺了皺眉，她狐疑地看向錢恆，錢恆倒是一臉坦蕩，他也直直地看了回去。

「你撿的？」

「嗯。」

「這麼凶，怎麼可能被你撿？」

「就是撿的。」

可就算錢恆不承認，成瑤從他那不自然的語氣、微紅的耳垂上，已經知曉了答案。

「你故意抓的吧？」

錢恆梗著脖子：「沒有。」

「那就是有了。」

「……」

「錢恆。」

「對，我是抓了。」錢恆望著箱裡的貓，「天冷了，牠一個人在外面流浪，我一個人在家裡流浪，挺適合的，我一眼就看上了，以後跟牠過了。」

「……」

錢恆的聲音乾巴巴冷冷的，初聽感覺沒什麼情緒，但仔細再回味，總覺得每一個字都充滿了強烈的控訴。

「也挺好的，你以前還是頂客呢？頂客的人好多挺喜歡養個貓啊狗的陪著的，小貓小狗也挺貼心，還不用像小孩那樣操心，挺好的。」

「成瑤，我已經決定不頂客了。」

成瑤把寵物箱往錢恆手上一塞：「這種關乎未來的大事還是想想清楚，說不定你過一下還是覺得頂客好，畢竟堅持了這麼多年的原則。貓你好好留著相依為命吧，我先回去了。」

成瑤剛轉身，手就被對方拉住了。

「我最近去臺灣出差帶了妳喜歡的鳳梨酥給妳。」

「嗯？」

錢恆聲音有些不自然：「要不要去我那裡吃一點？」

「不用了。」成瑤笑笑，「我剛和我學長吃宵夜已經很飽了。」

說完，成瑤揮了揮手就走了。

結果成瑤回到家沒多久，剛洗完澡，就有人敲門。

她打開門，門外赫然是提著寵物箱帶著貓的錢恆，對方風塵僕僕，然而一臉冷靜鎮定。

「我家裡停電了。」

「還停水了。」

「瓦斯也停了。」

錢恆梗著脖子，面無表情地宣布道：「所以今晚我要住這裡。」

好像生怕成瑤反對一樣，他搶在成瑤前繼續道：「我不住酒店，前幾天新聞剛曝光了，就是五星級酒店的清掃工作也做的不好，不衛生。」他側開了頭，「從法律上來說，我還是這裡付房租的合法租客，妳沒有權利趕我走。特殊情況，我住這裡合情合理。」

成瑤靠著門，抿著唇看著他，然而她不得不承認，錢恆還真的是合法租客。

她不得側開身，把錢恆放行：「你的別墅，總不至於明天還繼續停電停水停瓦斯吧？」

錢恆一本正經道：「明天還繼續停。」

「那後天該恢復了吧？」

「後天也不好說。」

「……」

成瑤簡直氣極反笑，她沒想到錢恆竟然能如此理直氣壯的厚著臉皮：「沒事，明天我叫車送你回別墅，幫你確認下到底還停不停，要是有水管不通還能順手幫你通了。」

「不用妳通。」錢恆語氣有些不自然，「以後水管，都不用妳通。」他抬頭看了成瑤一眼，「我來修。」

「你尊貴的手會修水管？」

「我可以上個水電工培訓班。這個世界上，沒有什麼事能難倒我。通水管，我也可以做到最專業。」

「……」

錢恆最初請求成瑤復合的時候，成瑤的心裡還憋著被他那種無處不在的優越感刺傷的氣，一邊又對他抱著懷疑態度。

這個男人，真的想通了？真的想清楚了？說想結婚生孩子不是一時衝動或者不清醒的決策？

只是成瑤千算萬算，沒算到錢恆竟然還有如此無賴的一面。

錢恆表面仍舊鎮定自若，只是他那跟隨著自己無處不在的視線，如臨大敵般的姿態，以及隱隱露出的努力想取悅自己卻不得法的焦慮感，早已經一點一滴洩露。

他尚且自以為聰明地掩蓋著一切，卻不知道這一切只是欲蓋彌彰。

太明顯了，真的太明顯了。

錢恆卻像一個拿到了尷尬到死的劇本，卻還要努力演完的敬業演員，用如此拙劣的藉口努力地挽救著自己所剩無幾的尊嚴。

成瑤內心卻是又好笑又好氣。

都這個時候了，還端著？還有沒有追求人的自覺？你不單身，誰單身呢？

她也懶得理錢恆，瞟了他一眼，就旁若無人地跟顧北青打電話：「學長，明早有空嗎？正好週末，一起吃去個 brunch 啊。行，那你來我這裡接我吧。」

看我不氣死你！

第二天早上，成瑤一起床，錢恆穿著睡衣，也從臥室裡鑽了出來。

他一點也不容光煥發，反而看起來憔悴狼狽，他盯著成瑤看了兩眼：「我不太舒服，好像病了。」

成瑤「哦」了一聲，以為他又演上了，沒當回事：「多喝熱水。」

錢恆打了兩個噴嚏，聲音懨懨的「嗯」了聲，才回了房間。

這之後倒是沒聲音了。

十點整，顧北青如約而來：『下來吧，我的車停在門口那條路上。』

成瑤收拾好東西，帶上案卷，準備出門，雖說約了brunch，實際成瑤還是講好和顧北青碰頭討論一下案子的，吃飯不過是順帶。

錢恆倒是不作亂了，房門緊閉著。

他看起來是安靜了，只是不知道為什麼，成瑤內心卻有些不安，她本想打開大門一走了之，好好地和顧北青吃飯，然而臨到當口，卻還是折回了屋裡。

自己好不容易撐過了戒斷反應，眼看著就要出戒毒所了，結果錢恆這種毒物，竟然厚顏無恥地把自己這劑最純正的毒品送到眼前，還他媽是新型複合毒品，比以前更加了一味厚臉皮的成分。

成瑤心裡恨得牙癢癢的，然而手卻還是敲向了那扇門。

垃圾毒品，毀我青春！她憤怒地想，真是該死的放不下！這狗屁毒品，難怪那麼多人復吸！

「錢恆？」

結果成瑤敲了一陣子門，門內竟然一點動靜也沒有，她有些急了，直接開了門，才發現錢恆這傢伙還不是裝的，是真的病了，他滿臉不正常的潮紅，有些奄奄一息地躺在被窩裡，好看的眉皺著，眼睛也閉著。

成瑤緊張地拿了耳溫槍，一量，三十九點五度。

她有些急了：「你怎麼搞的？我馬上找包銳來送你去醫院。」

「不要。」結果她還沒拿手機，錢恆就伸出手來拉住她，艱難地眨著眼，「不要包銳。」

明明很難受的模樣，卻還要目光灼灼地看著成瑤。

成瑤不知道作何反應，她下意識避開錢恆的視線：「算了，正好我學長在樓下，我讓他幫我送你去醫院吧。昨天還好好的，怎麼過了一晚就燒成這樣了？」

「也不要顧北青。」

「嗯？」

「要妳。」

成瑤抿著唇：「你高燒了，少說點胡話吧。」

「沒說胡話。」錢恆的語氣很平靜，只是因為發燒而顯得眼淚汪汪的雙眼，讓他蒙上一層可憐兮兮的氣息，他委屈道：「我病了，我只想和妳在一起。」

「不行，你得去醫院。」

「把我送去醫院了，妳是不是就去跟顧北青吃飯了？」

這還仗病要脅上了？

成瑤冷笑一聲：「當然是，飯當然要吃。」

「成瑤，我昨晚故意沒開暖氣，沒蓋被子。」

成瑤愣了愣。

錢恆潮紅的臉掩蓋了他的尷尬，他閉上眼睛，豁出去般開了口：「我是故意生病的。」

成瑤皺起了眉。

「我不想讓妳和顧北青吃飯。」錢恆吸了吸鼻涕，「但我想不出別的辦法阻撓妳，因為我現在什麼也不是，沒有資格干涉妳，最後只想到這個。」他抬頭看向成瑤，「我在想，如果我病了，妳是不是會留下來。」

「我打電話給你爸媽。」

「聽說我分手了，我爸媽和我的感情再一次破裂了，因為去相親角發廣告這件事我們還吵了一架，他們現在是不會管我的死活了。」

成瑤抿了抿唇：「那我打給你哥。」

「我哥今天去相親，我爸媽說了他敢走就弄死他。」

「那包銳……」

「包銳前階段工作太忙，他老婆剛和他吵了架，這週末難得沒工作可以陪老婆，妳要是打這個電話，他可能以後感情狀態就是離異了。」

「我找我學長照顧你。」

「顧北青照顧我的話，我看到他太生氣，可能會直接燒到四十度，把腦子燒壞了，妳別送我去醫院，送我去消防大隊滅火吧。」

「還有吳君呢！」

錢恆繼續隨口胡謅道：「吳君去B市參加親戚婚禮了。」

成瑤氣死了：「就沒人可以照顧你了嗎？」

成瑤知道錢恆想要陪著的人是她，然而她下意識地迴避著，不是不擔心錢恆，只是更害怕不爭氣的自己，她怕自己再多看這個男人兩眼就答應他復合了。

錢恆說願意結婚也不再堅持頂客，成瑤自然是感動和開心的，只是她仍舊遲疑害怕，錢恆堅持那麼久的不婚頂客原則，真的能心無旁騖的改變嗎？在兩人婚姻生育觀出現分歧後，她調查了很多案例，確實有原本不婚主義的男人號稱自己願意結婚並進入婚姻的，然而沒過半年，很多男人都後悔了，最終還是選擇離婚收場。

錢恆的改變，是真的想好了嗎？他真的有那麼愛自己嗎？他真的能放下內心的優越感，給自己一段平等又長久的感情嗎？

如果自己這一次再回到他的身邊，恐怕真的沒有抵抗力再離開了。

「沒了。」面對成瑤的問題，錢恆無辜而坦然，「我和我的貓一樣，無依無靠。」他垂下眼睛，「算了，我不該強人所難，妳走吧，就讓我和我的貓一起自生自滅好了。」

錢恆這一波操作，也是抱著賭博的心態，他第一次如此坦白地承認自己為了挽留成瑤而做的小動作，雖然有些沒面子，但一旦說開後，竟然十分放鬆，只是如今他忐忑地等著，卻聽到成瑤推門出去的聲音。

錢恆睜開眼，雖然頭昏腦脹難受的很，但他忍不住掀開被子坐了起來，心裡是巨大的失落和酸澀。

自己都這樣了，成瑤竟然還是走了。

他下意識瞟了蜷在角落裡睡覺的貓一眼，而就在他感覺到疲乏脫力之時，他的房門再一次被打開了。

成瑤拿著杯熱水，站在門口，她的臉色有些發紅，垂下眼，有些沒好氣：「你真是我見過最討厭的人。」

這個剎那，錢恆只覺得自己心裡直直中了一箭，他望著把杯子遞到他面前的成瑤，只覺得自己這一刻，就算病死也甘願了。

成瑤讓錢恆喝了水，然後去廚房為他煮了粥。他這個樣子，一改往日不可一世自我感覺良好的模樣，可憐兮兮的，像個棄犬，成瑤說什麼也無法再心無旁騖和顧北青去吃飯了，她不得不打電話和顧北青道了歉，取消了見面。

成瑤放下手機，端起粥，看了躺在床上的劇毒病人一眼。

「把粥喝了。」

錢恆沒接碗，他看了成瑤一眼，模樣無辜無助又無賴：「我沒力氣拿碗。」

成瑤瞪著他。

錢恆卻臉不紅心不跳，他又看了成瑤兩眼：「妳能餵我嗎？」他頓了頓，「我想要妳餵我。」

「……」

他這個模樣，成瑤一時之間倒是有些手足無措了。以往的錢恆是死要面子的，他怎麼都不可能這樣直白地說出要別人餵的請求，可如今……

可如今他為了黏著自己，真的是拼了命的造作了……

錢恆卻還嫌不夠似的，他眨了眨眼：「要是妳餵我，我會好的快一點。」

成瑤在他那專注的視線和一本正經的話語裡，只覺得心跳加快。錢恆這種人，到底是靠嘴吃飯的專業人士，一張嘴裡噴起毒來是頂尖級別的，噴起糖來也毫不手軟。

成瑤心裡有些憤憤的，只是終究沒辦法，還是伸了勺子。

好在錢恆沒有再作亂，他十分乖巧地配合著成瑤笨拙的餵粥動作，安安靜靜地吃了粥，陽光把他的睫毛打出一個長而捲曲的陰影，他的臉色還是因為發燒而潮紅著，英俊的臉上仍是病容，手上還有昨天被貓抓後消毒包紮的傷口。

這種模樣，恐怕任誰看到了都會不捨。

成瑤真是沒想到，這世界上竟然有如此狡詐的男人！

為了不讓自己和顧北青吃飯，竟然連自己的肉體都捨得出去！

她掃了錢恆一眼：「你是不是豬？拿自己的身體開玩笑？先是去抓流浪貓，再來把自己凍發燒？錢恆，你是個資深律師了，能不能有點律師的樣子！」

「反正妳留下來了。」錢恆縮著鼻涕，鎮定道：「方式方法不重要，重要的是結果，這和我的辦案理念很一致，只要合法，妳管我用什麼手段贏？」

「要是就算你這樣，我還是不管你的死活，那你怎麼辦？你是準備割腕還是上吊引起我的注意？」

錢恆可憐兮兮地看了成瑤一眼，虛弱道：「妳都不肯留下，那讓我病死算了。」

「別放屁，什麼病死不病死的，少說兩句晦氣話。」

很快，粥就餵完了，錢恆卻死活不肯休息，硬是拉著成瑤要說話。

「想和妳多說兩句。」

成瑤試圖用沒好氣的語氣掩蓋害羞和緊張：「說什麼？」

錢恆的眼睛盯著成瑤：「分手以後每天都很想妳，想聽妳的聲音。」他可憐兮兮道：「能唱個歌給我聽嗎？我頭昏腦脹，只想聽妳唱歌。」

明知道這都是套路，然而成瑤還是忍不住踩進了陷阱。

強大的男人突然示弱，如此可憐兮兮懇切地看向自己，姿態放低的簡直像隻溫順的大型犬，好像無論如何都無法拒絕。

成瑤隨口哼了一支柔和的搖籃曲，而沒多久，等她低頭，才發現錢恆已經不知道什麼時候睡著了。

他的睡姿很規矩，因為生病，好看的眉微微皺著，臉上那層冷淡疏離也被一掃而空，只剩下一種不設防的無辜。

此時此刻，錢恆在安睡，橘貓也在安睡。

成瑤抿了抿唇，輕輕退出房間。

這一覺，錢恆睡了很久，成瑤幾次進房間查看他的情況，最後一次的時候，耳溫槍顯示他的體溫已經恢復正常，燒退了。

成瑤鬆了口氣，才出門買菜。

結果等她回來，家裡變了樣。成瑤差點氣死，本來收拾乾淨的地板，現在竟然全是水和泡沫。

成瑤火冒三丈，一路循著水跡正準備找錢恆麻煩，卻在見到浴室裡的一幕時愣住了。

錢恆非常狼狽，他自己身上的衣服都濕了，也沾滿了泡沫，他此刻一隻手正拿著吹風機，另一隻手裡抱著那隻橘貓。

橘貓渾身還濕漉漉的，一邊的毛隨著吹風機的暖風慢慢蓬鬆開，牠趴在錢恆懷裡還不老實，妄圖掙扎。成瑤隨意一掃，果不其然便在錢恆的手上又找到幾條新鮮的爪痕。

成瑤立刻轉身取了一條毛巾，然後從錢恆手中拿走吹風機，抱走貓：「我來弄貓，你趕緊給我去換衣服。」她責備道：「你剛退燒，別又著涼生病了。」

她語氣微凶地訓完錢恆，才意識到自己近來和錢恆好像有些位置對調，以往都是錢恆訓自己，這幾天自己大概是連帶著把以前積累下來的被訓全部還了回去。

畢竟是前老闆前男友，何況不論怎麼說，錢恆作為家事律師圈裡扛霸子的大佬，自己這樣訓，似乎不太合適……

然而成瑤這邊在自我檢討，被訓的錢恆竟然一點反抗都沒有，十分溫順認命地接受了訓話，還低著聲音道了歉。

「我剛睡了一覺，感覺已經好了，看這貓髒兮兮的，背上有塊毛不知道蹭到什麼油漬，都打結成一團了，所以想幫牠洗個澡，沒想到牠這麼不配合。」

他這麼態度好，頗有種大魔頭改邪歸正的既視感，成瑤一時之間也不好意思再訓，只催促著他去換了衣服，自己也快速地把橘貓吹乾了。

雖然過程不配合，但洗完澡的橘貓顯然十分舒服，成瑤一放開牠，牠就歡喜地蹦開了。

這橘貓洗了個澡，和整了個容似的，毛色變光滑了，顏值大漲，牠剛蹦開，就朝著剛換好衣服的錢恆走了過去。

成瑤站在錢恆身後，正要提醒一句「小心牠撓你」，就見之前還彪悍凶狠的橘貓，竟然撒嬌著喵喵叫著蹭上錢恆的腿，毛茸茸的尾巴親暱地掃過他的腳踝，那模樣，諂媚又狗腿，簡直毫無做貓的矜持！

錢恆愣了愣，看起來有些緊繃，然後他彎下腰，動作有些笨拙但小心翼翼地抱起了貓。這一次，橘貓沒有再掙扎，牠溫順地叫著，任憑錢恆把牠摟進懷裡。

此刻錢恆仍舊背對著自己，只是成瑤內心卻覺得有些難以名狀的情緒。窗外的陽光正打在這個男人背上，讓他一貫線條過分銳利的側臉，也顯出了柔和的弧度。成瑤沒有出聲，她就這樣靜靜地站著，看著錢恆伸出手，輕輕地摸了摸橘貓的背，他的臉仍舊異常英俊到冷冽，然而這一刻的神情卻異常溫柔。

橘貓在錢恆懷裡窩了一下，才動作敏捷地又跳走了。錢恆也才回頭，看到身後的成瑤。

兩個人誰也沒說話，只是眼神輕輕觸碰，然後各自移開。

成瑤咳了咳，率先開口：「原來你這麼喜歡貓呀。」

「沒有，其實不喜歡貓。」錢恆抿了抿唇，他看向地上的陽光光斑，「因為養貓和養孩子一樣，都很麻煩。」

成瑤頓了頓，心裡說不出的有些失望：「你看，你還是不喜歡小孩，那何必改變自己頂客的理念委曲求全，我和你，終究還是不一樣。」

「成瑤，聽我說完。」錢恆看向成瑤，「養貓和養孩子一樣，你有了貓，你要負責牠的溫飽、關愛牠，幫牠定期洗澡、體檢、除蟲，貓病了還要帶去看醫生，因為貓掉毛，你每天還要多出很多打掃房間的工作；貓黏人，你要花時間陪牠，貓也不聽話，你還要負責收拾殘局。雖然已經比養個孩子後續需要的工作量少的多，但以前的我覺得，這已經麻煩到不行了。」

「我很怕麻煩，但我想和妳有未來。」

成瑤輕輕咬住自己的嘴唇。

「我知道妳很難相信我真的做好了準備結婚生孩子，我也無法去找別人結婚生孩子證明給妳看，看到這隻貓的時候，我就想，那我養個貓吧，讓我體會一下那種責任感，我希望妳能看到我的誠意。」錢恆溫柔地看了成瑤一眼，然後看了貓一眼，「養貓和我想的一樣，確實很麻煩，幫牠洗澡就用了我半條命，但養貓也不全是麻煩。牠會撓我，但也會對我撒嬌，會全然信賴地趴在我懷裡，會很乖巧，除了那種責任外，原來也能帶給我很多很好的感覺，我從來沒體會過的感覺。」

「很美好。」

「讓我覺得就算為了這一刻的美好，也甘願承擔那些麻煩。」

「如果換成別的女人，我想我還是會堅持不婚不育，但如果是妳，我願意和妳一起去經歷那些我從來沒想過的事。」錢恆深深地看向成瑤，「如果和妳在一起，結婚生孩子，一定也會帶給我很多美好。」

「成瑤，希望妳給我這個機會，能和妳一起製造美好。」

被錢恆這樣盯著，用如此坦誠的語氣熱烈的告白著，成瑤一時之間也有些手足無措的心悸，她心裡有些亂，又害怕錢恆這狡詐的傢伙乘勝追擊一句攻城掠地，只甩下一句「讓我考慮下」，便飛也似的跑了。

成瑤在社區裡轉了好幾圈，心情越發平和，而錢恆在屋內對著橘貓，心情卻越加煩躁，成瑤還沒回來，他一顆心更是七上八下的忐忑不安。

想來想去忍不住，錢恆拿出手機。

「吳君，你現在在家嗎？」

吳君的聲音出離悲憤了：『不！我不在！』

「我有……」

『送空運的波士頓龍蝦也沒有用！我是真的不在家！』

吳君聲音的周遭有些嘈雜，聽起來像是在遊樂園，錢恆這才信了：「你在約會？你談戀愛了？」

吳君的聲音有些春風得意：『嘿嘿，你想不想知道我女朋友是誰？說出來怕是要嚇死你！』

「不，我沒興趣。」錢恆無情道：「我想問問你，為什麼我已經坦誠地向成瑤表達了我內心的想法，很誠懇地請求她的原諒，她還是沒有任何表態？你之前教我的方法，不太對吧？」

『你稍等，我來問一下我女朋友！』

「你問你女朋友幹什麼？」

吳君神祕兮兮：『見到我女朋友你就懂了，成瑤的問題，交給她再適合不過。』

錢恆雖然有些訝異，但也沒多想，想來女生的感情問題或許確實是同性看得更透澈。

果然，沒過多久，吳君就來支招了：『我女朋友說了，像成瑤這樣的，一旦因為分歧分過手，多少有些心有餘悸，不是你一次剖白心機人家就能放下遲疑的，你得更猛烈一點地追求她，拿出讓全世界都知道我錢恆非你不娶的架勢，拿出讓自己無路可退背水一戰的姿態！讓成瑤澈底對你放下戒備心。』

錢恆掛了電話，沉吟片刻，覺得對方說的確實有那麼些道理，只是怎麼讓全世界知道自己非成瑤不娶？

錢恆盯著橘貓的屁股想了許久，突然靈光一現。

他又一次打給吳君：「上次那個什麼《律師來辯論》的綜藝節目，現在還能參加嗎？」

『能啊。』

「我去。」

吳君愣了愣，隨即解氣地笑，他壓低聲音道：『和你打對手戲的是鄧明。錢恆，我就一個要求，幹死他，別留情。』

「除了成瑤，我什麼時候對人留過情？」

錢恆在隔壁房間賴了三天後，終於沒辦法再謊稱自己別墅還在停水停電，成瑤沒含糊，這次她直接強硬退還了對方下個月的租金，作為違約方賠了對方一個月租金，通知錢恆擇日把東西搬走。只要錢恆在，她就沒辦法冷靜思考，而她需要空間來好好思考未來。

錢恆這一次倒是沒再死皮賴臉，除了明明君恆和金磚之間有一段距離，但錢恆卻頻繁出現在金磚樓下的咖啡廳外，他最近已經安靜了不少。再過了幾天，不知道錢恆在忙著什麼，連樓下的咖啡館，也不怎麼見到他了。

看看，這就是男人，自「真心剖白」才過了沒幾天，人就跑沒影了！成瑤生氣地想，幸好沒答應！錢恆取這個名字，大概是命中缺恆，所以一點恆心也沒有！

幸而成瑤這兩天接連幾個案子開庭，她一心撲在工作上，刻意沒去想和錢恆的事。何況有另一件事更讓成瑤煩心，鄧明那個綜藝節目要上了，如今整個地鐵廣告欄上都是他道貌岸然的照片。

「業界良心——德威事務所合夥人鄧明律師對戰神祕律師嘉賓。」

「相約每晚八點《律師來辯論》，看專業律師之間的巔峰對決。」

成瑤每次進出地鐵瞥到這些宣傳語，都覺得說不出的煩躁，節目組看起來挺有錢，只是一檔律師類綜藝節目而已，廣告竟然打得鋪天蓋地，噱頭還挺大，甚至至今對戰鄧明的另一位律師是誰一直沒公布，把人的胃口吊得老高。

然而又能有什麼驚喜？成瑤在心裡冷笑，鄧明這個人，能力雖說比錢恆差遠了，但比上不足比下有餘，在法律圈也浸淫了這麼多年，有時就算專業上有些短板，也能用豐富的經驗糊弄過去，更何況鄧明這人臨場能力一向強悍，又很會話術，詭辯強大，就算專業內涵欠缺，分析案子靠很多煽動情緒的語詞，也能模糊重點，把大眾的注意力澈底轉移，自己還能維持著風度翩翩業界良心的精英律師姿態。

節目組顯然把寶都押在這位神祕對陣嘉賓身上，然而成瑤確實一點都不看好。有人臉皮能厚的過鄧明嗎？自己這位前姐夫什麼本事，成瑤再瞭解不過，此前鄧明參與的其餘法律類綜藝節目，哪期不是明裡暗裡給對方律師下絆子，激將得對方律師當場發飆儀態全失甚至離場，而自己仍舊雲淡風輕一臉無辜的？

結果這晚成瑤正在家裡看案卷，突然接到譚穎的電話。

『成瑤，快開電視！』

「啊？」

『錢 Par 啊！我的天啊！錢 Par 竟然上場了！』譚穎的聲音充滿激動，『妳快看！那個《律師來辯論》，錢 Par 竟然參加了！』

成瑤有些震驚和緊張，她抿著嘴唇，立刻瘋找起遙控器，然後開了電視。

很快，她就找到這檔節目，可惜因為發現晚，已經進入了主持人總結尾聲的階段，成瑤都沒看幾分鐘，就結束了。

她忍不住，直接上網找了影片。

螢幕裡的錢恆因為節目組的要求對著裝髮型都配合做了妥協，沒有平日工作裡那種冷硬，帶了絲不羈和介於正裝休閒服之間的曖昧，一張臉卻是英俊到鋒利，奶油小生般的男主持站在他身邊，不僅比他矮了半個頭，都有點顯得娘裡娘氣，一張五官在錢恆的襯托下更是泯然眾人。

他是真的英俊。那種漫不經心的英俊。

明明長得很好，本人卻並不在意，反而舉手投足間更有魅力了。攝影師顯然也偏愛他這張臉，即便是主持人在講話，也不斷將鏡頭給錢恆。

然而錢恆雖然顏值能打，不知道怎麼也上了這類綜藝節目，但一張臉卻還是一如既往的臭。

主持人介紹吹捧他，他也只是微微抬了抬下巴，勉為其難地點了下頭。

鄧明在最初發現神祕嘉賓是錢恆有些慌亂後，恢復鎮定朝他示好，錢恆則直接視而不見了。

『哇靠，這麼傲慢？』

『天啊，鄧律師那麼友好，是誰給這個錢恆勇氣這麼跩？』

『長得真的好帥啊！為了他的臉，我原諒他一分鐘！』

『拜託，我看《律師來辯論》是為了看專業的東西，節目組也太噁心了吧，找了這樣的人，臉是真的能看沒錯，但這是檔專業類的節目啊！想紅想出道不會去選秀啊？帶資進組的吧！』

成瑤開著留言，果然，錢恆剛出來，網友就瘋了，大部分看這檔節目的不是法律界人士，對錢恆也不瞭解，果然一下子都關注他的臉。

主持人顯然很想調解氣氛：「我們錢律師看來有些內向，我還以為律師都是侃侃而談的呢。」

「我比較貴，所以輕易不會說話。」錢恆語氣淡淡的，「否則是浪費錢。」

主持人還以為錢恆是開玩笑調整氣氛，他笑著應和道：「是是，您和鄧律師的收費肯定都是同個層級的，頂尖的那種。」

「我和他不是同個層級的。」

主持人笑起來：「錢律師您真謙虛，雖然您比鄧律師年輕，但我聽說您也是業內的……」

結果主持人還沒說完，錢恆就微笑著打斷了他，他輕描淡寫道：「我的時薪收費比他也就貴一點四三倍吧。」

「……」

主持人顯然被噎住了，他下意識看向臉色鐵青的鄧明：「鄧律師……」

鄧明不想和錢恆硬抗，他很快收斂了情緒，笑道：「現在的年輕人開價都比我們激進啊，看來我也是時候漲價了，市場倒逼啊哈哈。」

「鄧明，你比我還小一歲多。」錢恆掃了鄧明一眼，「需要我提醒你我還是你學長嗎？」

「……」

錢恆笑了笑：「不過你是應該注意一下了，最近也太疏於保養了，我一看你也覺得這兩年長得有點太著急了。」

「……」

即便是隔著螢幕，成瑤也能感受到鄧明那種恨不得一刀捅死錢恆的咬牙切齒，他平時行銷溫和儒雅精英律師的形象得了不少虛名和好處，可如今這一刻，終於被盛名所累，被這人設所縛，面對錢恆的毒舌，無法當面反擊，只能打掉牙齒和血吞咽下這口氣，臉上繼續掛上不以物喜不以己悲的淡定笑容。

這一幕，網友們自然又一次瘋了。

『錢恆年紀比鄧明還大？』

『錢恆這人有毒吧？說話怎麼句句帶毒？』

『看不下去了，期待鄧律師在專業上吊打這個錢恆！』

不過這一次，留言裡除了質疑錢恆的人之外，也出現了不同的聲音。

『你們這些攻擊錢恆的人是不是不想活了？不怕錢恆反手一個律師函告到你大小便不能自理？』

『錢Par一出誰與爭鋒！』

『無知小兒，不知道錢恆是著名業界毒瘤啊？』

『還吊打錢恆，整個宇宙裡只有錢恆吊打別人的份啊！我以前跟著我老闆和他打過一次對手，至今我上庭想起他都有心理陰影！看到他就想心梗！』

不得不說，看到鄧明被錢恆堵得一句話都說不出來時，成瑤解氣到不行，她內心隱隱升騰起自豪和驕傲。像是一個小孩，急切地想要把自己的珍寶分享給別人，讓大家都看看，錢恆這個人，有多專業有多厲害，而自己這個最初的寶藏發掘者，為此也與有榮焉。

留言裡還在為錢恆吵吵鬧鬧，而節目裡也終於進行到專業的部分。

節目組在篩選後請出了當事人，為了保護隱私，所有上節目的當事人都會戴上面具，聲音也會由後製進行處理。

第一個對決案例，主持人簡單闡述了案子情況，孫小姐和男友石先生戀愛五年，結婚一年，如今孫小姐堅決要求離婚。而鄧明和錢恆必須從法律上找到最適合的解決方案。

孫小姐和石先生都來到了現場。

孫小姐堅決要離婚：「我和他已經感情破裂了。」

而石先生堅決不同意：「我和她是彼此的初戀，戀愛五年，結婚才一年，感情怎麼可能破裂？」他過去拉了孫小姐的手，「別鬧彆扭了。」

孫小姐卻狠狠甩開他的手，聲音冷漠：「我不是鬧彆扭，我是真的認真想過了，這種日子無法過！」

「我們回家好好商量。」

鄧明整了整領帶：「能跟我講講你們是有什麼矛盾嗎？」

石先生答道：「沒有。」

鄧明看向孫小姐，然而堅決要離婚的她，竟然面對這個問題也沉默了，她沒有回答。

鄧明又圍繞這對夫妻的婚姻生活和婚前戀愛情況問了些問題，每每涉及離婚理由，孫小姐都是想說又最終不說的沉默，而石先生則解釋著兩人感情並沒問題，只是突然的婚姻同居生活讓兩人還不習慣，有些摩擦，但這絕對可以磨合，感情絕對沒有破裂。

鄧明問完，看向錢恆：「這個案子，我站在石先生一方，我覺得這對新婚小夫妻之間有矛盾，但不是不可調和。」

鄧明這一招很賊，先選擇當事人的人自然更有主動權，他問了一圈問題，顯然是分析覺得支持石先生比較安全。畢竟從兩人的對話來看，孫小姐雖然有些憤怒，但對石先生並沒有十分絕情，甚至問到婚姻問題，她也選擇了沉默，看來是還有迴旋餘地，於是便毫不猶豫搶先錢恆一步選擇幫助石先生。

要是在調解分析下，石先生和孫小姐最終和解不再離婚，那這局至少也是和錢恆平手。

錢恆對代理孫小姐沒有異議。

鄧明見事成了，終於有些直起腰來，他自我拔高道：「婚姻和戀愛不同，婚姻裡有很多瑣碎的矛盾，今天碗誰洗，今天誰打掃衛生，共同生活是需要磨合的，大家彼此都應該有耐心，經營婚姻是種後天習得的技能，大家都是第一次，都在慢慢學習……」

他這副理中客道貌岸然的嘴臉，配上誠懇的語氣，自然有不少觀眾支持，留言裡又是一片『還是鄧律師為人實在』、『要是離婚律師都這樣，能挽救多少家庭免於破碎啊』……

錢恆卻沒表態，他只看了孫小姐一眼，絲毫沒有勸說她和解的意思：「他喜歡男人嗎？」

這是什麼鬼問題，全場一下子譁然了。

孫小姐抿了抿嘴唇：「不是。」

「你們交往期間，他是不是對妳非常尊重？你們沒有同居過，也沒有過婚前性行為？但他確實喜歡的是女性，也非常喜歡妳？」

「嗯。」

留言果然刷起了『好男人』、『這樣的男人離什麼婚』……

「他有出軌、吸毒、賭博、嫖娼這樣的行為嗎？」

「也沒有。」

這一次，錢恆一改往日完全不在意當事人離婚理由的冰冷風格，試圖理清孫小姐離婚的動機。他仍舊專業到完美，但同時，那冷冽的臉上，也帶上一些溫情。

對錢恆一個又一個問題，孫小姐的回答裡，石先生都看不出有問題。畢竟錢恆的問題已經囊括了婚姻生活的方方面面了。

而就在大家還沒為上一個問題平靜下來之際，錢恆又放了個炸彈。

他的語氣了然而篤定：「那就是他那方面不行了。」

孫小姐愣了愣，顯然非常意外，然而她的反應，像是被錢恆猜中了真相，而石先生則直接跳了起來：「你是什麼律師，血口噴人！」

錢恆一臉淡然：「有感情基礎，結婚一年女方就堅決要離婚，又有難以啟齒的離婚原因，男方是異性戀，以我的經驗來說，很大機率是性生活不和諧，男方可能有性功能障礙。」他掃了孫小姐一眼，「妳不用不好意思，女性大部分羞於講性生活，好像只允許男性對性有需求，女人有這方面的想法都是罪惡，但性生活本身就是婚姻生活非常重要的部分。妳可以大膽講出來，妳沒有錯。」

一番話，講得孫小姐竟然有些哽咽：「我以前以為他是對我尊重，可沒想到婚後一次同房都沒有成功。」孫小姐非常痛苦，「提出離婚，我也很煎熬，我知道很多人會罵我，女人這方面忍忍就好了，你們有那麼多年感情，就為這點事離婚？可我……我只想要正常的婚姻，我只是個正常的女人啊。我喜歡孩子，我都三十六歲了，再不離婚，以後還能生孩子嗎？」

「男方性功能障礙並不是法定離婚理由，由此導致的感情破裂才是，你們婚前有五年感情基礎，而很多性功能障礙在醫學上並非不能治癒的疾病，所以一審很大機率不會判離婚。所以妳必須證明，妳的丈夫因為有生理缺陷及其他原因不能發生性行為，並且難以治癒，同時開始分居，不要再聯絡，將感情徹底冷卻下來，讓法官能推定你們沒有再和好的可能。」

石先生徹底惱羞成怒，他咆哮道：「妳這個女人喪心病狂！連這種污蔑也說的出口！什麼我不行？我行的很！」

錢恆根本不在乎別人的眼光：「想要證明你行，等你妻子起訴離婚並且提出對你進行性功能司法鑑定時，好好配合，當然法院本身會予以支持，你堅決不配合的話，法院會推定你有障礙。」錢恆涼颼颼地看了石先生一眼，「鬧到訴訟和鑑定這一層，那離婚理由到底是什麼，法院判決書裡會清清楚楚寫上。」

石先生語氣激動憤怒：「你是什麼律師？不知道寧拆十座廟不拆一門婚嗎？讓我們離婚，這對你有什麼好處？」

「我國婚姻自由包括結婚自由和離婚自由，為了和諧穩定而勉強維持婚姻，簡直可笑。」

一個案子，雞飛狗跳，中途數次石先生暴跳如雷，卻被錢恆冷冷地嗆了回去。不論什麼情況，他永遠冷靜、理智而強大，面對這對夫妻的婚內共同財產分割也給出了細緻而專業的建議。整集綜藝，彷彿變成他一個人的舞臺。

鄧明努力想要找回存在感：「錢律師，我覺得你自己因為信奉不婚和頂客，對婚姻太敵意了，對任何婚姻糾紛，從不想有沒有緩解挽救的可能，就直接順著當事人的衝動勸離。但男人有時候就算出現這類問題，很多可能是精神因素，並非是器質性的，比如妻子的一些動作讓丈夫在同房時受到了驚嚇，或者妻子太嚴苛導致丈夫太緊張。大家彼此好好溝通，婚前戀愛五年，有很好的感情基礎，就這麼直接離婚，未免太可惜了。」

「所以說到底，男人不行，都是女人的問題？」錢恆冷笑了聲，「男人有點男人的擔當行不行？像個男人的樣子。」

「男人要是遇到女方不能同房，絕對會果斷離婚，可能連一年都忍不了，換位思考，這種情況下女方選擇離婚，再正常不過。孫小姐給了石先生一年時間，她不是沒有嘗試過溝通，她努力過了。她是受害人，她沒有錯。」

「鄧明，你是個律師，專業點，你要做的是為當事人爭取最大權益，而不是和稀泥，以情動人，大舉什麼和諧友愛的大旗，妄圖道德綁架我的當事人，逼迫她繼續在無性婚姻裡蹉跎人生。」錢恆聲音冷漠，「你平時辦的家事案子，和解率是最高的，你也為此自豪，還到處宣傳自己是業界良心，維護婚姻，對破碎的婚姻起死回生。但你有沒有統計過，你那些和解完的婚姻，後面又有多大的比例再次破裂？」

「以情動人調解夫妻關係，那是調解員做的事，律師要做的是以法護人。你是個法律工作者，不要像個業餘的鄰居大媽。專業點。你這種用道德和情感去對待婚姻案件的態度，一點也不值得宣揚，我們律師不是這樣的。」

鄧明的臉色宛如吃了三噸屎那麼臭，主持人顯然也被錢恆這slay全場的氣勢完全鎮壓成一隻弱雞鵪鶉，現場已經是錢恆在控場。

「現在我的當事人已經決定離婚，你能不能不要再試圖說服她了？做點你該做的事，想想怎麼接我的招，在離婚時怎麼為你的當事人爭取財產？」

這一次，留言再次刷了起來，只是風向已然與開始時截然不同。

『我的媽啊！錢恆我要嫁給你！』

『真的說出了女性的痛點啊！好感動！』

『女性天然在婚姻裡被苛責，所以我不想結婚啊！』

『錢Par超神！講財產分割的時候我都愣住了！怎麼有人能分財產都分的這麼嚴謹細緻專業還性感到死哦！如果是錢Par這樣和我離婚分財產，我完全受不了，錢願意全給他嚶嚶嚶。』

螢幕裡的錢恆並不知道這一切，他只是保持著自己的風格，我行我素。

他挑眉看了鄧明一眼：「還有誰和你說過我不婚頂客？」

鄧明皺了皺眉，有些疑惑：「你不是……」

「我想通了，我這樣優秀的基因不傳承下去是犯罪。」錢恆鎮定地像是在解說法律，「我現在有想要結婚和一起生育撫養後代的人。」

在錢恆的強勢介入下，石先生終於基於男人最後的臉面，放棄去法院訴訟，同意了協議離婚，與孫小姐現場協商起財產分割，錢恆和鄧明針對財產分割又打了來回幾局對手戲，雖然鄧明努力挽回尊嚴，可在錢恆面前，真的只有被吊打的份。

這個男人專業到可怕，也冷靜到可怕，操作起案子來簡直是教科書級別的。

成瑤只覺得心如擂鼓，又來了，那種強烈的心動感覺，那種為這個男人再次傾心的無法抗拒感。

留言說的太對了，錢恆這個男人，真的是太有毒了。

後面錢恆還說了什麼，成瑤通通沒聽進去，她心裡只縈繞著錢恆認真的那一句「我現在有想要結婚和一起生育撫養後代的人」。

他為什麼改變主意參加這種平日裡都看不上的綜藝節目？是為了自己嗎？

只是一個綜藝節目而已，成瑤卻看得情緒如雲霄飛車般跌宕起伏，看到錢恆吊打鄧明時的暢快淋漓，看到錢恆嘴裡噴毒時感同身受的牙癢癢，看到錢恆說自己不再不婚頂客時的悸動。

即便不想承認，但這個男人，給自己太多情緒。擁有自己太多第一次。偏偏還如此狡詐，用這種方式，讓自己怕是下半輩子都忘不掉。

成瑤咬著嘴唇，想以「錢恆」為關鍵字查詢，只是剛打開搜詢欄，就發現這兩個字已經上了熱搜。

錢恆這個毒瘤猶如毒品一般在一夜之間席捲了網路，占據了無數的流量。

成瑤沒想到，有朝一日他還真的C位出道了……

社群也好，聊天動態也罷，全部被錢恆占據了。論壇為錢恆竟然還成立了討論區，甚至還有人整理出了《錢恆語錄》……

《律師來辯論》一下子紅了，節目組在錢恆開口時本來已經絕望了，根本沒想到峰迴路轉，這直播節目收視率和討論度竟然一路扶搖直上，錢恆獨特的劇毒風格竟然擁簇者眾多。

『錢恆的嘴，真是秀操作的鬼！但是這種毒舌王為什麼還有點萌？可能顏好？』

『以前我還挺喜歡鄧明的，但現在他往錢恆身邊一站，就覺得他像個鳳凰旁的禿毛雞，長得不如人家，專業能力還被人家甩幾條街，脫粉了！』

『你們不覺得鄧明看起來挺虛偽的嗎？就很假啊，感覺有點像那種表面滿口仁義道德背地裡其實陰狠歹毒的變態？』

『我就喜歡錢恆這種妖豔賤貨！和外面那些單純不做作的男人不一樣！愛他！』

『好希望我有錢恆的劇毒屬性，這樣我回家過年哪個親戚還敢催婚催育拐彎抹角問東問西，我噴得她連媽都不認識！』

『一想到法律界有這樣的業界毒瘤，突然對我國法制充滿了希望是怎麼回事……』

『不知道他想要結婚生孩子的人是誰，好奇死了！這女的上輩子拯救了銀河系吧？』

『樓上醒醒！不應該是上輩子毀滅了地球嗎？』

只是伴隨著錢恆的口碑上升，鄧明就不太好受了。他第一次遭遇了人生滑鐵盧，在自己一貫擅長的綜藝裡栽了跟頭。往日他參與的那些節目，對陣的律師不是不夠專業不夠圓滑，就是不夠瞭解年輕人的心理，真的是乾巴巴地分析案件，完全不能接梗，沒有絲毫娛樂氣質，更不懂包裝自己，也不懂引導操縱輿論。因而鄧明幾乎是一帆風順靠著把自己娛樂化，得到巨大的利益。

可如今在錢恆面前，他毫無勝算。他沒想到錢恆的舞臺表現力和控場力那麼強，專業英俊又冷酷，連帶他那張嘴，都成了萬千女性愛他的理由。

第一次，網路上的輿論讓他無法控制，每分鐘都有文章在對比他和錢恆，越來越多的人倒戈，質疑他專業能力的聲音越來越多，甚至因為這波輿論波及，他正在洽談的幾個十億級標的額的客戶，都選擇轉向別的事務所。

《律師來辯論》這期節目每個法律主題會有三個案子，隔天直播一集。自己才和錢恆錄製了一期，自己的業務就已經遭到了如此大的負面影響，還剩下兩個案子的對決，鄧明簡直不用想，也知道錢恆會怎麼把自己比下去。

他看著網路上的那些討論，臉色越來越陰沉。

幸而，錢恆也不是沒有弱點，鄧明的事務所裡最近有個君恆的前員工李萌跳槽過來，說了不少君恆的八卦。

「錢律師可喜歡成瑤了，為了他不惜和我們新加入的女Par反目了，我就是因為和成瑤不合，才無法在君恆待下去的……」

鄧明斟酌著李萌話裡的資訊，終於計上心頭。

另一邊，錢恆意料外的爆紅了，成瑤沒想到自己竟然也有了一波熱度，更讓成瑤沒想到的是，自己的熱度並非來自錢恆，而是來自陳林麗案。

成瑤的這波熱度並沒有錢恆那樣全網鋪開，只是在法律圈裡流傳開，然而討論度卻十分大，在行業內幾乎是轟動性的效果。

陳林麗和黃苒在和解後，接受媒體採訪，披露了案件解決過程，並特地感謝成瑤。幾個法律專業雜誌都花費大量篇幅講述這個案子的辦案過程，很多案例庫也將這個案子作為經典案例收錄，一些法治頻道相繼播出了這個案子，不少著名法律專欄作者對這個案子給予高度評價。

歷來涉及如此大標的額的遺產糾紛，就沒有不撕破臉皮洋洋灑灑官司打上幾年打到精疲力竭當事人內心充滿陰鬱仇恨的，這是唯一一個如此大標的額，卻以當事人雙方都滿意的溫情方式和解的遺產糾紛案，甚至和解後，雙方當事人還共同成立了慈善基金。陳林麗和黃苒這對婆媳，不僅冰釋前嫌，達成了和解，甚至在和解裡，衍生出了愛和溫情。這個案子做到了法律和情感的高度統一，讓雙方當事人達成了情感和法律上的雙贏。

成瑤這個名字，在一夜之間在業內傳播開來。甚至有專業人士評價成瑤能憑藉這個案子拿到年底十佳青年律師的稱號。

而同時，成瑤不知道的是，法律八卦論壇LAWXOXO上也出現一個討論這個案件的文章，只是相比其餘正統法律圈對案子的分析，LAWXOXO上討論的角度，就顯然很非主流了。

1L：『你們知道促成陳林麗黃苒和解案的成瑤是不是單身啊？看到她的照片，怎麼能這麼好看！就問問你們會不會想追這種女孩？』

2L：『以前開庭時見過一面，是真的漂亮，太漂亮了，所以不敢追！』

3L：『追啊，可惜我不認識她，誰有她聯絡方式？』

4L：『她真的好厲害呀，她的對手是知名業界毒瘤錢恆啊，錢恆此前從沒有任何案子和解的，這是第一個，竟然和錢恆交手還能平分秋色，說服他促成和解，太厲害了。』

5L：『成瑤以前是君恆出來的呀，好像就是錢恆手下的，師夷長技以制夷啊，哈哈哈哈，錢恆也有今天吶。』

6L：『我怎麼聽說錢恆和成瑤交往過？』

7L：『沒有吧，成瑤不是單身嗎，我聽說她和金磚的顧北青是一對，人家是情侶檔，你看都一起接案子的，出雙入對神仙眷侶啊。』

8L：『偷偷爆個料，成瑤確實和錢恆有過一段，但是顧北青是成瑤學長，也是初戀前男友，顧北青一出現就橫刀奪愛，成瑤就把錢恆踹了，反正這三個人三角戀，顧北青和錢恆還為了成瑤打過架……』

9L：『天啊！樓上！勁爆了！我想問問誰打贏了？』

錢恆一行一行掃著這個文章討論，臉色陰沉。難得今天錄製完了有些空，隨手開了法律八卦論壇放鬆放鬆，竟然看到這個文章。什麼顧北青是初戀男友？放屁，自己才是！還顧北青和自己打架？他能打得過自己？誰打贏這種問題還用問？

當代社會，有些學法律的年輕人簡直是頭腦簡單，連這種謠言都會信，還興致勃勃地傳播，法治社會真是讓人看不到未來。

錢恆心下冷哼，飛快地註冊了一個帳號，登錄論壇，從主觀客觀各個方面條理清晰地寫了長達一千字的闢謠回覆。

寫完，錢恆心情才舒爽了點，點擊了傳送鍵。

只是……

只是竟然沒傳出去！螢幕上跳出一行字——「您的註冊時間太短，帳號等級沒有留言發文許可權」。

「……」

錢恆沉默許久，終於想起熱衷在這論壇八卦的吳君。

「吳君，你 LAWXOXO 有帳號吧？」

「有啊！」

「等級夠嗎？能留言嗎？」

「我是大長老等級了！當然能！」

「那借我去闢個謠。」

「……」

迫於錢恆的淫威，吳君最終心不甘情不願地貢獻了自己的帳號。錢恆一分鐘也沒浪費，很快就把自己那段闢謠分析傳了上去。

只是當他以為輿論會改變方向，大家會熱烈擁簇他的真相時，現實生活卻給了他暴擊。

212L：『樓上那個所謂的闢謠者，明顯就是造謠啊，成瑤這種小仙女會喜歡錢恆這種老狗？呵。』

213L：『傳錢恆和成瑤謠言的傻子祝你不孕不育！』

214L：『成瑤就算和錢恆談過也肯定是被錢恆這種毒瘤騙的，成瑤太年輕了，不知道錢恆這種中老年男人的狡詐。』

215L：『我聽君恆的朋友說成瑤和錢恆確實交往過，但我覺得他們分手一定是因為錢恆性冷感。』

這一晚，一分鐘折合人民幣一六六點六六六無窮的錢恆，盯著電腦，認真嚴肅地考慮著是不是要給 LAWXOXO 發律師函。

因為陳林麗案突然在法律圈有了點小名聲的成瑤最近很忙，不少事務所向她拋來了橄欖枝，想挖她的，試圖認識她的，背後議論她的，當面恭維吹捧她的，形形色色不一而足。甚至還有不少媒體記者不知從哪拿到成瑤聯絡方式，糾纏著想要採訪。

幸而顧北青幫忙擋住不少騷擾，可惜有些媒體人實在不懂尊重人，為了拿到百億遺產糾紛案第一手的資訊源，竟然開始上下班路上圍堵成瑤。沒辦法之下，成瑤這幾天都只能靠顧北青接送上下班。

兩個人一路一邊討論下案子，一邊回憶起大學時的趣事，有說有笑。

到了成瑤的社區後，顧北青把車停在社區外，還執意要送成瑤上樓。

「都送到這裡了，索性看著妳進屋，這樣我也更放心點。」

冬天天黑的早，其實雖只是傍晚，但天色已經黑透了，成瑤一邊和顧北青聊天，一邊往自己住的地方走去，平時這麼冷的天，樓梯間裡都不會有人，但今天也不知道怎麼的，她大老遠就看到樓梯口站著個人影，一動也不動地站著。

大概是那個無奈的爸爸又在等著自己調皮晚歸的兒子吧。不過這個年輕爸爸有這麼高嗎？成瑤有點疑惑。

直到她走近了，最終知道了緣由。

黑著臉站在樓道口的，不是錢恆是誰？

錢恆穿著大衣，長身玉立，夜風把他的髮絲吹得有些凌亂，他就這麼站著，懷裡還抱著那隻越來越肥的橘貓，身後放著行李箱，他看向成瑤，看向成瑤身後的顧北青。那眼神，彷彿是綠帽丈夫淒慘地帶著孩子苦苦等著出軌妻子回頭是岸。

這一次，倒是顧北青皺了皺眉先開口：「錢恆？你有什麼事嗎？」

錢恆卻只瞟了他一眼，根本無視他的問題，看向成瑤：「我忘了帶鑰匙了。」

「什麼？」

「家裡的鑰匙，我忘了帶了。」

比起顧北青的震驚，成瑤也有些茫然：「啊？」

「既然妳回來了，那一起回家吧。」

這下，成瑤終於反應過來：「你今晚住這裡？你別忘了，我已經退還你租金還做了賠償了，你已經不是租戶了！」

錢恆抿了抿唇：「這個月還有五天，我下個月才算正式退租，這個月我還能合法居住。」

「……」

「走吧。」錢恆看了看成瑤，「我今天穿的少，好冷，想趕緊回屋裡換件外套。」他說完，又看了顧北青一眼，「哦，謝謝你送成瑤回家。」

等等……你這個語氣，怎麼和正房鬥小三似的？

直到成瑤被錢恆帶上了樓，她還有些茫然。錢恆倒是一點也不見外，他放下貓，動作熟練地倒了貓糧，揉了揉橘貓的頭，然後拿出貓窩，準備好貓砂。幾天時間，他已經像個熟練的鏟屎官了。

這個此前在電視裡耀眼決斷的男人，如今再次真實地出現在自己面前，仍舊耀眼優秀，但不再有節目裡那樣的咄咄逼人和居高臨下。在成瑤面前，他有一種奇異的溫柔。

「節目，看了嗎？」

錢恆的樣子有些不自然，耳朵又紅了。

成瑤想起這男人死皮賴臉竟然這五天合租還要賴回來，自己又要不平靜，有些賭氣：「什麼節目？沒看。」

「……」

「最近忙著做案子，還要和學長吃飯，晚上哪裡有時間看節目？何況我以前的老闆教育我，在能燒錢喝進口礦泉水之前，有限的時間怎麼能浪費去看綜藝？」

結果自己這句話說完，錢恆反而笑了，他一掃剛才低沉的氣息，抬頭看向成瑤，目光灼灼：「妳看了。」

成瑤抿著唇：「沒有。」

「不然妳不會知道是綜藝節目。」

「我亂猜的！」

「妳沒有和顧北青約會，而是看了節目，我很開心。」

成瑤瞪著錢恆，天底下怎麼會有這麼狡詐的男人啊？問題連這男人養的貓都十足狡詐，成瑤正準備跑進房間冷靜一下，這奸詐的橘貓就瞅準時機跳進自己懷裡，討好又撒嬌地喵喵叫著。

「明晚八點有第二期節目，妳會看嗎？」

成瑤嘴硬道：「不會！我才不會看你！」

「可明晚有很多對妳說的話。」

成瑤腦海裡默念著「不聽不聽王八念經」，然而錢恆的每一個字，還是鑽進她的大腦。

「我是為了妳才參加節目的。」

「我的心裡從來沒有和妳分手過。」

「我討厭顧北青。他長得一看就不旺妻。成天臉白得和吸了毒似的，年紀輕輕可能就腎虛。」

「李成軒這樣撬我的牆角，我下個案子遇上他絕對不會給他面子的。」

成瑤簡直哭笑不得，她瞟了錢恆一眼：「那我還把你踹了，是不是也要收拾我一下？」

「妳除外。」

「我看你這麼橫，把我一起收拾了唄。」

錢恆轉開了視線：「捨不得。」

簡簡單單三個字，卻把成瑤堵得一句話也說不出了。

錢恆這男人，端著的時候特別端著，但不要臉起來又特別不要臉，撩人於無形，一個字不帶情愛，然而仔細品品，又字字含情。

高級，真他媽太高級了。

伸手不打笑臉人，他這樣可憐兮兮真誠又無辜的模樣，成瑤都不好意思趕人。真是奸詐的透透的。

她心裡煩亂，恰好這時，顧北青的電話來了，成瑤把橘貓塞回錢恆手裡，就跑回房裡接起電話。

錢恆倒是沒來敲門，只是成瑤和顧北青還沒講上幾句話，客廳裡便傳來東西哐的一聲倒地的聲音。

成瑤抿了抿唇，沒理會。

「砰——」

成瑤努力保持鎮定。

「鐺——」

成瑤捂住耳朵。

「梆——」

成瑤終於忍不住了，她掛了電話，開了門：「錢恆，你在幹什麼？」

廚房裡，錢恆正站在一堆摔在地上的鍋碗瓢前。

他無辜地看了成瑤一眼，理直氣壯道：「貓幹的。」

「……」

成瑤惡狠狠地瞪了他一眼，轉身撥回去給顧北青：「學長，剛才有點事，我們繼續討論一下……」

結果她剛轉身準備離開廚房，錢恆就低低叫了一聲。

「切到手了。」

成瑤一看，錢恆還真的切到手了，指尖正不斷地往外冒著血。一時之間，她根本顧不上和顧北青打電話了，趕緊掛了電話，手忙腳亂地幫錢恆找OK繃。

貼完OK繃，她準備繼續和顧北青聊下案子，結果沒講幾句，錢恆又期期艾艾地出現了。

「能不能幫我泡個泡麵？」他伸出受傷的手，相當無助的模樣，「麻煩妳了。」

這……只是跑個泡麵而已，成瑤覺得作為合租室友，這樣的要求無法拒絕，她不得不又一次掛了電話。

結果家裡他買來的泡麵是超辣口味的。

錢恆看了泡麵上「激辣」兩個字一眼，睫毛輕顫，識大體道：「我買的時候沒注意。不過沒關係，妳幫我泡完，就去跟妳學長打電話吧。畢竟我也不是完全不能吃辣，大不了吃過以後肚子不舒服一陣子吧。」

成瑤這人脾氣就是吃軟不吃硬，錢恆要是這時候命令自己煮麵，成瑤多半不樂意，然而錢恆這麼懂事地不想麻煩自己不想打擾自己電話，寧可吃激辣泡麵，她反而不太好意思。

「你胃不好，少吃這種辣的。上次就想說你了，以後不許碰辣的。」

幫人索性就幫到底吧，成瑤自暴自棄地想，算了，還是直接煮個雞蛋麵給他吧，反正也沒多久。

結果吃完麵後，錢恆又看著桌上的柳丁蘋果，他一句話也沒有說，然而那種眼神，讓成瑤覺得自己不幫他削太過分了。畢竟只是吃幾個水果而已，又不是要吃滿漢全席。

結果被錢恆這麼一番折騰，時間也不早了，成瑤一看，也不合適再打電話給顧北青了。

回房間之前，錢恆又叫住成瑤，他咳了咳，努力表現得平靜鎮定，遞了張東西給成瑤：「明晚我去直播，這是現場入場券，VIP前排座位。」

成瑤下意識逃避：「明晚我有事要……」

錢恆的手輕輕地按住成瑤的嘴唇：「如果妳還願意給我一次機會，去看我的現場。」

「妳已經有很多粉絲和迷妹會去現場了，還有後援會呢。」

錢恆側開了頭，他看向不遠處的窗戶，聲音淡淡的，很輕又很重——

「我又不在乎她們。」

「我只在乎妳。」

雖然很不爭氣，但這一晚，成瑤根本沒睡好，縈繞在腦海裡的便是錢恆委屈兮兮的模樣。第二天起來，不出預料，鏡子裡的自己掛著兩個黑眼圈。倒是錢恆精神百倍，搞得和黑山老妖吸過人精氣似的。

好在兩人去不同事務所上班，終於可以分道揚鑣。成瑤進了金磚，才像是離開了干擾磁場的指南針，重新準確運作起來。

只是很快，她的心情又被狠狠地吊到了半空中，路過事務所茶水間時，成瑤聽到幾個實習生的對話。

「你們看那個文章了嗎？」

「就扒皮錢恆的文章啊，那個發文人梳理了他以前辦的那些在道德層面上有爭議的案子，說他毫無道德底線，為了錢什麼都願意幹，然後他爸還被曝光是A市首富，說錢恆早年贏的那些案子都是靠家裡花錢塞給法院擺平的……」

「不說錢恆，你看關於鄧律師的文章了嗎？果然人怕出名豬怕肥啊，這兩個人一上《律師來辯論》，熱度一上去，結果都被好事者扒了隱私欸。」

「鄧明什麼事？」

「就他前妻坑他那些事啊，他前妻可真是丟盡我們女人的臉，看完覺得鄧律師真不容易，出身寒門，前妻一邊和他談戀愛結婚一邊又覺得自己是城裡人高他一等，各種看不上鄧明，花著他的錢養情人，還因為重感情寧願被前妻設計到淨身出戶。」

「這麼可憐啊？那真是不容易，尤其遭遇這種事以後鄧律師還能保持這種儒雅好脾氣和風度，這才是大男人吧。你這樣一說，我突然對鄧律師印象越來越好了……」

幾個實習生抱著聊八卦的心態聊著，然而成瑤聽完卻不平靜，她的心漸漸下沉，她拿出手機，有種不妙的預感。

鄧明自然不會躺著任憑錢恆吊打，他無法在節目裡光明正大的贏，但就像成惜之前提醒過自己的一樣，以他的報復心和虛榮心，絕對會在背地裡玩陰的，弄些下作的小動作。

盧建一案，雖然鄧明落敗，但因為他的詭辯和成功甩鍋，這個案件根本沒觸碰到他的既得利益，他對外還是那個光鮮亮麗的「業界良心」，而另一方面，雖然成瑤不願承認，但在鄧明眼裡，自己恐怕連做他對手的資格都沒有，因此鄧明最終連報復都懶。

然而錢恆不一樣，錢恆太強大耀眼了，他像是最珍貴華美的碧玉，鄧明在他身邊就像是魚目混珠的那顆暗淡的死魚眼，沒有任何人對上錢恆不會生出壓迫感和對手感的。尤其錢恆這一次如此不留情面地拆了鄧明的臺，鄧明果然又一次開始玩弄起了輿論。

而成瑤不得不承認，在玩弄輿論和大眾心態上，鄧明真的從未失手。

所謂的扒皮發文是在凌晨開始發酵的，先是有匿名的「知情人士」半遮半掩地在所有關於錢恆的熱門文章裡留下語焉不詳的爆料——「錢恆這個人人品差，毫無三觀道德，只為錢折腰，並且橫行至今都是靠強大可怕的家庭背景」。

接著又是各種如雨後春筍冒出來的「知情人士」，號稱自己曾是鄧明鄰居的、號稱曾是鄧明和成惜校友的、號稱曾是鄧明兄弟的……然而不論披著什麼樣的皮，這些「知情人士」的口徑都非常統一。那就是他們都曾真實地見證了溫和儒雅的鄧明是如何被前妻利用拋棄的。雖然隻言片語，然而這些「知情人士」輿論引爆點卻踩的狠準穩：窮小子愛上孔雀女，為了孔雀女不惜拼命熬夜到身體崩潰住院，為孔雀女買了房車，奉上所有薪水，以為終於逆襲能過上好日子，卻慘遭孔雀女的劈腿……

這完全激起了廣大平民百姓的激憤。在這個世界上，大部分還是非富非貴的普通人，這些人都靠著努力就能逆襲來苦苦支撐自己去忍受糟心的工作。鄧明的故事幾乎給了他們絕對的代入感，一個老實人奮鬥了半生卻被險惡有心機的女人毀於一旦，這完全擊中了民眾的憤怒點。而鄧明遭受如此巨大痛苦後，竟然沒有變得歇斯底里，而是還能保持溫和儒雅在職業道路繼續發展，最終再次收穫了幸福有了新的家庭和孩子，這簡直是打臉爽文的標準範本，讓每個人都有種感同身受的揚眉吐氣。

而相比鄧明，錢恆的處境就差得多了，他太優秀了，長得優秀，身材優秀，專業能力優秀，賺的優秀，竟然出身家境還優秀，這完全戳中了很多直男癌酸民的痛點，並且成功吸引到仇富教教眾。

在這種輿論裡，又有人不經意地把錢恆辦理過的案件添油加醋地描述了一遍：他代理出軌的富商，並且讓可憐的原配淨身出戶；他代理別有心機的小三，讓對方的私生子贏得了遺產；他代理雞賊油膩的老男人，在信託案中打敗溫柔前妻……

此時，又有「路過群眾」盤點了鄧明經手的案子：幫孤寡老人向黑心兒子要撫養費；幫被拋棄的原配爭取渣男前夫離婚時隱匿的財產；幫合法配偶追討婚內被小三揮霍的夫妻共同財產……

普通民眾對法律和律師職業大多缺乏理性的認識，只能從道德層面認可正義和非正義，他們眼中的非正義非道德就是該攻擊的糟粕。而他們更不像成瑤這樣，知道鄧明那些案子，不過是他定期用來構建自己人設的遮羞布，實則在利用這些案件贏得美名的背後，他接案子才只看標的額大小，並且為了贏罔顧法律不擇手段。

如《烏合之眾》裡說的一樣，群體追求和相信的從來不是什麼真相和理性，而是盲從、殘忍、偏執和狂熱，只知道簡單而極端的感情。

鄧明對輿論的心理瞭若指掌，幾乎是一擊即中。

一夜時間，輿論往完全不同的方向爆炸式發展。明顯的引導加上水軍，錢恆一下子在網路上名譽掃地，坐實了「業界毒瘤」的名號；而鄧明則憑藉著「悲慘過往」，成功口碑逆襲，收割了一波混合著同情的好感和加油鼓勵，再一次坐穩了「業界良心」的寶座。錢恆和鄧明兩個人私生活鮮明的對比，一下子顛覆了兩個人的口碑。

成瑤看著這些文章，心裡是巨大的憤怒，鄧明太卑鄙無恥了，辦案的時候如此，連上個綜藝節目也是這樣，贏不了，就用下作的手段詆毀對手。

『錢恆真的好噁心啊，嘔吐，祝他以後絕育還要得尖銳濕疣和艾滋，滿臉長菜花！』

『鄧律師的前妻成惜哦，別看表面長得很端莊，這種女的其實內心欲望很強的，一到床上淫蕩的很，給你們看一張我扒來的照片，對照著我分析面相給你們聽啊。』

因為白星萌案，成瑤也不是沒經歷過網路暴力，然而這一刻，看著這些詛咒和惡意臆斷，她才發現，這比自己被罵還不能接受。

錢恆不是這樣的人，成惜更不是。

直到這一刻，她無法再騙自己。她在乎成惜，也該死的在乎錢恆。這兩個人，對自己同樣重要。

為了成惜和錢恆，成瑤覺得自己也該做點什麼，不能就這樣坐以待斃。

只是還沒等她想出辦法，就從李成軒那裡得知一個噩耗。

午休的時候，李成軒神神祕祕地走到成瑤身邊。

「成瑤，妳覺得我是不是應該換個髮型？這個髮型上電視，太普通了吧？」

「上電視？」

李成軒很得意：「那個《律師來辯論》妳知道嗎？最近關注度火爆，今晚那期，節目組邀請我和鄧明對壘。」

成瑤皺了皺眉，愕然道：「不是錢恆對壘鄧明嗎？」

「錢恆那傢伙啊，最近在網路上被罵慘了，可能承受不住輿論吧，準備違約賠償以後退出第二期的錄製了，早上節目組找到了我，求爺爺告奶奶讓我去救場呢。」

李成軒說者無心，成瑤卻聽者有意。

錢恆這樣的男人，絕對不會存在因為無法承受輿論和罵名就退出的道理，他性格非常強硬，因為強大，並不在乎外界的評價，世界就算都與他為敵，他也有一種那就毀了世界的氣勢。

所以到底是發生了什麼事？

成瑤忍不住，她躲進會議室裡，猶豫再三，還是按出那串熟悉的號碼。自分手後，她已經刪除了錢恆的號碼，只是事到臨頭，根本不需要回想，自己就撥出了號碼。

有些東西，就算刪掉，還是記著。成瑤一時之間對自己有些恨鐵不成鋼的自暴自棄。

電話幾乎是秒接，那頭是錢恆低沉的聲音：『成瑤？』

撥出號碼的時候不緊張，現在反而緊張了起來，成瑤下意識岔開話題緩解尷尬：「你今天很閒嗎？接得這麼快？」

『妳的鈴聲是特別的。』

錢恆就是這樣，這個男人有時候直男得過分，但有時候又太懂說話的藝術，他並沒有說別的，然而只是這樣一句話，那些暗含的情緒已經呼之欲出——只有妳，我才接的這麼快。

成瑤努力甩開心裡的情緒，直奔主題講正事：「今晚的節目，你為什麼要退出？」

錢恆顯然不想說真話，他的聲音淡淡的：『突然不想去了，沒什麼意思。』

「可你不是還邀請我晚上去現場？」

錢恆頓了頓，聲音略微低了下來：『妳又不會去。』

「我會。」

錢恆那端安靜了。

「你只要上場，我就會去。」成瑤索性也豁出去了，「鄧明在背後使了那麼多手段，你不去不是正中他的下懷？白白便宜了他，搞得你好像不戰而敗一樣，還黏上那麼多壞名聲。」

『我不在乎名聲。』

「我知道你不在乎。」成瑤深吸一口氣，她沉著臉，「但是我在乎。」

錢恆像是愣住了，過了片刻，他才反應過來般：『什麼？妳剛才說什麼？』

「我說我在乎。」成瑤忍住臉上的燥熱，一本正經道：「你現在勉強也算是我的追求者之一，被名聲這麼爛的追求者追求，我臉上也沒光。」

這一次，錢恆的反應就很快了：『之一？除了我還有誰？顧北青？是不是還有別人？用「之一」的話，最起碼在三個以上了……』

這位朋友，你能不能先關注一下重點！

「你晚上要繼續去錄製。」成瑤不得不自己轉回了正題，「我不想看到鄧明那種嘴臉的人還能繼續沽名釣譽地走下去，我想在這麼多觀眾面前看著你把他打得落花流水人設盡毀。」

『成瑤，我不能去。』

「為什麼？」

『鄧明打電話給我了。』

「什麼？」

錢恆頓了頓，聲音冷靜鎮定，只是內容卻讓成瑤心裡炸了——

『鄧明說，如果我今晚執意繼續參加錄製的話，他會對成惜進行打擊報復，會公布更多成惜的隱私資訊、照片、目前的工作地點，包括她的手機。妳知道的，我國的隱私保護做的一直不好，就算被洩露了，想去追責維權，不僅很難，還是個很漫長的過程。我知道成惜之前和鄧明離婚後，就遭到了很大打擊，聽吳君說一度有些憂鬱，現在剛狀態好了一點，如果鄧明這次這樣操作，我怕成惜會受很大傷害。』

成瑤心裡滿腔怒火，鄧明竟然如此無恥下作：「他哪裡來的自信，覺得拿成惜就可以威脅你？錢恆，你不要管……」

『成瑤，他知道我喜歡妳。』錢恆安靜片刻，才加了一句，『很喜歡，喜歡到為了妳可以改變原則。』

『成惜是妳的姐姐，我不能不管，我不希望妳受到傷害，也不希望妳的家人受到傷害。』錢恆的聲音仍舊淡淡的，『至於我自己的名聲，我又不是靠名聲才能接到案子，何況我不早就是業界毒瘤嗎？』

「你不是，鄧明才是。」成瑤的內心是巨大的決心：「錢恆，去參加，去為自己正名，去為我們這個律師的職業正名，去告訴全世界，什麼樣才是真正專業的律師，什麼樣才叫職業素養。」

錢恆的聲音沉吟片刻，才低沉道：『成惜……』

「錢恆，我不需要你的保護，我的家人我會來保護，我不想要你為了保護我犧牲掉自己，白星萌的案子也好，唐兵的事也好，都是你在保護我。禮尚往來，所以這一次，換我來保護你吧。」成瑤的聲音帶著笑意，堅定而決斷，「請你在節目裡狠狠狠狠地打敗鄧明，讓他這輩子一想到綜藝節目不僅不敢再作秀，還永遠有掃除不掉的心理陰影。」

「至於其餘的，I got your back。」

錢恆不希望自己的家人受到傷害，成瑤又何嘗希望錢恆因此受到傷害，強大不代表著就該承受更多的壓力，她不希望錢恆頂著這種被人誤解的名號，更不希望他因為今晚的退出被人詬病沒膽量。成惜的事，她心中已有了解決的方法，只需要徵得成惜同意了。

掛了錢恆的電話，成瑤深吸一口氣，就打了電話給自己姐姐成惜。

「姐……」

成惜卻先一步打斷了她：『瑤瑤，我正想找妳。』她頓了頓，聲音卻堅定，『我準備起訴鄧明。』

成瑤愣了愣，繼而便是巨大的激動和驚喜：「姐！」

成惜的決定和自己的計畫不謀而合！

『我看到網路上的文章了。』成惜聲音帶了輕巧的嘲諷，『對鄧明來說，我這個前妻還真是塊磚，哪裡需要往哪搬。』

「姐，對不起，這次鄧明又突然把妳拉出來也算是有我的原因……」成瑤不知道如何解釋，「怎麼說呢，就最近有個法律類綜藝節目叫《律師來辯論》，鄧明參加了，然後我，不是，就錢恆……」

『瑤瑤，我看了《律師來辯論》。』成惜卻打斷了成瑤，『我也知道錢恆是誰。』

這下成瑤反而有些驚訝：「我以為妳不會看鄧明參加的綜藝節目。」

生平第一次，成惜談及鄧明，語氣裡不是壓抑和逃避，而帶了輕鬆和解氣：『別的不會看，但狠狠挫敗他打他臉的，我怎麼能錯過？』

自和鄧明離婚後，成惜很長時間無法走出來，倒不是說對鄧明餘情未了，而是成惜對愛情和婚姻的信仰都被鄧明澈底打碎了。校園初戀，自己付出多年的愛人，竟然如此冷血絕情，成惜為此差點喪失了認識陌生人的興趣，幾近失去了與外人溝通的能力。

她長得漂亮，為人又溫婉，離婚後，並不是沒有人追求，只是在離婚後很久，她仍難從傷害中痊癒，甚至有些憂鬱，在成瑤力勸中辭職旅行了一段時間，才漸漸恢復正常。然而成瑤知道，雖然成惜表面上看起來又有說有笑了，但她並沒有真的走出來。

『我非常非常感謝錢恆。』此刻，成惜卻聲音冷靜地談論著鄧明，『看著他在萬眾矚目裡慢慢撕開鄧明的偽裝，我覺得盡興和痛快，也覺得很感激，他把我不敢做的事都做了。』

『這是我第一次主動去關注鄧明的資訊。』成惜輕輕笑了，『雖然離婚已經過去很久，但在此之前，我都不能說自己已經走出來了。因為對於鄧明的一切資訊，我都是逃避的。即便離婚時被鄧明污蔑到那樣的地步，但我下意識還是逃避面對，所以不論妳怎麼鼓勵，我都不想去起訴，因為我只希望事情隨著時間過去。』成惜頓了頓，『鄧明是我人生裡的一道傷口，即便知道有膿血，但我太怕痛了，太害怕了，害怕到即使知道只有正面回應他把這件事告一段落才能痊癒，也不願意再撕開傷口清瘡了。』

這是成惜第一次向成瑤剖白自己的內心，成瑤握著手機，心裡對姐姐有多心疼不捨，對鄧明就有多憎惡厭煩。這麼好的成惜，憑什麼被他再三傷害？

『但現在我不想這樣了。』成惜的聲音堅定，『有些事，不能一直逃避下去，我不想都是別人在保護我，都是別人在替我戰鬥，我應該自己站起來回擊。否則對妳不公平，對錢恆不公平，對我現在默默守護我的男朋友更不公平。我躲了這麼多年，也是時候好好站起來和過去做個決斷，說再見了。』

成瑤替成惜激動之餘，也被另一件事吸引了注意力，她愕然道：「男朋友？姐？妳交男朋友了？」

成惜語氣淡定地丟下一枚重磅詐彈：『嗯，我和吳君在一起了。』

吳君？姐姐和吳君在一起了？

成瑤還沒驚訝完，成惜又給了她第二次刺激，她淡然道：『我最近也知道妳和錢恆的事。』

『分了那妳為什麼還為錢恆打電話給我？』

成瑤咬了咬嘴唇：「分了。」

「我沒有為錢恆！」

成惜卻是溫婉洞察地笑：『妳希望我反擊，希望錢恆不要背罵名，妳在乎他，和在乎我一樣在乎他。』

成瑤有些惱羞成怒：「姐！」

『好了，說正事。』成惜沒有再逗成瑤，她頓了頓，『起訴鄧明這件事，我想交給妳。』

成瑤的內心激動而亢奮：「我早就想起訴他了！現在我就去整理材料取證！但是除了訴訟，輿論層面我們也不能便宜了他！輿論上我們也要反擊！」

『嗯，這塊就交給吳君吧，他在媒體圈有不少人脈。』

成瑤用力點了點頭。

這對姐妹，第一次在電話裡沒有聊天，而是嚴謹認真地討論著訴訟方案，成惜畢竟是T大法學院畢業的高材生，真正投入到法律分析裡，提出的方向也可圈可點。

一個好律師不應該以輿論影響判決，但面對對方律師妄圖以輿論帶風向時，也不能坐以待斃，要正面抗衡。法律和輿論，未必一定相悖。成瑤相信，只要合理的訴諸法律，在輿論面前給出全面的事實，不偏頗，不失真，那麼真正坦蕩的還原出事實後，輿論未必不會對法律造成良性的推動。

大眾在經過剪輯的「真相」面前，很容易相信謊言，這種時候，更應該有人站出來做全面的澄清。

只是在掛電話之前，成瑤最終再確認了一次：「姐，妳真的想好了？雖然我們可以從輿論上澄清鄧明的謊話，但輿論之所以是輿論，就是因為太多樣性了，就算大部分人在知道真相後都支援妳，但總會有一小部分人叫不醒，會攻擊妳，繼續叫囂著罵妳……甚至因為這次討論度的空前，這一次我們發布事實澄清後，妳會比之前和鄧明離婚時更處在風口浪尖，會不斷被人關注，妳想要的平靜的生活，可能短時間都無法實現了……所以姐，妳真的決定好了嗎？」

『瑤瑤，我不能一直讓妳保護我，讓你們都顧及我的情緒。』成惜卻絲毫沒有猶豫，『我知道鄧明威脅錢恆讓他退出節目組的事了，他為了妳，能愛屋及烏到連我也想一起保護，不顧退出節目組會面臨怎樣的辱罵和名譽掃地，也要執意退出，我又有什麼不能？妳愛他，想要保護他，我愛妳，也會愛妳愛著的人，我怎麼可以看他面臨那樣的困境？』

掛了成惜的電話，成瑤還是內心澎湃而激動，她的雙頰還滾燙著，這種和成惜一起戰鬥的感覺，真的太好了。親人之間，就算有過爭吵有過矛盾有過年少不更事的齟齬，然而血緣有一種魔力，讓彼此能擰成一股力量，我保護著妳，妳在意著我。

她對成惜，因為父母無意間的對比，曾經有過微妙的情緒，然而她們永遠是姐妹。永遠的。

成瑤、成惜和吳君花了一整個下午整理資料，終於趕在《律師來辯論》播出前把起底鄧明的材料傳給吳君相熟的各大媒體和行銷帳號。

一切蓄勢待發。

而成瑤也終於拿起錢恆給自己的現場ＶＩＰ票。

現場的人比她想像的還多，而且還有明顯的站隊，鄧明的粉絲有自製的後援會隊服，錢恆的粉絲也有專門的應援牌，只是大概因為目前輿論對錢恆不太友好，明顯打出錢恆粉絲標識的人還是比鄧明的粉絲略少一些。

現場嘈雜又擁擠，直到錄製時間到，全場燈光暗下，所有聚光燈打向舞臺，錢恆和鄧明緩緩入場。

對於錢恆沒退場這件事，鄧明顯然驚愕之餘有些慌亂，雖然面子上掩蓋的很好，但他微微游離的眼神，已然說明了一切，只是在觀眾面前，他還要端著自己穩重儒雅的人設，因此佯裝著鎮定和自若。

錢恆就隨性多了，他一張臉上寫滿了高冷，薄而漂亮的唇微微抿著，表情看起來淡漠而冷酷，然而氣勢全開，十足鎮場。

與鄧明一出場即微笑著和現場觀眾打招呼不同，錢恆根本不在意觀眾，就連那些舉著應援牌的粉絲，他都懶得多看一眼，這種姿態十足倨傲，然而在他身上，卻絲毫不顯得違和，彷彿這個男人生來就如此，也該如此。凡夫俗子的喜歡，就算捧在他的面前，他也不屑一顧。

只是主持人發現，這位高貴冷豔的合夥人，今晚卻有些特別，他仍舊對眾人的擁簇或非議不置可否，但卻頻頻看向VIP觀眾席的一角。

連主持人都感受到的目光，成瑤不會感受不到，她的臉有些紅。這期的案子當事人就快上臺了，錢恆卻還這樣盯著自己，她最終被盯得有些煩躁，隔著那麼長的距離只能瞪了錢恆一眼，最終用口型說出了兩個字——「加油」。

臺上的錢恆終於收回了目光，然後他又掃了成瑤的方向一眼，展顏一笑。

這個笑，讓整個觀眾席沸騰了。

成瑤的身後，那些年輕的女觀眾們都傾倒了。

「我的天啊，錢恆平時冷冰冰的，笑起來的效果簡直是核彈級別的！」

「好蘇！他剛才笑的時候我只覺得眉目含情，和平時高貴冷豔性冷淡的他根本判若兩人！」

「冷酷男人的笑，果然讓人無法抵抗……」

成瑤聽著小女孩嘰嘰喳喳的討論，內心卻也不得不認同她們的觀點。歷來越危險的東西越美麗，越劇毒的東西越誘人，錢恆這種氣質冷冽到讓人無法靠近的男人，笑的時候，卻是極其迷人的。

而他很快讓所有人知道了，他不笑的時候，更迷人。

這期的案子是一個家族企業遺產規劃糾紛，這對創業夫妻早就離婚各自再組了家庭，只是因為企業的羈絆，還是同一個企業的合夥人，而兩人婚內共同生育了兩個孩子，離婚再組家庭後又各自再生育了一個孩子，如今有多個繼承人的情況下，為了未來繼承時不對企業發展造成影響，特此來尋求法律幫助，想有一個最完美的遺產規劃。

錢恆這一次幾乎狀態全開，觀眾驚愕地發現，與今天的他相比，上一期節目裡，他只拿出了六成的實力。

他很快清晰又邏輯嚴密地對現金和房產等財產進行了遺產規劃，一條條一列列，該怎麼做，簽署什麼協議，如何做遺囑見證，幾乎沒有給鄧明任何反應的時間，錢恆已經把方案清清楚楚地給了當事人。

錢恆這個人，真要狠起來，信奉的完全是，走自己的路，讓別人無路可走，而他這次不僅準備讓鄧明無路可走，看樣子是準備還要一舉把他送上絕路了。

「在現金和房產分割上，我同意錢……」

鄧明好不容易想要發言找個存在感，就被錢恆毫不留情地打斷了：「我還沒說完，你不知道別人發言不插嘴是種美德嗎？」

「……」

「現金和房地產這些可分割財產外，最重要的其實是公司股份這類不可分割的遺產，如果強行變現拋售，對企業會產生不必要的損失，也會導致企業估值縮水，可以引入合夥人互保協議，所有公司合夥人互相為對方投保，也成為對方保單的受益人。一旦某個合夥人死亡，其餘合夥人需要用壽險的賠付金來購買死亡合夥人繼承人獲得的股權，從而保全企業股權不落入不懂經營的繼承人手中，保持經營合夥人對企業的管理主動權……」

「除了對家族企業股份進行此類保險外，還有別的方案……」

一般人在面對一個全新的問題，給出方案或者發言時，都不可能詳盡到毫無漏洞或者毫無可以補充的東西，甚至因為思考時間短回答倉促，還容易有很多疏漏和差錯，後面回答的人不僅可以以先發言人的思考方向作為拓展，還可以補充和糾錯。然而錢恆顯然不是一般人，他有一種「我花開後百花殺」的氣勢，針對當事人的問題，他從頭到尾講的滴水不漏，各種方案，一一列舉，具體操作，條條說明，只讓鄧明說無可說，辨無可辨。

這是第一次，一檔辯論類的專業節目，有一方嘉賓竟然一句話也說不上來的。

現場氣氛一度十分尷尬，然而始作俑者卻渾然不覺：「我說完了。」他瞟了鄧明一眼，「你想必沒什麼可說的了吧。」

「……」

一時之間，鄧明臉上簡直姹紫嫣紅，尷尬屈辱卻無力反抗，經此一役，他專業水準高這一點，恐怕是再也站不住腳了。在錢恆的對比下，他簡直像一個初出茅廬的實習律師，對方一點也不儒雅，也不溫和，和傳統中人們期待的律師完全背道而馳，鋒利而尖銳，苛刻而咄咄逼人，然而那種強烈的自我把握感和對事態的掌控感，卻是奪目而無法模仿更無法超越的。

鄧明在觀眾面前，像是狠狠被人搧了幾個耳光，錢恆的專業和嚴謹頻頻獲得現場激烈的掌聲，而自己卻像是個壁花一樣，做著背景牆，毫無存在感。

鄧明臉上一陣冷又一陣熱，然而他心裡尚安慰著自己，至少還能從輿論上做文章，錢恆和自己形象的路人好感度，肯定是自己更好些，等這一波節目的熱度過後，自己再買水軍炒一炒，接幾個法律援助案件行銷一下，大眾又這麼健忘，很快自己的形象就好轉了。

此時的鄧明根本沒想到，在他錄製節目的同時，網路上已經掀起了一輪對他的大起底。卡著時間點，成惜實名站了出來，透過媒體公布了鄧明婚內出軌的大量證據，他如何利用成惜，如何將自己的錯誤美化，包括他為了贏得官司如何操縱輿論，甚至威脅對方當事人、妄圖賄賂法官、聊騷女客戶、劈腿嫩模……

成惜的證據條理清晰、措辭嚴謹，文字中立，並沒有怨婦般的恨意和報復語氣，反而是平和而淡然地敘述著事實，然而這種不含情緒的理智陳述，贏得了大家的信任。

『有理有據，前妻好感＋1。』

『比起前妻拿出來的錘，鄧明之前的那些證據真的都是孤證，根本站不住腳。』

『大型渣男起底現場。』

『嘆為觀止，什麼樣的垃圾和人渣，才能做出這種事？再說一句，他那個嫩模老婆，真的長得一股塑膠味。』

『太噁心了，實名嘔吐。』

鄧明這邊在錄著節目，另一邊網路輿論也呈爆炸式發展，成惜的發言像是一個小雪球，隨著越來越多證據的出示，越滾越大，像是要釀造一場雪崩，而隨著成惜勇敢站出來，也有越來越多的人，敢於開口。

『我是以前鄧明一個法律援助案當事人的兒子，我爸當年騙我媽說為了買房假離婚，結果離婚以後，我爸就和小三結婚了，鄧明說能幫我媽討回公道為我爭取撫養費，當初還上電視臺宣傳了好久，結果等宣傳熱度過了，我媽希望他幫我們起訴，鄧明就失聯了，怎麼都找不到，最後撫養費也不了了之，我們只能花錢請別的律師。』

『不知道網路上為什麼一直宣傳鄧明是業界良心，他說白了就是個投機取巧的中年油膩男人，我以前在德威事務所實習過，帶教律師是他，結果水準不怎麼樣，反而常常明著暗著各種口頭聊騷，有夠噁心的，導致我最後放棄當律師。』

『終於有人爆料他了，真的忍他好久了，還什麼業界良心，完全是業界的一顆老鼠屎，以前和他打過一個對手案子，結果寫的起訴書都什麼鬼，無法看，但案子還沒開始，媒體上果然已經鋪天蓋地對這個案子開始報告了，而且媒體的事實都是被處理篩選過對他有利的……』

短短的時間，成惜的爆料引發話題的發酵，而《律師來辯論》節目裡錢恆對鄧明無情的吊打，又再次印證了鄧明專業素養有多差。

成瑤隨手翻了翻社群和其餘媒體平臺，終於確保鄧明這一次再怎樣長袖善舞也無法翻身了，除了輿論的爆料，她和成惜已經整理好起訴材料，只等明天去法院立案，就起訴鄧明誹謗侵權。

而成瑤只是這麼低頭查看一下手機，結果就覺得有道目光如芒刺在背般盯向了她，她一抬頭，撞進了錢恆的眼裡。

他站在臺上，隔著遙遙的距離，卻在看著她，錢恆的表情很鎮定自若，然而成瑤還是一瞬間感知到那目光裡隱藏的含義——妳應該看我，不應該看手機。

「……」

成瑤感覺自己像個上課分心被當場抓獲的學生，在錢恆的死亡視線下，只能乖乖收了手機，攏了攏頭髮，挺直背脊看向他。

錢恆看了看她，輕輕笑了下，這才轉過頭，看向主持人。

因為錢恆把一場雙人辯論直接變成一方對另一方的屠殺，並且毫無思考時間就列明了所有解決方案，此時錄製時間才過了三分之二，原本每期節目最後會留十分鐘給現場觀眾對嘉賓提問，如今剩下的三分之一的時間，主持人只能都分配給提問環節了。

今天的整場節目，鄧明都沒有機會發言，主持人本來還指望著讓鄧明挽回些顏面，然而很可惜的是，一個又一個舉手的觀眾，提問的對象幾乎都是錢恆。

「網路上稱您是『業界毒瘤』，對這個外號您怎麼看？」

「錢律師你好，能說說你辦過的印象最深的案件是什麼嗎？」

「法律和道德，您認為是什麼樣的關係？」

「律師會為了錢就接那些不正義的案子嗎？」

一個個問題，錢恆回答的邏輯清晰思考縝密，他仔細又耐心地講著他心中對法律的理解、認識。

「錢律師您好，我是一名法學生，您說大部分普通民眾並不具有法律思考，也無法從法律的層面去思考問題，這無可厚非，因為道德和法律，正義與非正義，這樣的大課題可以寫一篇法學博士論文，我理解這一點。」這次提問的是一名男學生，他頓了頓：「但很多時候，當我說出對一個事件法律上的看法，常常會遭到其餘人的攻擊，社會上有太多人，是根本講不通道理的法盲，一開始我也每一個都耐心解釋，可時間久了，我發現根本沒用，他們不會聽你的解釋，只會攻擊你辱罵你。您一直以來是我的偶像，因為網路上那麼多人詬病您是業界毒瘤，您從來不屑解釋，我覺得那樣很酷，只是不知道為什麼現在您也不能免俗，開始解釋起來。我覺得沒有必要。懂您的人自然懂您。」男生的話很尖銳，「可您現在這樣，既參加綜藝，又開始為自己正名，和站在您身邊的某些律師相比，有什麼不同？我覺得很失望！」

這個問題很有爭議性，男生一坐下，現場果然有一些騷動。

然而錢恆並沒有任何驚慌，他的表情仍舊平靜而自若。

「我以前也是像你這樣想的，我對任何虛名都不在意，別人的辱罵並不影響我的業務量也不影響我的工作，我不在意向毫無法律思考的人解釋，我一分鐘的費率是一六六點六六六無窮，我認為不值得浪費時間和金錢去解釋這些東西。」

「但後來有人改變了我的想法。她告訴我，律師不僅僅該對自己的客戶負責，做好專業的工作，也應該去傳播法律的信仰。」錢恆垂下了視線，語氣鄭重，「我想了很久，現在不得不承認這是對的。法學生也好，法律從業也好，我們永遠不應該帶著優越感，覺得我們比不懂法的普通民眾更高級，也不應該去苛責他們對法律職業有誤解和抵觸，我們的形象是我們自己來營造的，法律的信仰也應該是由我們的一言一行去傳播。我參加這個節目的初衷，只是希望她開心，但現在，我也想為更多的事。我想要解釋，不在乎這樣會不會讓我變得不酷，我只希望我為法律和我的職業背書，我尊重我的職業，尊重法律，也信仰法律，我想要改變別人對法律和律師職業的誤解，所以我必須有所行動。」

錢恆的話音剛落，現場就響起了掌聲，作為那個改變了錢恆想法的人，成瑤心下百感交集，她既感動，又臉紅耳熱，只覺得一顆心只剩下不停跳動的節奏，裹挾著悸動和驕傲。

這一刻，她終於無法否認對錢恆的感情，即使努力克制，喜歡就像是最有生命力的種子，在最艱險的絕境裡，仍會想方設法破土而出。

而也沒有哪一刻，成瑤比這一刻更自豪，這就是他們法律人應有的形象，是真正的法律人，也是自己無法忘懷仍舊愛著的男人。

錢恆卻彷彿嫌這樣還不夠，掌聲的間歇，他輕輕掃了成瑤的方向一眼，再一次開了口。

「當然，除了這樣冠冕堂皇的理由，我也有私心。」他頓了頓，「別人如何評價我，我根本不在意，但我不希望我愛的人，因為我遭到連帶的波及，我希望每個人都知道，她愛的人到底是什麼樣的，我希望每個人都知道，她的眼光沒有錯。」

明明這次是和法律毫不相關的話題，然而這一次掌聲卻比之前更響亮了。成瑤的臉也在這經久不息的掌聲裡經久不息的紅著。

此刻，提問卻還在繼續。

「錢律師，我昨晚把你曾經辦過的案子都看了，我很想問，像你們這樣的家事律師，每天耳濡目染的都是爭鬥、人性的惡和自私，會不會覺得婚姻一點意思也沒有？」

掌聲過後，提問的觀眾更多了。

「如今婚姻裡，女性因為生理特徵，更多的還是處於弱勢地位，如今網路上婚姻不幸導致毀了一生的案例到處都是，包括婚內虐待、家暴、出軌、被負債，甚至為了騙保殺妻，導致現在大家都覺得不婚不育保平安，對此您怎麼看？」

錢恆的表情仍舊淡漠鎮定，語氣平靜：「不婚、頂客，和想結婚想生育是兩種不同但同樣值得尊重的選擇，但我從來不認可不婚不育保平安這種說法。沒有法律意識，不會主動採取措施保護自己，對人生隨波逐流的人，就算不婚不育，也保不了平安。」

「因為婚姻沒有錯，生育也沒有錯，唯一有問題的是找了錯誤的人。人生幸不幸福，不在於是否結婚是否生育，只在於你選擇了什麼樣的自己，選擇了什麼樣的愛人。」

又有一個女生站了起來：「錢律師，我聽說您原本是堅定不婚頂客的，但如今您卻號稱有想要結婚的對象，請問是什麼讓您改變了想法？」

「我很幸運，那個改變我工作風格的人，也同樣改變我的婚育理念，教會我平等的愛。」錢恆抿了抿唇，英俊的臉上是微微的緊張和鄭重，「我想和她結婚，是因為在漫漫人生路上，我想和她點燃彼此溫暖彼此，我想和她分享我的過去，我的現在，和我的未來，我想和她分享我一切世俗和精神上的財富，我想要未來每一天的人生，都是有她的人生。」

錢恆的聲音還是一如既往冷冷的，聽起來不像是告白，然而每一個字都像是一個重磅炸彈，毫不遲疑接二連三地擊中了成瑤。

說到這裡，錢恆頓了頓，然後他再次開了口：「下面我想說的，和這期節目沒有關係，和節目組也並沒有事先協商，如果對節目造成損失，我願意承擔一切賠償責任。」

「我以為我一輩子會堅持不婚頂客，但成瑤，我愛妳，妳是我所有的權利和義務。」彷彿越過空間、越過距離，越過一切，錢恆看向成瑤：「妳是我人生裡唯一的不可抗力，對上妳，我沒有勝算。」

「我站在最謙卑的位置，請求妳成為我餘生命運的合夥人。」錢恆抿著唇，英俊的臉上甚至帶了點肅殺，鎮定的聲音尾梢，卻有些轉瞬即逝的意蘊。

他在緊張。

這個強大到不可一世的男人，在緊張。

他頓了頓，才繼續道：「我永遠不會在公眾面前求婚並且要求妳當場給出答案，我不會給妳任何壓力，不希望妳因為旁人的熱烈情緒就答應我，我希望得到妳最冷靜也最真實的答案，如果妳願意，請在節目結束後，告訴我，我會等妳。」錢恆聲音沉穩低沉，「最後，還有一點請妳知悉，妳是很優秀的律師，我從來不反對妳發展事業，法律市場需要妳，妳的客戶需要妳，但我也需要妳。」

一場酣暢淋漓的律師對決後，竟然還能看到如此勁爆的告白現場，全場觀眾沸騰了，掌聲、口哨聲、歡呼聲、起鬨聲，成瑤耳邊只覺得像是巨大的聲浪海洋所吞沒了。

錢恆永遠妥帖專業到幾近完美，即便是如此高調的求婚，他都從沒有表明成瑤在哪裡，也並不附和那些想讓當事人上臺現場求婚的起鬨聲，他在公眾面前毫無保留地袒露著自己，卻還仔細地保護著成瑤的一切。

這個男人優秀到狡詐，幾乎堵住自己回絕的藉口，做事滴水不漏到找不到任何瑕疵。

可此刻成瑤卻絕望地發現，自己明知道這一點，卻還是無法抗拒。

最後十分鐘節目錄製，成瑤已經完全聽不進去在說什麼了，有人終於提問了幾近被遺忘的鄧明，可惜並不是問什麼讓鄧明能挽回局面的問題，相反，觀眾開始質疑鄧明此前經手辦過的案件，問題一個比一個犀利、一個比一個一針見血，直到最後主持人不得不出面干涉以保證節目的效果……

這本來是成瑤最喜聞樂見的局面，然而此刻她的一顆心裡跳動的都是錢恆的旋律。直到錄製結束，她的手心還是帶著微微的潮濕。

她也在緊張。非常非常緊張。開心的那種。

錢恆幾乎是一結束錄製，就從後臺走了出來，人生裡第一次，他那麼迫切地尋找著一個人。

他想見到成瑤，想要擁抱她，想要霸占她所有的目光。

然而出乎他的意料，成瑤不在後臺，錢恆抿著唇走了一圈，整個錄製大廳裡都沒有她，反而是見到很多所謂的他的粉絲，他被圍堵在大廳裡，有人送花，有人送禮物，有人尋求簽名，還有人在拍照。

只是這些錢恆都不在乎，因為他終於看到成瑤。她正站在大廳外的路上，身邊是顧北青，他正彎腰俯身和成瑤說著什麼。

這一刻，錢恆只覺得自己的腎上腺素不夠用了。

他再也顧不上圍著他的人群，立刻走出大廳，走向成瑤。

不知道什麼時候，顧北青已經離開成瑤的身邊，然而錢恆心裡卻一點也高興不起來。

他沉默地看向成瑤。

成瑤不說話，她臉色鎮定自若，也抬頭看向錢恆。

錢恆深吸一口氣，卻移開目光，模樣有些不自然：「成瑤，妳有什麼想和我說的嗎？」

成瑤歪了歪腦袋，她眨了眨眼：「我應該和你說什麼嗎？」

這樣明顯的裝傻，錢恆愣了愣，繼而便是巨大的失望和打擊，然而即便是這樣，他並沒有放棄。

「成瑤，我為我之前的優越感和自我感覺良好道歉，從今往後，都是妳決定了我服從，只要妳願意結婚，我們就去登記，妳要是覺得沒準備好，那這次換我來等妳。」

錢恆努力用鎮定平和的語氣說著，然而內心的難受卻不言而喻。愛情確實很麻煩，它讓人變得不那麼像自己，讓人酸澀讓人痛苦讓人輾轉反側，然而即便這樣，錢恆卻仍舊想體味著這種五味陳雜，像是種折磨，又像是種獎勵。

而婚姻和愛情的可貴之處，大概是因為只有在婚姻和愛情的親密關係裡，人才擁有了成長和反思的機會吧。

和成瑤的這一路，甜蜜過、忐忑過、緊張過、快樂過、痛苦過，而所有的酸甜苦辣，錢恆發現，自己都甘之如飴。

最初他以為這段愛情，是自己帶著成瑤成長，而直到後來，錢恆才發現，成瑤也教會他成長。

他盯著成瑤，等待著她最後的宣判，心中是不安和忐忑，如果她已經不愛自己了……如果她已經對顧北青……

錢恆不敢再想下去。

「不要等我。」

成瑤望向錢恆的眼睛，語氣平靜鎮定，像是在宣判死亡：「錢恆，不要等我。」

錢恆抿了抿唇，他努力控制著情緒：「所以妳和顧北青……」

「你現在跪下吧。」

錢恆皺著眉，有些反應不過來：「跪下？」

跪下幹什麼？難道要自己為自己之前的過分優越下跪道歉嗎？

錢恆的臉冷了下來，道歉是可以，然而下跪是斷然不行的，他錢恆誓死不會下跪，這事關尊嚴事關……

「你不跪下怎麼求婚？」

一瞬間，錢恆腦子一片空白，直到一分鐘後，他才覺得自己的大腦繼續運轉。也是這時，他才終於理解成瑤的意思——不要等，因為不需要。

成瑤看著眼前這個男人從滿臉空白茫然到狂喜，原來他這張平時一直高傲冷然端著的臉上，竟然能在如此短的時間內閃過層次如此豐富的表情。

她臉上終於也繃不住剛才佯裝出來的冷酷表情，有點想笑。

然後她聽到那個男人有些緊張道：「下跪沒問題，但是我還沒有買鑽戒。」

成瑤還沒回答，就見錢恆臉上又恍然大悟般恢復鎮定，他緩緩朝成瑤單膝下跪，然後掏出自己的錢包，在成瑤的目瞪口呆裡抽出一張提款卡……

錢恆抿著唇，聲音冷靜：「這是我的薪水戶頭，密碼是我的出生年份加上妳的生日。」

他說完，又抽出另一張：「這是我用來投資理財的戶頭，密碼是……」

「這是我的境外帳戶，美國的……」

「這是瑞士的……」

一張又一張，錢恆鎮定自若地掏出所有的提款卡，一一告訴成瑤密碼，然後遞給她。

成瑤愣住了，她呆呆地瞪著錢恆，不知道自己是該接還是不接這一大把的提款卡。

錢恆看向成瑤，眼裡只有她，雖然努力維持冷靜，然而他的聲音裡還是帶了努力壓抑也不能控制的緊張：「我知道求婚至少該帶著玫瑰和鑽戒，但是我等不及，我只想用最快的速度確認妳的身分，希望妳成為我的法定繼承人，從今往後，妳的配偶欄裡，是我。」

「成瑤，請妳嫁給我。」

雖然冥冥之中，錢恆覺得，成瑤是愛著自己的，她那忍不住看向自己的眼神，那發現自己被貓抓傷時的緊張，看著自己吃辣時的竭力阻撓，自己發燒時眼裡的心疼……細節是騙不了人的，她愛他，如他愛她一般。

然而真的到求婚的這一刻，錢恆卻仍是緊張忐忑，彷彿是第一次考試後等待成績的小男孩，明明覺得自己複習的不錯，但真的等公布成績的那一刻，卻自我懷疑起來，我真的考得好嗎？

「你先起來。」成瑤卻沒有說好還是不好，她只是瞇了瞇眼睛，眼神狡黠，「你起來我再告訴你。」

錢恆的頭腦一片混亂，成瑤這個反應，是不行？他有些茫然，內心是巨大的失落，然而他還是站了起來，新聞裡那種當眾求愛女方不同意就號稱自己跪到對方說好為止的行為，錢恆向來不齒，這不是施壓逼迫對方同意嗎？這不是他希望的結局，他不會強迫成瑤做任何事。

成瑤看著錢恆臉上閃過毫不掩飾的失落和巨大的打擊，她有點心疼，又有點好笑。她忍不住，在錢恆還沒反應過來的時候，成瑤跳起來，掰過錢恆的臉，給了他一個短暫又不容分說的吻，這是毫不掩飾的偷襲。

而親完，成瑤竟然紅著臉跑過了馬路。

錢恆完全被成瑤不按套路出牌的行為搞混亂了，他緊抿著唇，瞪向成瑤。

之後的一幕，錢恆覺得自己一輩子也不會忘記。

成瑤氣喘吁吁地跑遠到街的對面，然後她朝錢恆揮了揮手，從自己包裡掏出什麼東西，這東西看起來像個橫幅，成瑤拿在手裡，看了看四周，臉色有些緋紅，像是在緊張，又像是在害羞。

她又眼睛亮晶晶地看了錢恆一眼，然後終於豁出去一般，展開手裡的東西。

錢恆這才看清，那不是什麼橫幅，而是可折疊式的應援牌。成瑤不知道按了什麼開關，應援牌上燈光閃亮實在顯眼，引得周遭路人頻頻回頭注視。

成瑤咬著嘴唇，臉已經脹得通紅，然而還是勇敢地舉著應援牌，有路人不停看她，她就惡狠狠地瞪回去。

錢恆一剎那心跳劇烈到幾乎跳出胸膛。

「白癡。」

錢恆的聲音還是冷，臉色也仍舊鎮定沉穩，然而一雙眼睛裡卻全是璀璨的笑意。

他一刻也不能再等，跑過馬路，緊緊擁抱他的女孩。

成瑤的應援牌上只有一行字——老公，我要和你生孩子！

而眼見著錢恆越走越近，成瑤卻反而害羞怯懦起來，她脹紅著臉，收起了應援牌，尷尬地試圖解釋：「我座位旁一個女粉絲落下的，我正好看到就……」

這一次，成瑤的解釋沒有機會說完，她的後半句話消失在錢恆的吻裡，他俯下身，捧著成瑤的臉，給了她一個吻。

成瑤紅著臉還想解釋：「我不是刻意拿的，我真的一開始只是帶著環保的想法不想在錄製現場留下垃圾，我不希望別人覺得你的粉絲很差，我剛才……剛才那樣舉起來完全是鬼使神差……」

「好。」

成瑤有些摸不著頭腦：「什麼？」

「妳對我發出的邀約，我說好。」錢恆定定地看向成瑤，然後湊近她的耳邊，輕輕吻了吻她的耳垂，「和妳生孩子，只和妳生。」

成瑤自耳垂到脖頸，都蔓延上了紅色，然而錢恆卻沒有給她反應的時間，他拉過成瑤，又一次吻了她。

這種時候，不需要言語，接吻就對了。

這是一個凶狠又帶了太多感情欲望的吻，成瑤臉紅心跳，幾乎被錢恆吻到腿軟。然而她沒有躲，和錢恆一樣，她也不在意周遭的目光。兩個人只是旁若無人的吻著，彼此熱切地回應著。

冬日蕭瑟，然而讓一個人溫暖起來，只需要一個熱吻，如果不行，那就兩個。

錢恆從前覺得，看破人性的醜惡是一種成熟和透澈，然而此刻，吻著懷裡的人，他才深刻理解了羅曼羅蘭的那句話，真正的英雄主義，是看清生活的真相之後，仍能熱愛它。

即便經歷過這世上所有的醜惡骯髒、權謀詭計、世態炎涼和陰謀暗鬥，只要有成瑤在，他就仍能保有內心最柔軟溫和的部分。

他想和成瑤一起生活，想和她共用無盡的黃昏、綿延的晴空、破曉的第一縷光、麥田裡的風、盛開的玫瑰、海洋、日月、星辰、春、夏、秋、冬，未來的餘生裡，他想和她分享這一切的一切。一起走過街頭、一起看遍風景、一起品嘗人生裡的酸甜苦辣，他拉著她，然後便是一生。

「人事紛紛，往後的餘生裡，我只要妳。」

——《你也有今天【第二部】老闆待我如初戀》正文完——

番外一　歲月溫柔，而我只想和妳一起老

錢恆結婚和他辦案子一樣雷厲風行讓人出其不意。

最先發現這個事的人是譚穎，一大早，錢恆把包銳和她叫進辦公室安排工作。合夥人對團隊律師安排工作這種事本來沒什麼稀奇，然而稀奇的是，錢恆這一次一口氣安排了將近一個月的工作量。

雖然拿到那麼多案源很開心，但包銳看著眼前的案卷，還是有點茫然：「錢Par，你怎麼和臨終托孤一樣？」他小心翼翼道：「你……你該不會要隱退了吧？還是說因為《律師來辯論》太成功了，想去轉型參加法律類綜藝了……」包銳越說越是聲音凝重了起來，「難道說我們團隊真的面臨解散嗎？既成瑤之後，錢Par你竟然也……」

錢恆咳了咳，然後向前伸了伸手。

包銳還沉浸在自己的劇本裡，他悲傷道：「錢Par，你這樣，是要把未來的衣缽傳承給我嗎？我包銳一定扛起你的錢氏大旗，努力把你的風格發揚光大……」

錢恆瞪了包銳一眼，又把手往他的面前擺了擺。

如此反覆幾次，包銳竟然還無動於衷。

錢恆皺了皺眉，聲音低沉道：「一個律師，應該對細節觀察仔細，包銳，你也是個資深律師了。」

這時包銳終於有些恍然大悟，錢恆幾次三番在自己面前晃手，他盯著錢恆的手，終於露出原來如此的表情。

正當錢恆等著他的震驚和恭喜時，包銳卻突然握住錢恆的手，他激動道：「謝謝錢Par，原來你是想和我進行男人之間訣別的握手啊！欸，說實在的，我還從沒有和你握過手呢，一握手感覺就有種勢均力敵感哈哈哈哈……」

譚穎簡直聽不下去了，她拉了拉包銳的衣袖，小聲提醒道：「你看錢Par的手……」

包銳丈二和尚摸不著頭腦：「手？欸？錢Par？你最近這皮膚，好像不如以前細膩了，最近冬天啊，男人，也要愛自己，要學會保養的。」包銳貼心道：「要不然我給你我的歐舒丹？你想要什麼味道的？櫻花味太娘了，馬鞭草要不要？」

「……」

沒眼力成這樣，譚穎實在忍不住朝天翻了兩個大白眼：「包銳，你看錢Par左手的無名指。」

包銳看了一眼：「欸？錢Par，你戴戒指啦？」他說到這裡，終於意識了過來，「左右無名指？婚戒？錢Par，你結婚了？你什麼時候結婚了？」

包銳那驚恐的表情，那震驚的語氣，活脫脫像是撞見男友和別人結婚的女人似的……

他盯著錢恆又看了很久：「所以你安排了一個月的工作量給我們，難道你要回歸家庭？」

譚穎忍無可忍：「包銳，你一天到晚腦袋裡都在想什麼？還回歸家庭？錢Par當然是去度蜜月啊！」

好在譚穎的善解人意讓錢恆終於放鬆了表情，他抿了抿唇，雖然語氣雲淡風輕，但是個傻子也能聽出他隱隱的炫耀和幸福感：「我早上抽空和成瑤去結完婚了，就是譚穎說的那樣，未來一個月我會去度蜜月，每天會定期查郵件，但大部分事情需要交給你們處理。」

錢恆說完，看了看手錶，一本正經道：「哦，時間差不多了，我要去找我老婆吃午飯了。」

「……」

「你們平時和我老婆關係不錯，幫我打聽打聽她喜歡去什麼地方旅遊，有什麼特別心儀的地方。」

「……」

錢恆的語氣越是鎮定自若，包銳和譚穎就越是目瞪口呆，劇毒冷酷的老闆突然三句話不離「老婆」兩個字，這種明晃晃的炫耀實在太過分了！

這直接導致錢恆走後，包銳還一臉酸溜溜的：「切，有老婆了不起啊？我也有啊！秀恩愛了不起啊！我也可以啊！蜜月竟然一個月！知不知道雖然叫蜜月，但我們法定的婚假連著週末也就十幾天啊！又不是真的一個月！」

譚穎卻沒理他，她拿著手機正快速打著字。

包銳很好奇：「妳在幹什麼？」

譚穎連眼神都沒分給他：「我在和我們未來老闆娘套交情。」

「靠！妳不提醒我一起！」包銳拍了拍大腿，「趕緊的，我也要傳訊息給成瑤啊！我以前還想著要罩成瑤，沒想到如今反而要靠成瑤罩！」

一時之間，富貴榮華組群裡熱鬧非凡。

譚穎：『瑤瑤，苟富貴勿相忘！妳做了老闆娘，能多批一點帶薪年假給我嗎？』

包銳：『我想要獨立辦公室。』

譚穎：『我想換人體工學椅。』

包銳：『我的獨立辦公室要朝南。』

譚穎：『這批實習生裡有個男生很高很帥，能不能讓他坐我對面的座位上？』

包銳：『我想配個助理，實習生也行，帶出去超有面子，最好是美女！』

譚穎：『問問錢Par的哥哥還單身嗎？長得帥嗎？能介紹給我嗎？如果我成功上位，以後錢Par還要叫我嫂嫂，想想還蠻爽的呀！』

結果包銳、譚穎熱火朝天的聊了半天，成瑤終於出現了，她只說了一句話，成功讓這個群組徹底安靜了下來——

『那個，我老公在我身邊，剛才看到你們的聊天了，說原來你們對當前工作有這麼多不滿意……』

包銳：『錢 Par，你聽我解釋！錢 Par，你要相信我，我是愛你的！』

包銳在群組裡尚且準備掙扎，譚穎的操作就騷多了。

譚穎：『200G 海量黃片隨意看，請點擊以下網址 http://www.jjwxc.net/onebook.php?novelid=3581942』

包銳：『……』

不解釋直接假裝被盜號，這一波操作，他是服了，現在的年輕人，包銳想，自己真是輸了……

雖然結了婚，成瑤也搬進了錢恆的別墅裡，每晚都能看到她，但錢恆總覺得還看不夠。

「現在當初證據丟失的事也真相大白了，李萌這些不好好工作心術不正的也都離職了，我們也結婚了，瑤瑤，妳可以回來君恆了。」

可惜面對錢恆的提議，成瑤卻絲毫不動心：「不要。」她想也沒想就拒絕道：「我覺得在金磚也不錯，案源我自己慢慢拓展，也開始積累自己的客戶，同事氣氛不錯，我覺得夫妻在同一個事務所確實很多事情比較微妙，萬一我和其他同事起了紛爭，你到底幫誰？」成瑤看向錢恆，語氣溫柔，「我不想要你為難。」

「為妳做任何事都不為難。」

雖然錢恆這麼說，但成瑤還是婉拒了他的邀請：「我現在比你的專業度還是差好遠，如果回到君恆，做出的成績，外人也不知道是不是出於你的保護，我不想這樣，有一天我會再考慮加入君恆，只有可能是作為成Par，而不僅僅是成律師了。」

錢恆抿了抿唇：「雖然我希望能每分每秒看到妳，但我尊重妳留在金磚的決定，那我只能出雙倍薪水把顧北青挖來君恆了。既然不能每分每秒看著自己老婆，那就每分每秒看著自己過去的情敵好了。」

「……」

成瑤簡直哭笑不得：「我和我學長只是工作關係。」

「不行，他一天不脫單我就一天不放心，除了挖人，我還要幫他解決單身問題，他結婚的那一天，我才能真的安心。看來我最近要多招幾個適齡單身女律師了。」

「錢恆，你是喝醋長大的嗎？」

「不是。」錢恆一本正經道：「是吃檸檬。」

「……」

然而就算面對錢恆的吻和醋意，成瑤還是沒忘記正事：「對了，我上次說的法律援助診所的事，落實上還有什麼問題嗎？金磚和君恆可以聯合起來，在事務所內部成立個法律援助診所專案，現在大學裡書本教育和法律實踐太脫節了，我覺得引入診所式教育挺好的，我們這兩家事務所作為A市領頭羊，先和A大這幾家法學院達成合作，既能給法學院在校學生提供實習專案，讓他們能瞭解律師的工作內容，未來更好的確定職場方向或是適應職場，另一方面，如果能在大學生裡挑選到資質不錯的，事務所也可以先鎖定好，先簽定就業意向書，畢業後就直接進入事務所工作，我們也算在培育未來的員工。可謂雙贏呀。」

成瑤的眼睛亮晶晶的：「最重要的是，這樣我們就有更多的人手和資源可以來接社會上一些法律援助案，我上次去律協和幾個工作人員聊了，現在登記申請法律援助的人越來越多，但律師精力有限，如果君恆和金磚能帶頭推這個案子，說不定我們可以改變很多人的人生！」

然而成瑤越是認真，錢恆越是難以抑制地想吻她，他伏在她的耳邊，輕輕道：「君恆和金磚共同孕育的這個案子，我會很用心的，因為我會當成這是我和妳生的孩子一樣來對待。」錢恆親了親成瑤的鼻尖，眉目含笑，「雖然妳說想和我生個孩子，不過我沒想到我們的『一胎』來的這麼快。」

自從婚後，錢恆身上的荷爾蒙好像完全釋放了出來，只是正經談個工作而已，錢恆也能這樣犯規，成瑤只感覺自己真是沒轍了。她總有種錯覺，婚後，兩個人的狀態，多多少少讓她想起以前看過的接吻魚，光是想想就臉紅心跳的。

在這粉紅氣氛裡，成瑤突然想起最近看到用來測試情侶夫妻愛意濃度的一個問題，她看向錢恆，抬起頭：「錢恆，說說你和我在一起最開心的一刻是什麼時候？」

成瑤本以為錢恆會如網路上那些稱職男友優秀老公一般脫口而出，然而事實是，面對這個問題，錢恆竟然愣住了，他沉默了很久，也沒能給成瑤答案。

成瑤在這陣沉默裡，便有些失落，好在這尷尬並沒有持續很久，很快，兩人就聽到了吳君的聲音。

「錢恆，你找我？」

今天的午飯，錢恆邀請了吳君，作為錢恆的狗頭軍師，錢恆能成功抱得成瑤歸，自然是要感謝吳君的，當然，這頓飯更重要的目的，是為了炫耀——

幾乎是吳君一落座，錢恆就把自己戴了婚戒的手指不著痕跡地朝著吳君面前晃了晃。

「哦，吳君，我脫單了，從今以後，我是有家室的人了，你那些只適合你這種無牽無掛的人的聚會，不要再叫我了。」錢恆微微一笑，「我和成瑤結婚了。都說已婚的人和未婚的人玩不到一起去，以後我們可能是兩個世界的了。」

吳君卻只是笑，笑得像個狐狸，笑得讓錢恆心裡發毛。

「哦，這麼巧啊？」他笑咪咪地看向錢恆，「我雖然還沒結婚，但昨晚剛求婚成功了，還沒來得及和你分享，不出意外的話，我最近也要結婚了，以後都是已婚人士，大家還是可以一起玩的啊。」

「你和你女朋友不是剛確定關係沒多久？」

「那是因為我未婚妻上一段感情受過傷害，而且雖然我們確定關係沒多久，但我認識她已經很多年了，也暗戀她陪伴她很多年了，認真算起來，比和你成瑤的感情基礎還深多了。」

「感情基礎這種事，不在時間久不久，而在濃不濃，你認識了那麼多年才求婚成功，呵，比我的效率還是差遠了。」

面對錢恆的毒舌，吳君也不惱，他輕飄飄地看了錢恆一眼：「哦，忘了說，等我結婚以後，你不要再叫我吳君了。」

錢恆不明所以地皺了皺眉：「不叫你吳君叫你什麼？難道你還要冠女方的姓？」

「叫我姐夫吧。」吳君笑笑，朝著門口看了一眼，見到正推門而入的溫婉女子，他站起來，眼帶寵溺地揮了揮手，「成惜，來見見妳妹夫。」

「……」

錢恆千算萬算，沒有想到，事事被他壓一頭的吳君，在結婚這件事上，竟然贏得讓他一句話也說不出來。

成瑤顯然也早知道這個衝擊巨大的事實，她站起來，笑咪咪地喊了聲「姐」和「姐夫」。

最終，錢恆不得不硬著頭皮，在吳君的幸災樂禍裡，低頭叫了「姐夫」。

只是雖然在吳君這裡落了下風，錢恆總要在別的上面找回場子。

這天，LAWXOXO論壇上原本近期最紅的一個文章《真．業界毒瘤鄧明大型起底扒皮現場》突然被另一個老文蓋去了熱度。

大家突然在上次討論陳林麗案和成瑤律師驚豔美貌的文章下面，看到一個新鮮的ＩＤ和一則新鮮的留言。

這ＩＤ叫錢恆。

『成瑤不是我前女友，是我太太。』

這ＩＤ看起來還很新鮮，註冊時間也才剛達到能在 LAWXOXO 留言的時限要求。眾網友檢索了一番，發現他只回了這麼一則。

錢恆？那個業務能力吊打所有人的錢恆？這匿名的論壇，就能隨便假冒別人了？大家態度竟然統一的鮮明——不信！

『雖然錢恆劇毒，但你這種披著人家名字上來散播假消息的人太過分了吧！』

『檢舉了！』

『不會吧？成瑤真的和錢恆結婚了？我不信！』

『雖然錢恆在節目裡求婚了，但是我聽說成瑤沒理他啊，還聽說錢恆節目錄製完在後臺崩潰大哭了一場？』

『應該是沒成，否則成瑤為什麼沒當場走上臺接受求婚啊？』

『好慘，突然有些同情錢恆，二十八歲高齡老房子著火遭遇熱烈戀情，隔空激情告白，結果慘遭拒絕 2333。』

這麼一則簡單的留言，效果竟然不比扒皮鄧明的文章熱度差，一下子下面就跟了幾十則留言。

『跪求闢謠！』

『跪求管理員查ＩＰ，封ＩＰ。』

『無圖無真相，大家都是法律人，說話還以為嘴皮上下一碰就是真的啊？沒有證據說個球！』

錢恆抿了抿嘴唇，無視在他背後看留言笑到花枝亂顫的成瑤，求證據是吧？

那就讓你們求錘得錘！

錢恆貼上了證據，這才神清氣爽，然後起身，摟起還在幸災樂禍的成瑤，給了她一個吻。

就在眾人以為大家的攻擊遏制住這個造謠ＩＤ時，這個ＩＤ又一次留言了，不過這一次，他什麼話也沒說，只是甩上了一張結婚證書。

結婚證書裡錢恆的臉仍舊當得起法律圈頭牌的第一把交椅，而他的身邊，赫然是笑的光彩奪目的成瑤，她的眼睛彷彿會說話，充滿了感染力，像是一道光，照亮了身邊人，錢恆冷冽的眉眼，因為她，也帶著深情的溫柔。

LAWXOXO上自然炸開了，然而兩位當事人都無暇顧及了。

錢恆用雙手捧著成瑤的臉，親了親她的鼻尖：「現在終於昭告天下，妳是我的了。」

他輕輕摸了摸成瑤的頭：「還有，妳的那個問題，我很仔細地想了很久，還是不能回答。」

成瑤愣了愣。

「我無法詳細地回答我和妳在一起最開心的一刻是什麼時候，那是因為和妳在一起的每一天每一分每一秒每一點每一滴，都讓我開心。」

歲月溫柔，而我只想和妳一起老。

番外二　幸福人生

夏薇是今年A大畢業進入君恆的新人，她有幸從實習生直接留用進入了包銳的團隊，更幸運的是，入職兩個月後，正趕上年底，作為正式員工直接跟著君恆的大團隊一起去夏威夷開年會了。

雖然是冬日，夏威夷卻陽光燦爛，此刻近黃昏，海灘邊是無盡溫柔的落日光華，沙質細軟，光腳踩著還帶了暖暖的餘溫，海浪聲聲，海鳥低空掠過，一切悠閒又愜意。

包銳穿著海島風情的沙灘花褲，望著海岸線一臉感慨：「看看，自從我升Par以後，我們君恆收益越來越厲害，年會直接出國海島遊了。我這個人啊，可能就是傳說中命裡帶旺啊！」包銳看了夏薇一眼，「妳運氣這麼好能在我的團隊，好好幹啊！」

夏薇看著自己的老闆包銳，很用力地點了點頭：「包Par，我一定也會努力為君恆收益添磚加瓦的！」

夏薇說完，想了想，小心翼翼問道：「不過我挺好奇的，和我一起進來實習的李佳音，GPA比我高，平時做案子感覺也比我老道，人也很勤奮，還比我活絡，為什麼她沒有被錄取，反而是我被錄取了？」

「她啊，心術不正，雖然資質很好，但一天到晚花枝招展地往錢Par面前湊，看錢Par的眼神就不對，好好的職業裝，在我們面前倒是挺正常的，但每次只要去錢Par辦公室，妳沒發現她的襯衫釦子都會多解開一顆？」包銳冷哼了一聲，「以為錢Par會對她青眼有加？呵，我們錢Par這種直男，只會反手給她一個當場開除好不好？」

夏薇頓了頓，才恍然大悟：「我突然想起來了，李佳音說過很喜歡錢Par，她說她的理想老公和男友就是錢Par那樣的……」

「我們錢Par結婚了難道不是法律圈都知道的事嗎？」包銳不敢置信道：「畢竟當年連他都能脫單這件事成了整個圈子的傳奇，甚至A大法學院私底下還用學法律連錢恆都能找到另一半這種話來激勵法學院的報考率啊！當初不是還做過一個宣傳——連錢恆都能找到結婚對象的學科？」

「……」

夏薇想了想，還是忍不住讚嘆：「我現在覺得錢Par真是好男人。」

包銳有些不解：「為什麼？」

「因為李佳音那麼漂亮，還蓄意對錢Par那樣，錢Par一點也沒動心，能守住自己的底線，對婚姻和家庭真的很有原則。」夏薇感慨道：「錢Par在我心裡更帥了！能對老婆這麼忠誠！面對美色也不動心！偶像！」

結果她的話還沒說完，就聽到包銳鼻孔裡嗤了一聲：「李佳音那種就叫漂亮？」包銳冷哼道：「年輕人，讓包Par我帶妳見見世面！」

夏薇來不及思考，就被包銳帶到一處僻靜的沙灘角落，她正想發問，就被眼前角落裡在沙灘毛巾上看書的女生吸引了目光。

她在比基尼外罩了件白色男襯衫，但仍能看出身材線條十分好。頭髮在腦後鬆垮地紮了個丸子頭，然而太隨意了，不少髮絲還是垂了下來，隨著海風飄散在臉上，讓她整個人看起來懶懶散散的，然而這種帶了點不修邊幅的慵懶一點沒能損毀對方的美貌。

她有一張讓人看了難以忘記的臉，皮膚雪白，睫毛纖長，嘴唇像是晚霞一般色澤美好自然，她完全沒有化妝，漂亮的漫不經心，和妝容精緻的李佳音完全是兩種風格，然而夏薇相信，如果李佳音此刻在，站在這女生身邊，恐怕這女生會贏得不費吹灰之力。

「好看嗎？」

「好看……」

「如果她十分，李佳音能得幾分？」

夏薇認真想了想：「四分吧……」她看向包銳，「她是誰？」

「妳看看她身上的襯衫是誰的。」

夏薇仔細看了一眼，很快，她從那昂貴又少見的袖口上找到了答案：「錢 Par 的襯衫啊！」

「所以妳知道她誰了吧？」

「我知道了。」夏薇一臉三觀炸裂遭受重大打擊道，「原來錢 Par 對婚姻和家庭的責任感都是假的，他看不上李佳音是因為他有這樣的情人嗎？」

包銳簡直氣得想翻白眼，而還沒等到他教訓夏薇別亂想，錢恆就朝著沙灘上的那個女生走了過去，他的眼神溫柔，臉上帶了點無可奈何的寵溺。夏薇看著他坐下，動作自然地幫沙灘上的女生理了理頭髮，然後低頭吻了吻她的側臉，俯身湊在耳邊和她說著什麼，那女生抬起頭，眼波璀璨動人，嘴唇微微嘟起，大方又嬌憨地向錢恆索吻，而令夏薇震驚的是，平日裡冷漠到不苟言笑的錢恆，竟然真的縱容著對方的撒嬌，給了她一個吻。

兩個人氣氛正好，卻被突如而來的稚嫩童聲打斷了。

「爸爸！」沙灘的另一邊，一個三四歲模樣的小女孩撒丫子朝錢恆跑了過去：「爸爸！我要抱抱！」

那女生直起身，有些嚴肅的模樣：「寶寶，妳已經很重了，不要老是讓爸爸抱，爸爸的腰會受不了的！」

小朋友模樣委屈兮兮的，她還沒出聲抗議，錢恆的聲音倒是先響了起來：「成瑤，妳沒聽過，任何時候，都不要說自己的男人腰不好？」

「爸爸！爸爸我要抱抱！」小朋友見風使舵，張開雙臂就要賴起來。

錢恆一臉無奈，然而行動卻是甘之如飴，他抱起了小朋友。

這位小朋友卻得寸進尺起來：「爸爸，我要騎爸爸的脖子！我要爸爸當大馬！」

「妳饒了妳爸爸吧，今天爸爸的同事都在，妳騎著爸爸，爸爸會威風掃地的！」

錢恆卻是笑，一向做起案子強勢到毫不退讓的他，面對小朋友卻一點威懾力也沒有：「寶寶來吧，爸爸舉妳，妳要坐好，爸爸帶妳去看海鷗。」

「好的，爸爸，向前衝呀！」小朋友情緒高昂，威風凜凜地坐在錢恆的脖子上，兩隻手狠狠地左右各一把抓緊錢恆的頭髮，「爸爸，安全帶繫好了！現在向前開！」

「左轉！左轉！」

「右轉！現在要右轉！」

「剎車！爸爸！我要下車，那邊有小螃蟹，我要去抓小螃蟹！」

一大一小，就這麼一路歡聲笑語溫馨非凡，夏薇看著和平日工作時形象完全不同，此刻舉著小朋友在沙灘上瘋跑的錢恆，簡直目瞪口呆，一時間沒反應過來。

包銳好心地解釋道：「錢 Par 的千金，是他的小寶貝，寵得不得了，我們錢 Par 以前還號稱自己頂客，討厭小孩，覺得麻煩，如今妳看看這模樣，和六七十歲老來得子似的，小孩說什麼就是什麼，完全沒原則了。」他朝沙灘上笑著看向兩人的女生努了努嘴，「那個是他的大寶貝，成瑤，剛在金磚升 Par 了，他合法的太太。」

「成、成瑤？」夏薇震驚了，「就是那個辦了陳林麗案、辦了李振辰案，還辦了柔真集團百億遺產糾紛案的成律師？她……她是我的偶像啊！我以前讀過一篇她的採訪報導，她的學校不算是主流的知名院校，也沒留過學，但一路辦的案子，還有法律素養都是有目共睹的，尤其她執業第三年的時候就得到了A市十佳青年律師提名，還是唯一一個女性，簡直就是我的人生榜樣了！」

「因為LAWXOXO改版，好多舊的文章資料維護還沒好，還沒澈底恢復，你們這屆年輕人八卦的源頭都沒了，不怪妳。」包銳瞥了夏薇一眼，「我們錢Par當年高調曬結婚照還是LAWXOXO上霸榜兩年的熱門文章啊。你們竟然不知道成瑤是我們錢Par的老婆？」

「我只知道成律師是很厲害的女律師！」夏薇激動道：「現在知道成律師竟然是錢Par的太太，我覺得她更厲害了！」

「什麼？嫁給錢Par嗎？」

「不是！她和錢Par結婚，但是沒有變成別人嘴裡『錢Par的老婆』，而是獨立的人，我們認識她，是以成瑤律師的身分，她和錢Par這樣的男人結婚了，但一點都沒有被錢Par的光芒遮蓋，你不覺得這樣的人很厲害嗎？」

「是很厲害，更厲害的是，妳可能不知道，當年錢Par是堅定的不婚頂客，結果現在呢，一個標準的老婆奴女兒奴，嘖嘖嘖，真是，我覺得啊，男人啊，也不能像我們錢Par這樣退讓啊，男人必要的時候就應該強勢，妳看看我，我在家裡都是說一不二的，老婆啊，也不能像我們錢 Par 那麼寵，必要時還是要有點男人的威嚴……」

結果包銳這一番自我吹噓還沒說完就被一個女聲打斷了。

「包銳！我想吃爆米花，你弄點爆米花給我！」

剛才還在高談闊論男人馭妻之道的包銳，一聽到這聲音，竟立刻表演上了，他一改剛才趾高氣昂的模樣，一臉狗腿：「好的老婆！妳等等！我這就買！」

說完，他也不顧夏薇的反應，踩著人字拖飛也似的跑了。

「……」

君恆這樣的海島年會，事務所給予員工的福利就是，只要是已經結婚的家屬，都可以帶來，因此已婚同事幾乎都拖家帶口。不僅錢恆帶著成瑤和女兒來了，包銳的老婆自然也來了。

包銳走後，只留下夏薇一個人，她不自覺又看向了成瑤。

此刻成瑤已經不在看書了，她直起身，坐在沙灘上，看著舉著女兒沿著海岸線奔跑的錢恆，臉上是從心底發出的幸福微笑，夕陽的餘暉打在她的臉上，漂亮而恬靜，她仍舊很年輕，然而那種篤定和自信，卻是擁有閱歷的人才能有的。

夏薇法學院畢業後，就立志成為一名優秀的女律師，她甚至發誓，在事業成功之前，絕對不談感情。她總覺得，感情和事業是無法平衡好的，這兩者之間，總要犧牲掉一個，才能成全另一個。

為此，明明內心非常有好感，但夏薇還是咬牙拒絕了一直追求自己的學長，她總是擔心，一旦開啟了戀愛，會影響工作和事業，會蹉跎自己的人生，說不定未來不僅不能變成業界精英，反而會變成一個成天柴米油鹽此後老公帶孩子的老媽子，這實在和她的人生理想背離太多了！

只是如今看著眼前家庭事業都美滿的成瑤，夏薇陷入沉思。

或許當你足夠努力，足夠堅韌，足夠有自制力，足夠目標明確，足夠優秀，所有一切的困難都會自從在你面前瓦解，魚和熊掌，也並非不能兼得。

「媽媽！」

小女孩的聲音拉回夏薇的思緒，她看到美麗的晚霞下，錢恆舉著他的小女兒，從海岸線回到成瑤的身邊，小女孩眼睛笑成了一條縫，一張紅蘋果般圓潤的臉上全是天真無邪的幸福，她舞動著肉肉的小手，指揮著自己的「坐騎」一路朝成瑤走去。

日光西沉，海灘上起風了，溫度也開始下降，有了點涼意，然而錢恆這一家三口，愛著彼此的暖意卻彷彿像是潮汐一般，永遠隨著引力湧動著，夏薇站在不遠處，卻像是寒冬站在烤爐邊的遊客，總覺得，即便自己只是他們幸福裡的旁觀過客，也被溫暖了。

「走吧，寶寶，該吃晚飯了，跟爸爸、媽媽回去。」

晚風中，成瑤的聲音溫柔，她俯下身，剛要抱女兒，卻被身高腿長的錢恆搶了先。

「寶寶現在很重了，我力氣大，我來抱。」

成瑤嬌嗔道：「別耍帥，兩隻手抱，一隻手我怕你一側腰椎承重，受力不均勻。」

錢恆卻沒有採納成瑤的意見，他仍舊把小女孩用一隻手抱在臂彎裡，另一隻手伸向了成瑤：「只能一隻手抱她了，因為另一隻手是給妳牽的。」

成瑤輕輕捶打了下錢恆，然後跳起來親了親他的側臉，這才笑著挽起錢恆的手，一家三口，就這樣漸行漸遠，只在沙灘上留下一串腳印。

夏薇總憧憬轟轟烈烈的愛情，然而這一刻，她才覺得，這樣細水長流溫情又平凡的生活，才是真正的幸福人生。

和愛的人共同撫養一個小生命，共同分享彼此人生裡所有細碎的點滴，只是這樣牽手走在黃昏沙灘的一個剎那，就已經是永恆了。

執子之手，與子偕老，誰說還有比這更浪漫的事？

——《你也有今天【第二部】老闆虐我千百遍》番外完——

——《你也有今天》全系列完——

高寶書版集團
goboks.com.tw

YH 149
你也有今天【第二部】老闆待我如初戀（下）

作　　者　葉斐然
責任編輯　吳培禎
封面設計　單　宇
內頁排版　賴姵均
企　　劃　何嘉雯

發 行 人　朱凱蕾
出　　版　英屬維京群島商高寶國際有限公司台灣分公司
Global Group Holdings, Ltd.
地　　址　台北市內湖區洲子街88號3樓
網　　址　gobooks.com.tw
電　　話　(02) 27992788
電　　郵　readers@gobooks.com.tw（讀者服務部）
傳　　真　出版部(02) 27990909　行銷部 (02) 27993088
郵政劃撥　19394552
戶　　名　英屬維京群島商高寶國際有限公司台灣分公司
發　　行　英屬維京群島商高寶國際有限公司台灣分公司
初　　版　2024年2月

本著作物《你也有今天》，作者：葉斐然，由北京晉江原創網絡科技有限公司授權出版。

國家圖書館出版品預行編目(CIP)資料

你也有今天. 第二部, 老闆待我如初戀/葉斐然著. -- 初版. -- 臺北市：英屬維京群島商高寶國際有限公司臺灣分公司, 2024.02
冊；　公分. --

ISBN 978-986-506-912-4(上冊：平裝). --
ISBN 978-986-506-913-1(下冊：平裝). --
ISBN 978-986-506-914-8(全套：平裝)

857.7　　113001010

GOBOOKS
& SITAK
GROUP©